河出文庫

寝ても覚めても
増補新版

柴崎友香

河出書房新社

目次

寝ても覚めても

この場所の全体が雲の影に入っていた。

厚い雲の下に、街があった。海との境目は埋め立て地に工場が並び、そこから広がる街には建物がびっしりと建っていた。建物の隙間《すきま》に延びる道路には車が走っていて、あまりにもなめらかに動いているからスローモーションのようだった。その全体が、巨大な雲の影に入っていた。

だけど、街を歩いている人たちにとっては、ただの曇りの日だった。

今は、雲と地面の中間にいる。

四月だった。

二十七階だった。壁一面のガラスの向こうに、街の全体があった。

「あいつらをな、レーザービームでどーんて撃つやろ、穴開くやろ、焼けるやろ」

展望フロアを歩いていく子どもが言った。男の子で、小学校に上がったばかりに見えた。右腕を振り回している。その横にいる彼の姉は一回り大きかった。誰が見てもすぐに姉弟とわかる、太い眉のそっくりな顔つきだった。姉が言った。

「しょうもな」

「焼けたらな、灰になるやろ、灰になったら粉々になるやろ、その灰を瓶に詰めるやろ、ほんでぐわーってすんねん」

「じゃあ、わたし、売りに行くわ。五万八千円」

五万八千円？

子どもたちは、彼らのほうを全然見ないでさっさとエレベーターへ向かう母親と同じ速度で、窓から離れていった。

天井まではめ込まれた窓の分厚《ぶあつ》いガラスに額をくっつけて外を見た。曇り空の下の街は白っぽい灰色の同じトーンで、水槽の中のようにクリアにどこまでも広がっていた。ここから百メートルは離れた真下の道路で信号待ちをしている車も、横断歩道を渡る人たちもとても小さかった。こんなに遠くて、あんなに小さいのに、ぼやけたり適当に雑になったりしないで細かいところまで手を抜かずにきっちりできていて、しかもそれが全部、自分の目に見えるのが、不思議だった。横断歩道を渡っていた最後の何人かが駆け足になり、車が数秒待ちかまえたあとで動き出した。二十七階分を隔てて音も重さも感じない場所からは、人も車もそれ自身の動力で動いているのではなくて地面の下に仕込まれた磁石かなにかの力によって自動的に動いているように見える、というようなことを思いついたり忘れたりしていた。コートのポケットに突っ込んだままの手は、この数週間入れっぱなしになっている安全ピンの針のところと留め金のところの感触の違いを行ったり来たりしていた。レストランが三つあるだけの展望フロアは、連休の初日なのに、中途半端《はんぱ》な時間のせいかそんなに人はいなかった。

　右隣に新しくやってきた四、五歳の姉妹が、窓の下の縁によじ登り、わーわー言って目立つ建物をあれはなにかこれはなにかと聞いていた。母親と、たぶんその母親(つまり姉妹の祖母)の二人は、あれにもこれにも、ビル、ビル、と一般名詞を答えるだけで、自分たちの会話をし続けていた。

「……山下さん、南極に行きはったんやて」

「へえー、ペンギン見れたんかな」

「山下さん、ペンギン好きやからな。前、飼《こ》うてはったんやてねえ、ペンギン」

「ヤマシタって誰?」

　大きいほうの女の子が聞いたが、母親と祖母はそれには答えなかった。

「ちゃうちゃう、アヒルかガチョウか、なんかそんなん。ペンギンみたいなもん飼うたら違反とちゃうの」

「別にええらしいよ。ペンギンがおる居酒屋て連れて行ってもろたことあるもん。たいていの生き物は飼うたかってどないもないらしいわ」

「まあ山下さんやったらちっちゃいのこっそり飼うてわたしらには隠してはるだけかもしれへんねえ」

「ヤマシタって誰?　ヤマシタって誰?　ねえ、ヤマシタって誰?」

女の子は窓から離れて母親の周りを回転しながら繰り返した。それはだんだんと質問から離れて、歌みたいになっていった。母親は回る娘の手を握って、というよりは引っ張られて、自分の意思を離れて動いている手をほったらかしにしたまま、会話を続けた。山下さんは、激しく揺れて必ず数人は骨折してときどき死人も出る船に乗って南極に行ったのちマチュピチュでピラミッドに登る予定で当分仕事を休むから同僚から文句が出ているが、山下さんは金持ちで本来働く必要もなく、今年は一九九九年だから七月に世界が終わると半分信じているのでそれまで好きなことをすると公言している、でも嘘つきだから信用できない、七月で終わりなんやったらあとちょっとや、わたしらも遊びに行きたいわ、ほんま、とのことだった。

「ヤマシタって、だ、れ！」

女の子が大声で叫んだ。母親はその手をぐっと引き寄せ、女の子の体は一瞬、宙に浮いた。母親は答えた。

「人の名前」

その向こうでは、カップルの男のほうが女の首へ左腕を巻き付けてなにか囁《ささや》いていた。

視線を前に向けると、ぺったりとまったく陰影のない白い曇り空の下で、大阪の街はずっと動かずにそこにあった。手前にそびえる何本かの高層ビルの間から、小さな建物が詰め込まれた街が広がって続いていた。街の果ては、山だった。左側の生駒山《いこまやま》から金剛山《こんごうさん》、葛城山《かつらぎさん》と暗い緑色の低い山が薄墨《うすずみ》のようなシルエットになって連なり、岬へと収束したと思ったら、その先にまた淡路島が盛り上がってずっと右のほうまで続く。緑の山の向こうは見えない。壁紙のように均一な曇り空は、山との境目までをぴったり覆《おお》っていた。その向こうにまた街があることを知ってはいるけれど、ここからは見えない。古代の人が考えた世界の図を思い浮かべた。地の果ては滝になって終わり、天井から星がぶら下がっている。

右の奥のほう、ここから何十キロメートルの遠さのところ、ちょうど岬の手前に、雲の切れ間ができて日が差していた。そこだけが、別の街に向かって穴があいているみたいに思えた。その下は海で、白い金色に輝いていた。臨海工業地帯の煙突がその光の中に見えた。煙突はポケットの中で右手の指が触っている安全ピンよりもずっと小さかったが、そこから細く出ている煙までも光を受けて輝いているのが、はっきりと見えた。どうしてあんなに遠くまで、人間の目は見ることができるのかと、また不思議に思った。

雲から海のあいだで、光は乱反射し、膨張《ぼうちょう》して周りへとはみ出していた。あそこにいる人たちは、眩《まぶ》しすぎて目を開けていられないに違いない。あの場所まで何キロメートルあるのかわからないけれど、雲の影の下にあるこの街のほとんどの部分にいる多くの人たちが、あそこにあんな光があることを知らないと思うと、落ち着かない気分になった。

雲の隙間《すきま》は少しずつ閉じ、金色に輝く海面もだんだんとかげっていった。その光が完全に消えてしまうまで、ずっと見ていた。そのあいだに、女系家族もカップルもいなくなった。また別の人たちがやってきて、わーわー言った。

三時間後に、心斎橋《しんさいばし》の大丸で友だちと待ち合わせをしていた。それまでは、自由だった。わたしがここにいることを知っている人は誰もいなかった。

もう一度、真下を見た。視界の中心に、光の残像が黒い閃光《せんこう》のような小さい塊《かたまり》になって残っていたが、しばらくするとそれも消えて、広い交差点がくっきりと見えた。二十七階分の距離を隔てた場所で、信号待ちをしている人たちがいて、いちばん先頭にいる女の人が、こっちを見上げているように見えた。一時間くらい前、同じ場所にわたしが立っていて、同じようにこのビルを見上げていた。だけど、下から上を見たときには、巨大な壁のような高層ビルの白い壁と黒く反射するガラス窓しか見えなくて、最上階のここに人がいるのはわからなかった。一時間前、そこには、交差点を見上げているわたしを見下ろしている人がいたかもしれない。

ポケットに入れていた手を出してガラスに触ると冷たかった。その一瞬、顔にも冷たい小さな感触があった。左右の頰《ほお》に一つずつ、水滴《すいてき》が落ちたような感覚がした。雨、と頭をよぎった。頰を確かめようとした右手の甲にも冷たさが落ち、見ると水滴が弾けた跡があった。その指先に、水滴がついた。上を見上げた。空調の吹き出し口があった。そういうところから水滴が落ちてくるのはよくあることだったが、じっと見ても溜《た》まった水滴は見当たらなかった。足下を見た。確かにベージュの床に水滴の跡のようなものがいくつかあった。視界の端をなにかがよぎるのが見えた。透明な水の粒が、斜めに流れていた。だけどその水滴の跡は、ガラスの向こう側だった。とてもクリアにすべてが見えるのに、触れなかった。二つ、三つ、数え切れないたくさんの水滴が、すぐにガラスを埋めていった。空を見た。さっきよりも雲の色は明るく、日が透けるくらい薄くなっているところもあるのに、雨粒はどんどん増えた。

「……さんですよね」

振り返ると、男の人が立っていた。茶色いヘリンボーンの古くさい背広を着て、五十代くらいに見えた。背の高いその男は、落ちくぼんだ目でわたしをじっと見ていた。どこの知り合いやったっけ、と頭は自動的に考えた。思い出せなかった。待ち合わせした覚えもなかった。エレベーターが込んでいたから降りるのが面倒で、いちばん上まで来ただけだった。呼ばれた名前は、少なくともわたしの名前じゃなかった。

「待ちましたか？」

男は首をぬっと突き出して、かすれた声で言った。

「違います」

わたしは答えた。答えたけれど、あんまりにも男が見つめていたので、自分のほうがなにか忘れているのではないかと思った。男は、まだわたしが思い出すのを待っているような、同時に戸惑ってもいるような顔でわたしを見ていた。やがて、一瞬、外の景色へ視線を移したかと思うと、なにも言わないままくるりと向きを変えて、歩いていった。四角い肩の後ろ姿は、フロアの真ん中にあるエレベーターホールの方向へと、真っ直ぐに進んだ。その姿が角を曲がるのを確認してから、男から見えないように気をつけつつ、そのあとを辿《たど》るようにゆっくりと歩いた。壁の陰にひそんで、エレベーターのドアが開く音と閉まりかける音を聞いてから、そっとホールを覗《のぞ》いた。誰もいなかった。三基あるエレベーターの右のドアが、ちょうどぴったりと閉じる瞬間だった。ドアの鉄板が冷たく光っていた。

ぴんぽーん、と音がした。硬い響きの音に、わたしは一瞬身を震わせた。真ん中のエレベーターが到着するサインが光った。ぴかぴか点滅する光を見上げていると、ドアが開いた。人がいた。さっきの人とは違う、若い男だった。ゆっくりと影が動くように、その人は降りてきた。彼の全部を、わたしの目は一度に見た。

鮮やかな緑色のパーカにジーンズ、素足にゴム草履《ぞうり》だった。手も足も長かった。中途半端に伸びた髪の下の目はちらっとわたしの顔を見て、それからわたしの頭の上を通り越して向こう側を見た。荷物はなにも持っていなかった。右手はパーカのポケットの中に、左手はただそこにぶら下がっているという感じで腰の下あたりにあった。わたしの横をすり抜けるとき、彼が歌を歌っているのが聞こえた。なんの歌かわからなかった。日本語だった。

おれは今ー　歌を歌ってるー　うー　いえー

離れていくはずなのに、耳のすぐそばで歌っているみたいだった。耳を触られているみたいな声だった。わたしは振り返った。わたし、その歌すごくいい歌と思う！と伝えたかった。もう一度、彼の顔が見たい、と思った。そうしたら彼が振り向いた。願いが通じたと思った。彼は、わたしの顔を確認するように見た。少し微笑《ほほえ》んだように見えた。それから姿勢を戻すと、なんの迷いもない歩調で、さっきまでわたしがいたほうへと進んで、角の向こうへと見えなくなった。足下を見ると、紙が落ちていた。薄い水色のメモ用紙だった。端《はし》は斜めにちぎられ、四つに折り畳まれていた。わたしはそれを拾い上げ、開いた。

「靴を買う

電話する」

鉛筆で書いてあった。そのままポケットに突っ込んで、誰にも気づかれていないか周りを見回した。だいじょうぶそうだった。これは、さっきのあの人が書いたものだから、どうしてもほしい、と思った。ポケットの中は、ざらざらしたその紙の感触と、ずっと触っていたから温まっている安全ピンの金属の感触の、二種類になった。

エレベーターホールの反対側から、建物の北側にあるもう一つの展望スペースへと出た。こっちのほうが人が少なかった。

一台だけ置かれた望遠鏡をお金を入れていないのになにか見えると思って覗いているオレンジ色のつなぎを着た子どもが、父親に抱きかかえられていた。

「待ってたのに」

窓を背にしてもたれている女が、携帯電話に向かってしゃべっていた。

「今日じゃないと、北京ダック食べられへんねんで」

なんで今日じゃないとあかんの？

背の高い女は涙声のようだったが、もしかしたら元々そういう声なのかもしれなかった。

幅の広い窓から見渡すと、意外なほど近くに、六甲山があった。その山もまた、この街の突き当たりだった。この街は山に囲まれていた。どっちに向いても山が見え、走ればすぐにその山に辿り着いた。もしくは海に。

窓の外に広がる街は、南側と同じように全部雲の影の下にあった。寒そうだった。振り向くと、さっきの彼が、エレベーターホールの前からこっちへ歩いてくるところだった。彼は、両手を緑色のパーカのポケットに突っ込んだまま、床の上に視線をさまよわせていた。わたしは右の指でポケットの中の紙片を確認した。返すつもりはなかった。なくしても困らない内容だと思った。それに、なくしても、なくしたっていうこと自体、彼はすぐに忘れてしまうだろう。だから、これはわたしのものだ。

彼が顔を上げて、わたしに気づいた。彼が再びわたしを見たから、うれしかった。ぱぱぱぱぱん。と、うしろでなにかが弾《はじ》ける音がした。振り返ると同時に、火薬のにおいが鼻に入ってきた。通路に転がったリュックサックがぱっくり開いて、そこから一メートルほどの火花がしゅうしゅう上がっていた。金色のと緑のと赤いのと、何本もの花火に一度に火がついて、火の粉を噴き上げていた。壁際には、レーザービームと五万八千円の姉弟が、恍惚《こうこつ》とした表情で火花を見つめてへたり込んでいた。

「なんなんよ、これ、なにすんのよ」

傍らで母親が叫んだ。花火は二分ほど続いて、展望フロアに光を撒《ま》き散らした。周りを取り囲む人々を、鉱物が燃える色で照らした。うわう！　火花は一瞬、小さくなったと感じたら、もう嘘みたいに消えてしまった。うっすらと色の付いた煙が立ちこめた。近くの北京料理店の店員が飛び出してきた。

わたしは、彼が隣に立っていることに気がついて、見上げた。彼が、言った。

「点滅して、弾ける感じ」

わたしは、彼の声を聞いた。さっき歌っていたのと同じ、低い声だった。ヘッドフォンで音楽を聴いているときみたいに、頭の中で鳴り響いていると思った。それから、また彼が言った。

「きれいだった」

「うん。すごいきれい」

わたしは精一杯の笑顔を彼に向けた。歳は、わたしと同じか、少し上に見えた。二十二とか、三とか。背は、自分が低いからみんな同じように高く見えるけど、たぶん高いほうだった。

「ない」

つぶやいた彼が、わたしの手元を見たような気がした。わたしはポケットの中でメモ用紙を固く握りしめた。彼はじっとわたしの顔を見て、それから言った。

「ああ……、いいです。だいじょうぶだから」

「はい」

わたしが答えると、彼の口元がほんの少しだけ弛《ゆる》んだように見えた。笑ったと思った。非常ベルが今さらのように鳴り響いた。彼は、じゃあね、と言うと、エレベーターホールへと歩いていって、ちょうど扉が開いた真ん中のエレベーターに乗った。扉が閉じて、彼は見えなくなった。

階段から警備員が次々と走り出てきた。今、花火ついててん、と北京ダックの女が携帯電話に向かって言った。もう泣いていなかった。

わたしは警備員に囲まれた中心部のエレベーターではなく、ビルの角に位置するガラス張りで外が見えるエレベーターに乗って地上に降りた。降下するときの体が浮き上がる感じは好きだった。さっきまで小さく見えていた人が、どんどん大きくなった。それとも、自分のほうが小さくなったのかもしれなかった。

大丸百貨店の御堂筋《みどうすじ》側の入口の天井は星が集まっているデザインで、小さな空みたいだった。水色と赤と金色。

四時だった。二階に上がった。

バラの花が描かれた象牙《ぞうげ》色のワンピースを引っ張って、春代が言った。

「きれーい。なにこれー。あさちゃんも触ってみー」

ハンガーに掛かったままの真珠みたいに光っている生地《きじ》をわたしもつまんだ。

「うわあ。柔らかっ。つるつるっ」

思わず出てしまったわたしの甲高《かんだか》い声に、黒いパンツスーツを着た店員が二人とも振り返った。

「あさちゃん、驚きすぎ。これはなー、着たらめっちゃきれいやわー。形が、めっちゃ美しい。さすがやわー」

服飾の専門学校を卒業して洋服屋でアルバイトをしている春代は、ワンピースの腰周りの縫《ぬ》い合わされたラインに目を近づけて凝視《ぎょうし》した。まだ十九歳の春代がこのような高級店に平気で入ることにわたしは驚いていた。いや、ほんとうは平気で入るような性格だと感じたので心のどこかでそれに便乗《びんじょう》しようと考えたから、一年前に友だちのライブ会場でわたしが持っていた二眼レフのカメラを見て声をかけてきた三つ年下のこの女の子と会うようになったのだ、と今よくわかった。その選択は正しかった。このブランドの三年前に就任したデザイナーが好きなので、パリコレクションがテレビのファッション番組で放送されるとショーは必ず見るけれど、床が絨毯《じゅうたん》敷きの店に入ったのも、洋服を実際に見るのも、わたしは初めてだった。しかし、店員たちはわたしのような、小さいバッグ一つ買えるか買えないかの給料をやっと一回もらっただけのような人間でも、客として平等な笑顔で迎えてくれた。絨毯はふわふわして、油断すると転びそうだった。

「どういう人が着るんやろなー。めっちゃ細ながーい人やでー、ほらー」

春代はハンガーを取り、鏡の前で合わせて見せた。ぽっちゃりした体型なので、春代の体のラインは完全にワンピースの輪郭《りんかく》の外側にあった。だけどとても白い肌は、象牙色と紅色の生地に映えて羨《うらや》ましかった。

「美人でスタイルええ人が着てくれたらええけどー、どうせ金持ちのおばはんもしくはどら娘が金に物言わせて買うのやろなー」

おばはんもしくはどら娘。

春代はのっそりしたしゃべりかたと鋭いところのまったくない顔のせいで、口が悪くなればなるほど、言葉の内実がなくなっていくように聞こえる。

「へえー。手触りとか全然ちゃうんやなあ。なにでできてんの、これ」

滑《なめ》らかな光沢のせいで透明みたいな感じのする真っ白いシャツや、花模様の細かい刺繡《ししゅう》の入ったエメラルドグリーンのジャケットを、遠慮気味に端を引っ張って見た。汚したらお金を取られるんだろうかと不安になった。

「シルクやろー。わっ、あさちゃん、見てよ、この靴」

春代は平べったい目を見開き丸い頰を膨《ふく》らませて、透明に輝く石が甲の真ん中にびっしりと並んだサンダルを持ち上げてわたしに見せた。

「眩しいっ。きらきらやっ」

店員が、またこっちを見た。二人ともあたたかく微笑んでいた。春代はきらきらサンダルに足を滑り込ませて鏡を見た。自分がええもんになったような気がするわー、と言った。


紫色のバッグを見せてもらった。店員のおねえさんは白い手袋をはめた。

斜め向かいのシャネルに入った。小型のショーケースが五つ、壁に並べて埋め込まれていた。星にしっぽのついた、彗星《すいせい》の形が全部ダイヤモンドで埋め尽くされた首飾りがあった。六千万円だった。つけていたら首を切られて持って行かれるのではないかと思った。寝首《ねくび》を掻《か》かれる、というあの慣用句。真ん中のケースには、昼の指輪と夜の指輪が入っていた。二センチくらいの幅のドーム型に膨らんだデザインだった。昼の指輪は、ゴールドのリングに黄色いトパーズとルビーがモザイク状にぎっしり詰まって、真昼の空と太陽が象《かたど》られていた。夜の指輪は銀色の台にサファイアで夜空、ダイヤモンドで月と星が表されていた。あまりの美しさにわたしと春代は呆然《ぼうぜん》とした。このような素晴らしいデザインを考えた人に感謝の気持ちでいっぱいだった。

「よろしかったら、つけてみられますか？」

鼻息でガラスが曇るくらい近づいて見とれていたので、定年間際《まぎわ》くらいに思われるおじさんの店員がわたしたちの横に立っていることに気づかなかった。

「いえ……」

想像もしていなかった事態にわたしは混乱した。四百万円前後（ダイヤだから夜のほうが高かった）の品物に自分のような者が触れてもいいとは思えなかった。しかしおじさんは、やさしい笑みをわたしたちに向け、ショーケースの鍵をほんとうに開け始めた。

「つけてみられるだけで、全然けっこうですから。どうぞ、少しだけ」

「いやいやいやいや、そんな大それたこと……」

「ほんとですか？　いいんですか？　はい、もう、ぜひー」

春代は頬を紅潮させ、もう自分の手を差し出していた。わたしは春代のうしろに身を隠すようにして、宝石が発する光が自分に当たらない位置へ移動した。

「こんなこと滅多《めった》にないんやからー、ほら、手ぇ出して」

春代の右手がわたしの左手を引っ張った。わたしは瞳孔《どうこう》が開いている春代の目と、穏やかに微笑むおじさんの顔を見比べた。おじさんが頷《うなず》いた。

「どちらになさいますか?」

「夜のほう」

とっさに、声に出していた。サファイアは深い群青色《ぐんじょういろ》で透明で海の底みたいだった。ダイヤは天井から鋭く差す照明を数百の方角へ反射していた。一目見た瞬間から、わたしには夜の指輪しか考えられなかった。

「なによー、あさちゃん、ちゃっかりしてー。じゃあ、わたしトパーズのほうでいいですぅ」

おじさんは白い手袋をはめた手で、丁寧に一つずつ指輪を取り出した。最初は、サファイアの夜のほうだった。胸のあたりに冷たい血が流れた気がした。心臓が動くのがわかった。右手の指先でそっとつまんだ夜の指輪が、左手の薬指に滑り込んだ。サイズが大きく、ゆるかった。重いと予想していたが、軽かった。というよりも、重さをまったく感じなかった。きっと、わたしが今までに知っている物質じゃないものでできているんだと思った。きっと、このサファイアの紺碧《こんぺき》のような色をした宇宙の、光る星のどこかにある未知の物質。

「に、似合ってるよー、あさちゃん」

春代のうわずった声が聞こえて、顔を上げた。いつのまにか昼の指輪を着けた右手を、わたしのほうへ向けていた。

「春代……、春代もええ感じ」

それだけ言うのが精一杯だった。

「きれいでしょう」

おじさんが言った。そして、ぎこちない賞賛の言葉を繰り返すわたしたちを、黙って見守っていた。そのあいだわたしたちは、自分が別の人になったような気持ちがしていた。ほんの少しだけれど、美しくて、強い人に。

微笑みを崩さないおじさんに指輪を返した。わたしたちは二十二歳の会社員と十九歳の店員に戻った。


心斎橋筋商店街をひたすら南へ向かって歩いた。上を見るとアーケードの半透明の屋根を、黒い四つの点が移動していた。猫の足だった。あれ、とわたしが指差したときには、もういなくなっていた。頭上を猫が横切ったことを知っているのは、大勢の中でわたしだけだった。もうすぐ日が暮れるから、そうしたらまたあの猫が歩いても誰にも見えないと思った。

七時になった。

「レインボウ・ルーム」のある地下一階に辿り着くと、岡崎が既にセッティングを終え、店の前の椅子に座って煙草を吸っていた。

「おー、ありがとう。ほんますんませんです」

わたしが携帯電話を差し出すと岡崎は慌《あわ》てて立ち上がり、タオルを巻いた頭を三度上下させた。小柄で細い岡崎は、猿の子どもみたいな動き、と高校の入学式で初めて話したときから何度も思ったけど、まだときどき思う。ここに来る前に寄った店に携帯電話を忘れたから取ってきてほしいと、今日いっしょに演奏するウクレレ担当の子の携帯電話を借りて連絡してきた。春代は開けっ放しのドアから店の人に手を振りつつ、言った。

「駐車場で車ぶつけたらしいやん」

「ちょっと傷いっただけですやん。ポストカード売るんやったらこの台使《つこ》てええって、店長が」

岡崎の横に、小さな折りたたみ式のテーブルがあった。テーブルの向こうには隣の店の真っ青なドア。長い廊下には、右側にも左側にも茶色や黒のドアが七つずつ並んでいた。それぞれのドアの左上には、店の名前が入ったライトの点く看板が飛び出していた。向かいの「絢子」の看板がついた店の閉まったドアからはおじさんがカラオケを歌う声が響いていた。岡崎はマイクスタンドみたいな形の灰皿で煙草を潰《つぶ》した。

「おれらの出番は九時ぐらいからちゃうかな？　ぐるっと見に行く？」

　わたしたちは、赤っぽい照明に照らされた地下一階の廊下を歩いた。両側に並ぶドアはほとんどは閉まっていたけれど、五階にある大型のクラブとの共同イベントに参加している店は全部開いているようだった。それ以外の昔からあるスナックでも開店準備中なのか二つ三つ扉は開いていて、カウンターで煙草を吹かす、服も化粧も店の内装と似たような派手なトーンの年配のおねえさんと目が合うことがあった。立方体を組み合わせたシャンデリアのぶら下がる階段で既によっぱらったおっちゃんたちと擦《す》れ違って一階に上がると、また両側にずらっとドアのある廊下がまっすぐにあった。一階は「スナック」「ラウンジ」の看板が多く、「クラブ」も発音が違うほうだった。あとの階もたぶんこんな感じだった。廊下の奥の開いているドアから、美空ひばりの「リンゴ追分」が聞こえてきた。細長い店内ではミラーボールが虹色の光を発して回転していて、その水玉を浴びたサイケデリックな柄のワンピースを着た女の子が二人、缶ビールを持ったままの手を挙げた。

「あー、春代ちゃーん」

「久しぶりやーん」

　彼女たちはカウンターにいるお客さんたちのうしろを無理やりすり抜けて手前に出てきて、春代と抱き合った。

「春代ちゃん、今日、原田くんは？」

「別れた」

「えー、じゃあサトシとつき合うってほんま？」

「うーん、どうやろー？」

春代は曖昧《あいまい》に微笑んで、狭いスペースで体を揺らした。わたしは肩に掛けていた鞄《かばん》からコンパクトカメラを出して、春代に向けた。シャッターを押す瞬間、ファインダーの小さな四角の中に、岡崎が飛び込んできた。こういう場所にいると、一か月前の学生だったときと自分も周りもなんにも変わったところがなくて、連休が終わったらまた会社に行くなんて信じられない気分だった。というよりも、一か月近く会社に行っていた自分のほうが嘘に思えた。


二階のエレベーターホールの正面に「許されざる者」と看板が出ている店があった。そこはいつもドアが開いていて、他の店の倍の広さがある中の壁には西部劇のような荒野とサボテンと馬が描かれていた。赤いソファにスーツを着た男の後ろ姿があった。なんの店やろな、と春代が言った。

前にスナックだったころのカラオケステージをそのまま残して一段高くなっている「レインボウ・ルーム」の奥で、ウクレレを抱えた女の子は失恋した歌を歌い、隣で岡崎は細長い太鼓を叩いた。入口脇の小さなテーブルで、わたしと春代は自分たちが撮った写真で作ったポストカードを売った。最初に買ってくれたのはサイケデリックなワンピースの二人だった。

「かわいいー。めっちゃかわいいね、これ」

「こっちもかわいすぎ。かわいいかわいい」

二人が手に取ったのはやっぱり犬と猫の写真だったので、わたしと春代は笑顔で応えながら互いに視線を交わした。春休みにフリーマーケットでポストカードを売ったとき、売れるのはとにかく犬猫、獣の類ということを学んだ。自分たちが気に入っていた空やクラブの照明の光や水面の写真などを買ってくれるのはよっぽど変わった人だけだと思い知ったが、わたしたちにしてみても写真はちょっとした趣味にしか過ぎなかったので悔しがる権利もなく、とにかく小遣《こづか》い稼《かせ》ぎに徹することにして複数枚を一度にコピーすることでコストダウンを図って今日に臨んだ。

「わたし、これとこれ」

「わたしは、この三枚」

「ありがとうございまーす。あ、こういうのもありますよ」

わたしは、イグアナとカメの写真を差し出した。イグアナが売れた。

「らららーららー、らら一らーらー」

岡崎が叩くリズムに合わせて、春代が小さな声で歌っていた。カウンターでお酒を作っていたアルバイトのどんぐりみたいなショートボブの女の子が、いちばん気に入っていた梅の写真を買ってくれてうれしかった。今日は好きな人が来るかもしれない、と言った彼女のTシャツの首元からバラの入れ墨が覗いていた。なにか忘れたけど赤いお酒はおいしかった。

エレベーターで上昇して五階のクラブに行ってみた。いつのまにか大勢の人でいっぱいだった。DJが速くなったり遅くなったりする音楽をかけ続けているあいだ、誰もいないステージを見ていた。

夜中の一時を過ぎた。春代と交互に欠伸《あくび》をしながら、コンビニエンスストアの光の中にいた。コピー機で、レインボウ・ルームの店長にあげる写真を拡大コピーしていた。

「おおー、おっきいとなんかいいよねー」

「カラーコピーの色って好き」

右下のトレイからA3サイズに拡大された写真がゆっくりと吐き出された。グラジオラスは、元の写真よりも濃いような発光しているような赤になっていて、花の赤と葉の緑色の境目が滲《にじ》んでいた。春代が写真を入れ替え、わたしが小銭《こぜに》を足した。

「こういうとこでもやっぱり犬強しやなー。猫もー」

「どんなふうに撮れてるかより、なにが写ってるかってことやな」

「っていうか、犬か猫が写ってるか。しかも若いやつ」

　右下から紙が出てきた。水面に、空と雲が映っていた。入れ替え作業中の雑誌の束が床に放置されたままの雑誌売り場では、全身黒い服を着て真っ黒のサングラスをかけた若い男がプロレス雑誌を立ち読みしていた。同じイベントから出てきたらしい女の子三人が、アイスの棚の前で誰かの悪口を叫んでいた。春代が店の奥へ入った。

「プリン買うー」

「今から？」

　と言ったけど、春代が選んだのはしかも生クリームがたっぷりのった大きいサイズのだった。

「サトシくん来るかもー」

「ああ、新ネタ？」

「まだわからんてー。なんかー、富士山登るのが趣味やねんて」

「富士山？」

　長髪の店員は、ひたすら自分の手元だけを見ていた。わたしは塩飴を買った。キャミソールの女の子たちは、今度あいつに会ったら刺す、うん刺す、と言いながらハーゲンダッツのバニラとクッキーアンドクリームとストロベリーをそれぞれに買い求めた。

携帯電話で話し続ける春代のうしろを歩いていた。風俗店の並ぶ真夜中の道路は風呂屋のにおいがした。急に強い光が差して振り返った。戦場の車かと思ったら黒いハマーが走ってきて、何度見ても思っているより平べったかった。じゃあ迎えに行ってくるわー、と手を振る春代の輪郭が、ハマーのテイルランプと重なった。

階段は、灯籠《とうろう》と赤い反《そ》り橋のミニチュアがある小さな噴水をぐるりと回り込むように下りていた。デヴィッド・ボウイが宇宙船で交信する歌がくぐもったカラオケの演歌と交じり合って地下の廊下から響いてきた。手に水滴が当たった気がした。噴水を見た。水面にできた均等な波紋には、天井の安っぽいシャンデリアが反射していた。レインボウ・ルームの前まで来ると入口のビニールカーテンがゆらゆら揺れていて、風はないから音で揺れているんだと思った。入りかけると、お客さんがぎっしり並ぶカウンターの中で揺れていた店長が右を指差しながら、岡崎くん、向こう、と言った。

再び廊下に出ると、空気が冷たかった。雨が降っているみたいな音が、小さく聞こえてきた。さっきの噴水は、ここからは見えなかった。どこかの店で雨を降らせているのかもしれないと思った。隣の店の、金色に塗られたドアは閉まっていた。看板は黒く塗られていて、赤い文字で「B12」と書いてあった。なぜかライオンの手の形をした取っ手に手を掛けて引いた。その瞬間に、内側からもこちらへ押す力がかかって、不意をつかれたわたしはバランスを崩して廊下に転がった。へたり込んだわたしの目の前に、開いたドアからフリルの付いた白いブラウスを着た男の子と黒いまっすぐな形のワンピースを着た女の子が回転しながら現れた。両手を顔の横に上げて指先をひらひらさせながら、肘《ひじ》と腰でリズムを取って回りながら進んでいた。ドアの向こうからはサンバの音楽が一気に飛び出してきた。女の子が、わたしに気づいて目を見開いた。

「どうしたの？　だいじょうぶ？」

二人は駆け寄ってきて、両脇からわたしを引っ張り上げて立たせてくれた。女の子の目はワンピースの生地と同じ均一な黒だった。女の子は、わたしの前とうしろを点検するように見て微笑んだ。

「席、空いてるからどうぞ」

それに合わせて、男の子が長いカフスの袖口《そでぐち》を揺らしながらドアを開けてくれた。サンバにはホイッスルの音が交じり始めた。わたしは男の子が押さえていたドアの取っ手を握り直した。まるでライオンと握手するみたいな感触だった。

「ありがとう」

わたしが軽く頭を下げると、白い男の子と黒い女の子は、再び回ったりステップを速くしたりしながら廊下を進んでいった。

ライオンの取っ手を引いて店の中を見た。広い、と思ったら、左側の壁は鏡だった。

長いカウンターだけがあるレインボウ・ルームと同じ造りで、ただ左右が反対になっていた。クリスマスツリーに飾るような電飾が天井を一周していた。その天井からは、星形の小さなライトがいくつもぶら下がっていた。照明はそれらだけだった。きれい、と思ってから薄暗い店内に目が慣れると、正面にその人がいた。

「こんばんは」

鮮やかな緑色のパーカを着た彼が、言った。

「こんばんは」

わたしは、彼と同じ言葉を口に出した。

「元気？」

彼が、また言った。わたしは、声が出なくて黙って頷いた。彼の顔も手も、全部が、わたしがもう一度見たいと思っていたそのものだった。

「どうぞ」

カウンターの中にいたすごく髪の長い女の人が言った。わたしは、彼の隣のスツールに腰掛けた。そして、そのとき気がついた。彼がパーカの下に着ているTシャツは夜の空みたいな深い青色で、胸元に白い星が描いてあった。夜の空の白い星。それから、下を見るとスニーカーを履いていた。わたしは聞いた。

「靴、買《こ》うたんや」

「靴？」

彼はちょっと首を傾《かし》げて、笑った。笑った！　わたしは死ぬほどうれしかった。だから聞いた。

「何飲んでるの？」

「烏龍茶」

「同じものください！」

髪の長い目の大きい女の人は、細長いグラスをわたしの前に置いた。わたしが一口飲んだのを見てから彼女は、

「あ、ジャスミンティーと間違えた」

と言って、笑った。どっちでもよかった。

「星が」

彼は天井を見上げた。

「尖《とが》ってて、刺さりそう」

わたしと彼が、並んで鏡に映っていて、彼に会えたわたしがもう一人いてうれしかった。

岡崎は反対側の隣の店にいた。そこはなにもかも青色の店だった。壁は水色、カウンターは青緑色。サトシくんを連れて戻っていた春代は、わたしの隣の彼を上から下

まで三往復じっくりと見た。ウクレレを抱えて手前に座っていた岡崎が、

「友だち？　出会った記念に一曲弾こうか？」

と言った。


明け方の外の空気は冷たくてうれしかった。駐車場まではけっこう離れていたので、わたしと春代はまた岡崎の要領の悪さに文句を言いながら、岡崎の荷物を運んだ。

「どうしよう。こんなに都合のええことあってええんかなあ」

わたしは両手に抱えた段ボール箱も軽く思えるほど飛び跳ねながら言った。ポストカードの売れ残りが入った紙袋をぶらぶらさせながら、春代は言った。

「鴨が葱《ねぎ》しょってきたってやつやねー」

「ちょっと違う」

わたしは答えた。顔は笑っていた。もう何時間もその顔のままだった。空の色は真夜中の濃紺《のうこん》だったけれど、街の空気はもう夜ではなくなっていた。ごみ置き場の前で酔っぱらって座ったまま寝ているおっちゃんがいた。ねずみが道の真ん中まで来て引き返した。

「あさちゃん、ああいう人が好みなーん？」

春代の声は両側の雑居《ざつきょ》ビルの壁に吸い込まれていった。

「好みとかそんなんじゃなくて、ああ、これがわたしを待ってたそのものやったんや

なって」

「わたしー、ああいう顔の人って今ひとつ信用できへんていうかー」

「ああいう顔って?」

「男前どうこうじゃなくてー、自分が人に好かれるってことがわかってる感じやん。そういう人って、やっぱどっかわがままやしー」

「確かに春代は男を見る目はあると思うけど。だって、望んでた人が、現れるねんで。そんなことがこの世にあってええと思う? ええんやんな、現実やねんから」

「まじめに言うてんのにー。あの人、聞いてんのか聞いてないのかようわからんしゃべり方やしー、そんないいかな?」

春代は口をとがらせ、それからちょっと力を抜いて言った。

「まあ、鴨葱やからねー」

「違うって」

駐車場に辿り着くと、周りの車がいなくなってぽつんと残された岡崎のワゴン車が見えた。うしろを開けて立っている岡崎が、車内灯でぼんやり浮かび上がっていた。わたしたちが荷物を積み込むと、岡崎と春代はもう一度店長に挨拶《あいさつ》してくると言って戻っていった。車から離れる春代が、胸の前で小さく振った手の白さが、しばらく目に残った。

スライドドアを開けて真ん中のシートに浅く腰掛けて、わたしは先に助手席に乗り込んでいた麦《ばく》に話しかけた。彼は、麦、という名前だった。東京から来て、昨日までは一か月ぐらい神戸で知り合いのところに居候《いそうろう》してぶらぶらしていた、と教えてくれた。

「ばく、って珍しい名前」

ドアを開けたままだったので、近くの商店街から豆腐の匂いが漂ってきた。空腹だった。

麦《ばく》は、助手席の窓に肘をついて手に顎《あご》を載せ、じっとわたしを見ていた。

「父親が穀物の研究してて。大地の恵み礼賛《らいさん》みたいな。妹は、米って書いて、まい。それよりはましかなって」

「まい」

わたしははっきりした発音で繰り返した。ほんとうは、ばく、と発音したかった。心の中ではもう数え切れないほど繰り返していた。ばく。昨日麦に会ってからまだ十五時間ぐらいしか経っていないなんて、信じられなかった。そのあいだ自分がずっと眠らないで目が覚めているなんて、すごいと思った。

麦が麦の声で言った。

「名前つけてくれたその人には長いこと会ってないけど」

「リバー・フェニックスみたい」

わたしは少しも動かないで言った。麦に聞かれた。

「なにが？」

「リバー・フェニックスって、親がナチュラル志向かなんかで、他の兄弟も、サマーとかレインとか」

麦は、フロントガラスの向こうへ視線を移し、それからダッシュボードの灰皿を開けて閉めた。麦も豆腐食べたいかな、と思った。

「何してる人？」

「もう死んだ人」

わたしはなんとなく、シートの上にほったらかしにされていた岡崎のウインドブレーカーを触った。紫なのに紺に見えた。

「リバー、フェニックス。不死鳥、川さん」

麦の声で、わたしは顔を上げた。車内灯の黄色っぽい光に浮かび上がった麦の横顔をじっと見た。フロントガラスの外の、道路を渡った向こうの歩道を、学生らしい一団が歩いていた。よっぽど楽しいのか、側転したり踊ったりして歩いていくのが、真っ白い街灯に照らされていた。瞬《またた》きをするたびに、外の空気は少しずつ明るくなっていった。

「川か」

麦は繰り返した。眉毛《まゆげ》と睫毛《まつげ》が黒かった。麦が前のほうを見たので、わたしももう一度外を見た。男の子の一人が電柱によじ登り、脱いだTシャツを振り回していた。

「うん。川」

わたしはそれまでで最高の笑顔で答えた。できたての豆腐のにおいが車内にも充満してきてむせそうだった。鳥が鳴く声が聞こえた。夜は明け始めた。星はまだ残っていた。店の電飾もまだ煌々《こうこう》と輝いていた。等間隔で並ぶ街灯も光っていた。そしてもうじき、太陽の強い光がその全部を白く覆って、この場所は明るくなろうとしていた。電柱に登っていた男の子は下りかけて途中で落ちた。うしろにいた女の子が彼に抱きついて、大声でなにか言った。言葉は聞こえなかったけれど、なんて言ったかわたしにはわかった。

だいすき！

女の子は男の子に抱きついたまま、その場で動かなくなった。

五月になった。

長い連休は終わった。

終業時間まであと三時間、と時計を見上げて確認した。連休が終わったら、ちゃんと決まった時間に起きて決まった時間の電車に乗ってこれが最初から普通だったみたいに灰色の椅子に収まっている自分が、おもしろいというほどでもなくて、やっぱり普通だった。

デスクの上に八日間放置していたふた付きのマグカップを給湯室《きゆうとうしつ》に持っていき、流しでふたを開けると緑色の浮島《うきしま》ができていた。ほんのり懐かしいにおいがした。今までにお茶が腐ったときの記憶がいくつも蘇《よみがえ》るのを感じた。腐ったお茶のにおいなのか、それともカビ自体のにおいなのか、わからなかった。洗い桶《おけ》にお湯を張って洗剤を入れ、カップを浸《つ》けた。廊下に誰の気配もないのを確認してポケットから携帯電話を取り出した。怪しい健康器具販売の会社に入社して研修で長野にいる大学の同級生からメールが来ていた。機種を変えた彼女とはやっとメールができるようになったばかりなので、やたらと送ってくる。灰色の小さな画面にかくかくした文字が並んでいた。

〈毎朝ランニングしてるから健康になってきた。あさちゃんは？〉

返信した。

〈お茶にカビ生やしてもうた。やばい！〉

応接室を覗いたらちょうど置き去りになっている湯呑《ゆの》みが五客もあったので持ってきてマグカップといっしょに洗って、ちょっと仕事をした気分になったところに友だちから返信があった。

〈それは人としてあかんで。まじめに働きや〉

返事を打とうとしたところで人の気配がしたので、携帯電話を素早く布巾《ふきん》の下に隠した。

「泉谷さん、あとで決算報告書の整理の続きやるからね」

常に開けたままのドアの陰から、日野さんが覗いた。日野さんは、三十年前の創業当時から勤めているからなんでも知っていて、日野さんにだけは嫌われてはいけないと上司からも女子社員の先輩たちからも言われていた。日野さんは今日から半袖を着ていた。髪も美容院に行ったばかりらしく、強めのパーマをかけたショートヘアにはきっちりとブローの跡が流れていた。本物だ、と思う。日野さんは、夕方再放送している、二十年以上前のドラマでいびり役をやっている人にそっくりで、姿を見るたびに、ここは会社なんだと感じる。

「はいはい、すぐ行きます」

答えるのと同時に、布巾の下で携帯電話が振動した。ステンレスの流し台の上だったから、響いてびっくりした。携帯でメールできる相手が増えたことによってこういう事態に陥るのだった。日野さんは戸口の前に立ったまま、流し台に視線をやり、それからゆっくりとわたしの顔を見た。

「会社におるっていうのは、すなわち、お金もらえるだけのことせなあかんのやで」

日野さんは低い声で言った。

「はい」

と返した。笑いそうになったので必死にこらえた。すなわち、なんて、日野さんは漢文が好きなんだろうか。もう一度、ステンレス板に振動音が響いた。ますますの窮《きゅう》地《ち》に、なぜかさらに笑いがこみあげてきたので、唇をかんで耐えた。

「第一会議室。すぐやで」

日野さんは言い残して、営業のフロアのほうへ歩いていった。わたしは、カビの件はなにも感づかれなかったことに安心した。片付けも掃除も苦手でいろんなものにカビを生やしてきて、家では一日中テレビをつけっ放しで寝てばかりいるような人間だとばれたら会社には居づらくなるだろうか、と考えた。これから長く世話にならなければいけないのだから、用心したほうがいい。

一応携帯電話を確認した。カフェでアルバイトしている友だちから、ちゃんと会社行ってるう？　というメールと、なんにもしていない友だちから、さっき全身ピンクのおっさん見た！　というメールだった。

第一会議室には、日野さんも誰もいなかった。ロの字型に並べられた長机の上に、何十年分の決算報告書が積んであった。壁際に重ねられた椅子の前を通り、窓から外を見た。同じ高さの、隣のビルの七階は全部ブラインドが閉まっていた。開いているのを見たことがない。下を見ると、長堀橋駅の方向へ歩いていく人たちが見えた。スーツ姿の人たちに交じって、洋服を買ったらしい大きな紙袋を提《さ》げた女の子たちが、三人並んで歩いていた。平日やのにいいなあ、と、このあいだまで自分もそうだったことを思い、窓ガラスに映っている自分がボウタイ付きのブラウスにチェックのベストなんていう普段は絶対着ない服を着ているのを、しばらく眺めた。友だちに見せたら、コスプレみたいって笑ってもらえるかもしれない、と思った。

「泉谷さん、なに見てんの」

日野さんの声に振り返ると、日野さんはもういちばん端の決算報告書の束を選り分けて段ボール箱に移す動作をしていた。あまりに自然で素早い動きに感動するとともに、日野さんはもしかして体内にこういうプログラムが内蔵されたロボットなのかも、と思ってみたらちょっと楽しかった。しかし、表面上は慌てた動作で、日野さんと反対側から仕分けを始めた。紙の端で手を切った。こういうのがずっと続くんだろうと思った。学校みたいに区切りや終わりが決まってなくて、一日ずつ過ぎていくしかないと思ったら、怖い気がした。

「まだいろんなもんに興味がある年頃なんやねえ。ええねえ」

日野さんは動作を止めないまま、言った。これって、嫌味を言われている、という状況なんやんな、と思った。あとで友だちにメールしよう。今日はネタが多くて、羨ましがられるにちがいない。

まじめに作業を続けて十分後、虫が飛んでいるみたいな音が聞こえてきた。だんだん大きくなって、その音にメロディがあることに気づいた。横を見た。たぶん鼻歌と思われるその音は、黙って作業を続ける日野さんの顔のあたりから発生しているように見えた。なんの歌なのか旋律を追いながら日野さんの横顔の鼻と口のあたりを凝視した。

「手ぇ止まってるよ」

顔を上げないまま、日野さんが言った。なぜこちらの様子がわかるのだろうか、いつかわたしにもそういう技が身につくのだろうか、と思いつつ、

「すいません」

と謝って、仕分け作業に戻った。しばらくするとかすかな鼻歌が聞こえてきた。再び日野さんを見てしまった。

「なんか用事？」

「いえ。……あのー、それって、なんの歌でしたっけ？」

「は？　歌？」

「その、日野さんが歌ってるっていうか……」

日野さんはじっとわたしの顔を見た。それから、言った。

「歌なんか歌わへんでしょ。怖いこと言わんといてよ」

「すいません」

わたしは、そのあとも日野さんと並んで作業を続けた。日野さんの鼻歌は断続的に聞こえ、なんの歌なのかも思い出せなかったし、なにが「怖い」のかもわからないままだった。

帰るとき、地下鉄のホームでスキップをしている男の人を見た。


六月になった。暑かった。

角を曲がったところで、すぐ前のアパートの一階のドアが突然開き、男がしゃべりながら出てきた。

「おれは行く言うたら行くんや。三百万、ちゃんと隠しとけよ」

三百万。

男は七十歳か八十歳か、それぐらいだった。紙でも挟《はさ》めそうなくらい眉間《みけん》の皺《しわ》が深かった。暑いのに茶色の背広でしかもボタンも留めていた。男の足下から、真っ黒の猫が飛び出して、向かいの家の塀に跳び上がった。

小さい公園を、対角線の上を歩くように横切った。ブランコとばねの上に据《す》えられたパンダとカバが光っていた。それ以外は白い砂だけだった。暑かった。外周の銀杏《いちょう》は貧弱で、太陽は真上だから、日陰もなかった。とても広い場所を歩いている気がした。

奥のフェンスの向こう側に、建物が五軒並んでいるのが見えた。右から二番目の木造アパートの一階のこっちを向いている窓が、麦《ばく》のいるところだった。窓は開いていた。中は暗かった。音楽が聞こえていた。フェンスの端の扉になっているところをくぐり、室外機や見捨てられた植木鉢で塞《ふさ》がれた隙間を歩いて、麦の窓の下へ辿り着いた。音楽は止み、人の声が聞こえた。テレビの音だった。そばに転がっていたコンクリートブロックを積み上げ、踏み台にして部屋の中を覗いた。

四角い部屋だった。麦はいなかった。左側の壁にも同じ大きさの窓があり、同じように半分開いていたが、すぐ隣の家の壁が迫っていて薄暗かった。どちらの窓にもカーテンはなかったし、部屋の中にあるのは畳の上に直接置かれたテレビとマットレスだけだった。小さいテレビ画面にはどこかわからないけれどヨーロッパらしい町並みが映り、何度も聞いたことがあるが題名のわからない曲が再び流れ始めた。バイオリンの音だった。い草のにおいがした。正面の押入れは右側が開いていた。台所と仕切るガラス戸も右側が開いていた。風呂場のドアも開けっ放しだった。知り合いの家に居候していた麦は、先週ここに引っ越した。荷物は鞄と段ボール箱一つしかなかった。先週の土曜日に岡崎と春代といっしょに引っ越し祝いでこの部屋でごはんを作って食べた。そのときと、今と、どこも変わったところはなかった。

わたしは窓枠《まどわく》に両腕を載せて、部屋を眺めていた。足下がぐらついて驚いた。部屋に物がないのが羨ましかった。ほんとうは昼寝している麦を気づかれないで眺める予定だったのにと思った。足音がした。ドアを見た。見られたドアが開いて、麦が現れた。

「こんにちは」

麦は、脱いだ靴をちゃんと揃《そろ》えてから窓のところへ歩いてきた。左手は丸椅子を持っていた。

「こんにちは」

わたしはうれしかった。自分の膝《ひざ》に、吹きつけの外壁のざらざらしたところが当たって痛いのも楽しかった。楽しい気持ちで聞いた。

「ごはん食べた?」

「食ってない」

麦は丸椅子を置いて腰掛けた。先週、岡崎の車で粗大ごみ収集日を狙《ねら》って回ってきた中にあった。オレンジ色で花柄でビニール張りだった。その花はわたしの好きなポピーだったから、すべてが思ったようにうまく運ぶ時期もこの世にはあるんだと思った。別の花でも別の色でもそう思った。公園の砂が交じった乾いた風が吹いてきて、背中の汗を冷やした。麦がいる部屋の中は、外よりも少しだけ温度が低かった。

「食べへんの?」

麦は答えなかった。ここは岡崎の祖母所有の古いアパートで、二階の三部屋分を改装して岡崎の母と兄が住んでいる。一階のいちばん奥のこの六畳は、狭くてほとんど日も当たらなくて、三年前から岡崎が楽器やら漫画やらを置いて倉庫代わりにしていた。留年した岡崎が春から大学の近くに友だちと借りた一軒家に先月荷物を移したところだったので、麦が住んだ。岡崎はビデオ付きの小さいテレビだけを残していった。そのテレビから流れていた音楽がひときわ大きく盛り上がって、番組が終わった。麦はテレビのところへ行って、チャンネルを何度か変えたあとでリモコンを元の場所に置いてから戻ってきた。麦の動作は、一つ一つを独立した行為としてやり遂げる感じだった。好きだと思った。

テレビの画面に、ベトナムの風景が現れた。

「おれ、ここ行ったことある」

「そうなん」

「母親が住んでたことがあって、半年ぐらい」

「いつ?」

「五年ぐらい前?」

「麦がいろんなところに住むのは、お母さんの影響?」

「楽しかった」

麦は、四角い画面の中の水田と高い木々とまっすぐな道を走る車を見て言った。

「光が違うっていうか。光と水分と温度と、全部いっしょみたいな感じ」

そこは麦が行ったことがあるところで、わたしは行ったことがないところ。足下のブロックが揺れてバランスを崩しそうになった。体勢を直した。日陰なのに、背中側の公園の暑さが伝わってきた。

「ベトナムも暑い？」

「暑くて昼間は誰も外歩いてない。店は早朝から開いてて、夕方になったらまたじょろじょろ出てくる」

テレビの中を走る四輪駆動車は、川に出た。幅の広い濁った川。

「ミートーの近く」

麦が言った。

「ミートー」

わたしは繰り返した。麦がそこからつながった場所を歩いているのを思い浮かべた。麦が歩いた道が、画面のずっと奥にある。わたしもそこを歩いた気になった。

「大阪も昼寝方式にしてくれたらいいのに」

「暑そう」

「わたし、たいていのことには自信なくて、自分がすごくそう思ってることでも、人に違うって言われたらそうなんかもしれへんと思ってしまうねんけど、でも、大阪は暑いのだけは、誰にも同意してもらわれてへんくても、絶対に、暑いって言い切れる」

「かわいい、それ」

麦は、わたしの耳の赤い石のついたピアスを見て微笑んだ。がちゃがちゃと騒がしい塊が公園にやってきた。振り返ると、六人の男子小学生が自転車を乗り捨て、なんの躊躇《ちゅうちょ》もなく守備位置につくのが見えた。三対三でも野球ができることを、わたしは今この瞬間に知った。真ん中に立った丸刈りが、蛍光ピンクのゴムボールを投げた。ピンクの発光体が飛んでいった。

麦が言った。

「こっちに入ったら」

「うん」

ブロックから下り掛けたわたしの腕を、部屋の中から麦の左手が伸びてきてつかんだ。麦が、窓から身を乗り出し、右手をわたしの肩の下に差し入れた。わたしはサンダルの足で、壁をよじ登った。壁の表面が崩れた。ビートルズの、彼女が風呂場の窓から入ってきた歌が、高らかに鳴り響いた。笑いながら窓枠を乗り越えた。テレビの画面を見た。定時のニュースで青い背景にアナウンサーが座っているだけだった。風呂場の窓から入ってくる歌は、わたしの頭の中で鳴っているのかもしれなかった。この部屋から大音量で鳴り響いて、麦にも公園にいる小学生たちにも、二階の部屋にいるのかどうか知らないけど岡崎の母や兄にも聞こえるはずなのに、と思った。自分がばかなことがうれしかった。

真新しくてつるつるした畳の表面を撫《な》でた。

「片づいてるね」

「なんにもないから」

「いいなあ」

わたしは布袋からコンパクトカメラを出して、立っている麦に向かって構えた。小さいファインダーの中に、小さくなった麦がくっきりして見えた。ファインダー越しに見上げた麦は、バランスが悪く見えるくらいひょろっと細長い体をしていた。その小さくてひょろ長い麦から、細長い手がにゅっと伸びてきてカメラを押さえた。

「写真、きらい」

「なんで」

「魂取られるって言うじゃん。写真に写ったらだめだって、ばあちゃんの遺言だから」

麦は笑った。わたしも笑って、カメラをおろした。目でじかに見ると、麦の顔が大きく迫ってくるみたいに感じたから、緊張して視線を逸らした。

「ベランダがあったらええのにね」

「なんで」

「布団《ふとん》干すとか」

「へー」

麦は、小さい冷蔵庫から長方形の紙パックに入った野菜ジュースを取ってきた。

「栄子さんにもらった」

岡崎の母は、愛想のいいよくしゃべる人だった。春代が、誰でも男前には親切なんやなー、だからタチ悪いねんけどー、と言っていた。麦は野菜ジュースじゃなくて水を飲んだ。わたしはストローを突き刺し、赤い液体を吸い上げた。

振り返って、さっき自分がよじ登って乗り越えた窓を見た。左半分が全開の窓は、外の光のせいで、それを囲む壁が陰になって黒い枠に見えた。外は、なんでも燃えてしまいそうなくらい眩しかった。フェンスに絡《から》んだ蔓《つる》とまばらな葉のあいだから見える公園の向こうには、五階建ての団地が並んでいた。同じ大きさの、平べったい直方体の建物が、二×三で六棟あった。規則正しく並んだ長方形のベランダには干された洗濯物が白く光っていた。布団を叩く音が響き、公園の小学生たちの声が反響した。そういうのが全部、一メートル四方の四角い窓枠の中に平べったく収まっていた。隣の家から、テレビの音が聞こえてきた。それはたぶん、この部屋にあるテレビに映っているのと同じ番組で、ほんとうは音が重なっているのに、一つの音が割れて二つになっているように聞こえた。

麦が聞いた。

「楽しい?」

「すごく楽しい。うれしくて死にそう」

　麦はわたしの前にしゃがみ、わたしにキスした。背中に麦の手の感触がして、驚いた。この人には意思があって、それによって彼自身で動いているのだと、突然わかった気がした。この人はわたしじゃなかった。自分以外の人が、自分のことを思ったり、関わろうとしたり、そのようなことが現実に起こるなんて、予想もしていなかった。長くキスしているあいだに、わたしは膝をついた姿勢になって、それから二人で畳の上に倒れた。麦が頭を打った振動を感じたけれど、畳の上だからだいじょうぶだと思った。窓から窓へ風が通った。顔を少し離して、また窓を見た。窓の外のフェンスに、小学生が四人登って張りついていた。八つの目が、じっとわたしと麦を見ていた。さっきの、風呂場の窓から入る歌がようやく彼らにも聞こえて、メドレーになっているその続きを歌いに来たのだと思った。でもまだ子どもだからその歌は知らないので、別の歌を歌った。河川敷でホームランを打つ歌だった。

　近くの自動車修理工場が火事になって、黒い煙が上がった。塗料《とりょう》に火がついたとき、爆発音が響いた。

　二週間経った。

木曜日だった。

第二会議室は長方形で、奥の狭いほうの壁に窓があった。薄緑色のブラインドを上げると、裏のビルの壁だった。こっちの窓とずれた位置に、斜めに開く小さな窓が各階ごとにあって昼間は全部開かれていた。その窓が気になってときどき覗いてみるのだが、仕事が終わる六時頃までにはいつのまにか全部閉まっていた。

会議室の隅に置かれたテレビと二台のビデオデッキを操作して、新しく竣工《しゅんこう》した物件のPRビデオをダビングしながら、長机の端でOCR用紙の出金伝票を書き込んでいた。緑色の軸の規定のペンで、数字を印刷したようにきれいに書けると自分も機械の一部になったみたいでうれしかった。

ちょうど壁の裏側に置かれたコピー機の音が響いてきたが、誰がいるのかわからなかった。経理部のほうから、おーい、と声が聞こえた。誰の声か区別が付くようになった、と思った。

新築マンションを誉《ほ》め称《たた》えるナレーションが、当社はみなさまの暮らしに寄り添い、というあたりにさしかかったので、リモコンを構えた。自分もいつかこんな食器洗い機据え付けシステムキッチンのマンションを見に行ってローンの算段をすることがあるだろうか、と一応思ってみて、停止ボタンを押した。会社のロゴマークが消え、代わりに夕方の情報番組が映った。心斎橋に新しくできたラーメン店の行列の生中継だった。新人の男性アナウンサーが、明るく高すぎる声でわたしも待ちに待ってたんですよ、と言うと、カメラが行列の真ん中へ角度を変えた。

「あっ、岡崎」

わたしが言うのと同時に、アナウンサーが岡崎へマイクを向けた。

「どのくらい並んでるんですか？」

「余裕で三十分超えてます」

「どうですか？　早く食べたいでしょ」

「もう死にそうっす」

岡崎は、いつもの猿の子どもみたいな動きで上半身を折り曲げた。スタジオの司会者からとりあえず笑ってもらった。岡崎は先週会ったときと同じイギー・ポップの顔がプリントされた黄色いTシャツを着ていた。アナウンサーもカメラも前のカップルに移動したが、岡崎は落ち着きなくカメラを見ていた。わたしは、岡崎に手を振ってみた。岡崎は、眩しそうにちょっと目を細めた。手は振り返してくれなかった。アナウンサーが店内に移動し、岡崎は画面から消えた。

わたしは窓を開け、裏のビルとの隙間に身を乗り出して、西の方向を見た。道路の向こう側のビルの、さらにずっと向こうに、心斎橋があるはずだった。でも見えなかった。夕方で、夏至《げし》に近い太陽は眩しかった。二つの建物に挟まれて細長く切り取られた街では、いくつもの四角い建物が隙間なく輝いていた。その光の中に、岡崎が並ぶラーメン屋も麦がバイトを始めたレコード屋もあった。あと一時間半で仕事が終わって、地下鉄に二駅乗って、そうしたらわたしもあの中にいる。

「泉谷さん」

どーん。ドアのところに日野さんが立っていた。腕組みに仁王立ち《におうだ》。そんなポーズが見られるなんて、得した気分だった。

「あの、友だちが、テレビに映ってて、ダビングしてたんですけど、たまたま……」

「なんで」

「ラーメン屋に並んでて」

と答えてから、日野さんが質問しているのは、なんで友だちがテレビに出ているからと言ってわたしが窓から身を乗り出していたのか、ということかもしれないと思った。

「こんな時間に、お友だちはええ身分なんやねえ」

「えーっと……、仕事の、休憩中、と思います」

誰もが働いている場所にいると、働いていないことも働いていない人と友だちだということも、言ってはいけない気がした。日野さんに対しても嘘がつけるようになってきた。成長したのかも、と思った。窓から風が吹き込んで、書類が飛んでいった。日野さんの足下に落ちた。

「その窓、開けんといてね」

日野さんは書類を拾わなかった。

窓を閉めるとき、隣のビルの窓の下のハンドルに誰かの手が伸びてきて閉める瞬間を目撃した。日野さんにも見てほしかった。

「最初くらいは、努力しなさい」

摩天楼《まてんろう》で商談をまとめた男がビールを飲むCMになっていたテレビを消した。ぶうんという小さな響きと、ぱちんと静電気の弾ける音が同時に聞こえ、四角い画面は黒く閉じた。日野さんは、しばらくそこに立ってわたしを監視していた。わたしはその視線を意識しながら、書類やビデオテープをできるだけ素早く手際よく見えるような動作で片付けた。そのあいだに、また日野さんの鼻歌が聞こえてきた。たぶん、前と同じ曲だった。わたしは、目だけでちらっと日野さんの顔を見上げたが、その瞬間にすぐ日野さんの視線に出会ったので慌てて書類をファイルに収める動作をアピールした。同僚の女の人から、日野さんの鼻歌は無意識らしく本人は絶対に認めない、と二週間前に聞いた。横から課長が、あれは日野さんが気に入った人の前でしか出ないから気に入られてるんじゃないか、というようなことを言ったが、そのような都合のいいことを考えるのはやめといたほうがいいのは、これでも二十二歳なので理解していた。さっき見た、窓を閉める手を写真に撮れたらよかったのに、と思った。

岡崎が並んでいたラーメン屋の前まで行ってみた。まだ行列は続いていた。開店祝いの花が暑さでしおれていた。


七月になった。

金曜日だった。

就業時間が早く終わればいいと思った。時計ばかり見ていた。会社のチャイムが鳴る時計には秒針がないから止まっているみたいに見えた。でも終わりは来た。会社が終わっても昼間と変わらないくらいの明るさになったからうれしかった。真夏の暑さになった。

麦の部屋に行くまでの道でよく見かける犬と擦れ違った。いつも一匹で同じ方向に歩いていって、戻ってくるのは見たことがなかった。鼻が黒かった。角の家の庭に面した窓は開けっ放しだった。明るいのに蛍光灯が全部点いていたので、中がよく見えた。電気ポットと新聞や食べかけのなにかの袋や薬の袋が乱雑に載ったテーブルと、食器と雑誌がいっしょに入った棚と、座布団がくくりつけられた椅子が鮮明に見えた。人が使ったもので埋め尽くされているのに、人はいなかった。

「さあちゃん」

見上げると、もう完全に見慣れたアパートの二階の廊下の端で、麦が長い腕を振っていた。朝子、というわたしの名前を、最初はあさちゃんと言い、そのうちにあーちゃんとかさーちゃんとかあっちゃんとかいろいろ言うようになり、「あ」を比較的強めに言う「さあちゃん」になった。

麦は錆《さ》びた鉄の階段を音を立てて下りてきた。

「肉食えるよ」

とうれしそうに言った。わたしの頭を撫でた。ぱっと体を翻《ひるがえ》して階段を上がっていって、その家の子どもみたいに躊躇なく部屋に入っていった。同じ形のアルミのドアが五つ並ぶ廊下には、肉の焼けるにおいが漂っていた。ドアは五つあるが、隣の二つは岡崎家の一部だから開かないようになっていた。奥の二つは誰かが住んでいた。

「おじゃましまーす……」

遠慮気味に言いながら、いちばん手前の岡崎家のドアを開けた。

「おー、ちょうどええとこ来たやん」

部屋の真ん中の座卓の奥にいた岡崎が、箸《はし》を握ったまま手を振った。玄関のすぐ右の風呂場からは、水が流れる音が聞こえた。台所には、岡崎の母の栄子さんが立っていた。

「はい、まいど」

栄子さんはショッキングピンクかつゼブラ柄にスパンコールのついたTシャツを着

ていて、右手は麦茶のボトル、左手は四つ重なったコップを差し出した。栄子さんが笑って目や頬に皺ができると、岡崎が年を取ったときの顔が容易に想像できた。

「ノブくんの仕事場の近くに、ええ肉屋あんねん」

岡崎は缶ビールを片手に、ホットプレートの上で血の滲《にじ》んだ肉を裏返した。岡崎より八つ年上の長男・ノブさんは、一昨年イルカの調教師と結婚して和歌山に引っ越して一か月で離婚して再び栄子さんと同居して叔父さんの工務店で働いていた。風呂場の水音はノブさんらしかった。

「まじでうめー」

一枚目の肉を口に入れた麦が言った。酒が飲めない麦に、わたしはお茶を注いであげた。

「ちょっとあんたら、一回ストップしなさい。焼き肉はみんな揃《そろ》て食べるからおいしいんやないの」

栄子さんは、白くてつやつやしたとうもろこしの輪切りと太めの三日月みたいな形に薄く切った南瓜《かぼちゃ》が載った皿を座卓に置くと、麦の隣に座って缶ビールを開けて飲んだ。

「あー、おいしいわあ」

「自分も飲んでるやん」

「肉は食べてない」

傍らのボウルでは、血と調味料の混じった液体に肉が浸かっていた。

麦の部屋と左右が逆なだけでまったく同じはずの部屋は、全然違って見えた。壁は薄いピンクに塗られていた。柱はもっと濃いピンクで塗ってあった。栄子さんの服と似た色だった。押入れの襖《ふすま》を外して作った棚には、歴史小説の文庫本が並び、そのあいだから生えたみたいに栄子さんが作っているアートフラワーがびっしり詰め込まれていた。棚の真ん中には、岡崎の父が海辺に立っている写真が、ビロードで作られた赤いバラの蔓《つる》に取り囲まれていた。なにもかも栄子さんの趣味だった。台所の脇に、隣の部屋につながるドアがついていて、その向こうのやっぱりまったく同じ形の部屋とつながっていた。

栄子さんはビールを半分飲んで、台所へ戻った。麦が、生のとうもろこしをそのままかじった。

「うめー」

麦はほんとうにおいしそうにとうもろこしを回転させて食べた。

「へんなやつ」

岡崎が言った。わたしも一つ取ってみたけれど、すぐにはかじれなかった。円柱の表面では一粒一粒が滑らかな輝きを放っていた。

「食べれるんや?」

「食べられない?」

麦は、今度は南瓜を生のままかじった。ぽりぽりと音がした。わたしはとうもろこしをかじった。甘かった。

「甘い」

「だろ?」

麦は得意げに笑った。

「まじで?」

岡崎もとうもろこしをかじって今まで知らなかった味覚に感動した。玉ねぎやピーマンを満載した皿を運んできた栄子さんに、麦が言った。

「この野菜、いい野菜」

「わかるぅ? 麦ちゃん、さすがやねえ。知り合いで無農薬で作ってはる人からもろてきたんよ。まだようさんあるから出すわ」

栄子さんは左右に揺れながら台所へ戻った。鼻歌も歌い始めた。ふうんふうん。段ボール箱からとうもろこし三本とグリーンアスパラ十本とキャベツ一玉と人参三本を出して切った。楽しそうだった。風呂場の戸が勢いよく開いた。ノブさんが出てきた。短パンの上は裸で、Tシャツの形に日焼けした体中から湯気が立っていた。

「あっ、食うなって言うたやろ。予想通りか」

「味見やって」

岡崎はまた肉を口に入れた。ノブさんは、栄子さんの手元で切り分けられていく大量の野菜に気づいた。

「多すぎへんか、それ」

「野菜は体にええのんよ」

「そんな問題か」

ノブさんは冷蔵庫から冷えた缶ビールを取り出して、立ったまま流し込んだ。

岡崎親子に挟まれた麦は、焦《こ》げていく肉をじっと見つめていた。家族の団らんの真ん中に座っている麦に、誰も気を遣っている様子がなくて、麦は前からずっとこの家に出入りしていた親戚かなにかみたいな感じもしたし、もしかしたらこの家の人たちは麦がいることを忘れているようにも見えたけれど、麦が焼けた肉を取ろうとしたら、

「おいおい、年長者を大事にしなさい」

とノブさんが言ったのでちょっと安心した。だけど麦は忠告を無視して肉を食べた。

肉も野菜も順調に焼かれていった。焼かれると食べられてなくなった。

九時を過ぎたのに気づいた栄子さんが、テレビをつけた。サスペンスドラマが始まるところだった。日本海に近い温泉街に、秘密の過去を持つ女がやってきた。

「毎週おんなじやんけー。よう飽きへんな」

　岡崎はもう満足するだけ肉を食べて、テレビを振り返って言った。栄子さんはテレビがよく見える位置に移動し、リモコンで音量を上げた。

「おんなじとちゃうの！　一見同じように思える相似《そうじ》の中に潜む多様性っていうの？　複雑性っていぅうの？　そこに創造と悦楽があるんやから」

「ずっと見てると、なんかあるような気ぃもする」

　ノブさんが、二杯目の白いごはんの茶碗を持ったまま言った。がっしりした体格も四角い顔も岡崎とは違って、押入れの棚でバラに囲まれている人に似ていた。

「そやろ？　ノブくんはようわかってるわ。ええとこ見てるねえ。形式の美学いうもんがあるのやで」

「ほんまかよ」

　岡崎は壁際に後退した。そのすぐそばの露天風呂の脱衣所では女が男を刺した。凶器は大きなハサミだった。ノブさんは、茶碗のごはんを掻き込んだあと、缶ビールだけを持って座ったまま壁際に後退した。窓の下の左と右に兄と弟が配置された。頭上では古い型のエアコンが、もうすぐ爆発するんじゃないかと思うくらい大きな音で唸《うな》りながら風を吹き出していた。

「あーあ、やってもた」「あかんあかん、やめとき、そんなしょうもない男」「ほら、ちゃんと隠しとかなすぐばれるで」

栄子さんは、テレビの中の人たちに向かって、声をかけ続けていた。岡崎が言った。

「おばちゃんの見本か」

「いちいちうるさい子やね。あー、ほら、向こうに見えてるやないの、あっちあっち」

テレビ画面の中では、どこに旅行に行っても殺人事件に遭遇する雑誌記者（夫は刑事）が露天風呂に浮かぶ死体を発見して叫んだ。きゃー。ハンチングを被った謎の男が脱衣所の陰に身を隠した。女の連れのおっちょこちょいの主婦が叫び声を聞きつけて風呂を覗いた。きゃー。

「わたしも、わかります。栄子さんみたいに声には出さへんけど、テレビ見てたらすぐそういうの、思う」

「声に出すか出せへんかが、境目なんやって。泉谷は普通や」

「テレビだけやなくて、ほんまの人にも言うてるで、最近は」

壁際のノブさんは、ビールの缶をとても大切なもののように両手で持っていた。弟は片手で持っていた。

「まじで」

「教えてあげたほうがええこともあるやんか。ファスナー開いてるとか、コンソメはあっちにあるでとか」

栄子さんの手が、わたしと麦のコップにお茶を注ぎ足した。麦はその手をじっと見て、それから栄子さんの顔を見た。

「栄子さん、いい人なんだ」

「ほら、麦《ばく》ちゃんはわかってるわあ」

「うまいこと言うて」

岡崎はそれなりに酔っているみたいだった。雑誌記者の夫の刑事が到着したことにも気づいていないみたいだった。麦はお茶を飲み干して、もう一度栄子さんに注いでもらった。

「人間には、コミュニケーションて重要なんだね」

麦は笑っていた。わたしはうれしかった。とうもろこしは甘かった。カルビを焼いて食べた。白いごはんもおいしかった。新しいビールを取りに立ったノブさんがテレビ画面を振り返った。

「出てきたで」

画面の中は、警察の取調室の隣の部屋だった。マジックミラー越しに犯人と疑われている無実の貧しい青年を見ながら、三人の刑事がやり場のない怒りをぶつけ合っていた。いちばん若い、目鼻立ちのはっきりしすぎた浅黒い顔の男を栄子さんは指差した。

「あ、これこれこれ、この子！　見て見て見て、うっとりするわあ」

「うるさいな。誰やねん」

「麦ちゃんも、こういう仕事したら？」

栄子さんは、ショッキングピンクのゼブラ柄Tシャツから出たたくましい腕を組み、頭を傾けてじっと麦の顔を見た。

「わたしね、そういう才能、あるのよ。この人、なんかええことありそうやなあと思たら、こないだもうちの店の子が宝くじ当たって。いや、二億とかちゃうよ。十万円やけど。ないよ、六桁当たること。手相の勉強もしてんのよ」

「聞いたことないぞ」

岡崎が言ったが、栄子さんは無視して麦を観察し続けた。ノブさんが新しいビールを手にしてまた壁際に戻り、テレビの中で真犯人によって行われた第二の殺人（経理担当のおっちゃんが旅館別館の非常階段から突き落とされた）を目撃してから、ビールを開けた。とても快い音がした。

麦は、栄子さんを見て言った。

「おれ、なに？」

麦の目は、うっすらやさしく微笑んでいた。

「おれ、どういうふうに、見える？」

「麦ちゃんはねえ、たぶん、もっと年取ったほうがええと思うわ。今はまだ、もやっとしてる」

「幅広すぎるやろ」

岡崎が言った。仲のいい親子だと思った。麦は小さい子どもみたいに単純に聞いた。

「年って？　何歳？」

「まあ、四十代以降かな」

「遠くて、わからない」

麦は、やさしい感じで笑ったまま、玉ねぎを食べた。岡崎が栄子さんの前の皿から最後のとうもろこしを取った。

「そんな能力あるんやったらまず息子をどうにかしてくれよ」

「あー」

ノブさんが実感のこもった低いうめき声を発した。


窓の外がぱっと光った。幾何学模様の入った古い磨《す》りガラスに、白い電灯の光と人影のような黒いものが映った。路地の向こうの家のベランダに誰かが洗濯物を取り込みに来たのだとわたしにはわかった。白い光は黒い影に遮《さえぎ》られながら、ガラスの幾何学模様ごとに分割されて、それぞれが同時に動いていた。群青色と白と黒の光で構成された断片の集まりが、ガラス板の上で動き続けるのを眺めていた。

「麦ちゃんのお母さんて、美人なんやろねえ」

「そうだよ」

　麦は即答した。

「恋多き女って感じするわあ。好きな人といっしょやったらどんな土地でも暮らしていける。それって女の醍醐味《だいごみ》やと思うのよ」

「なに語ってんねん」

「わたしもね、若いころは、好きな人と朝ごはん食べるためだけに夜行で行って帰ってきたことあるのよ」

「どこまでですか？」

　わたしの手は、栄子さんのグラスにお茶を注ぎ足した。お茶は琥珀《こはく》色だった。液体が静止すると固体に見える。そう見える瞬間が好きだ。

「東京よ、東京。神楽坂って行ったことある？　麦ちゃん」

「ない」

「昔はね、情緒があってええとこでね、夜行乗って、アパート着いて朝ごはん食べて、お弁当作って持たせて、それで帰ってきてん。はあ、あのときは幸せやったわあ」

「やめろよ、想像してまうやん」

　窓の下の岡崎は、いつのまにか肘をついて横になっていた。ノブさんも左右対称で同じ姿勢になっていた。

「なにがよ、誰でも若いときがあるの」

「自分の母親の生々しい話なんか聞きたないやろ」

「いいですね。羨ましいです」

わたしは心からそう思った。栄子さんは、目尻に皺の刻まれた目を見開いて、驚いた顔でわたしに言った。

「今が、そのときやん！」


アパートの前をうるさいバイクが通った。


洗い物を手伝っていると、栄子さんが言った。

「あんた、一人暮らしとちゃうんやろ。週末ずっとここにおるの、どうせ友だちのことかなんとか言うてるんやろ」

ガラス戸の向こうでは、岡崎は酔って畳に転がって寝ていた。その顔に、麦がわたしの化粧品で模様を描いていた。ノブさんは、ビデオを返しに行くと言って自転車で出かけた。湯沸かし器の中ではガスが燃えていた。炎は青色だった。燃える音がしていた。

「まあ、そんな感じです」

わたしは曖昧に言った。今後もきっと家族とは話さないことを、栄子さんは知っていた。栄子さんはちらっと部屋を振り返り、わたしの耳元で囁いた。

「さっきの夜行の話な、ノブくんが三歳ぐらいのときのことやねん」

シンクに水が跳ねる音は、なんでこんなに大きく響くんだろうと思った。

「内緒やで」

わたしは無言で頷いた。


熱いお茶を持って部屋に戻ると、岡崎は死んでいるんじゃないかと心配になるくらい、寝息の音もまったくたてないで寝ていた。麦は部屋の真ん中に座ってテレビを見ていた。連続殺人事件は少し前に砂浜にパトカーがやってきて解決した。雑誌記者の女が、真犯人だった男（合計四人殺していた）の妻に向かって「人生これから、楽しまなくちゃ」とウィンクしていた。

短いニュース番組が始まった。自分の彼女が風俗店に面接に行ったところ店長に体を触られたのでその店長を刺した男が逮捕されていた。バタフライナイフで刺された店長は全治一週間の軽傷だった。テレビ画面を見たまま、麦が言った。

「全然悪くないよね」

わたしは座卓に湯呑みを二つ置いて、片方をすすった。次のニュースを、アナウンサーが読み上げた。仏像を捨てたいので運んでほしいと依頼を受けた便利屋の経営者が依頼された家に行ったところ、布団に包まれたちょうど人間ぐらいの大きさの荷物だったので不審に思い、山中に捨てるのを手伝ったあと警察に通報しました。

麦が、振り向いて言った。

「さあちゃんになんかあったら、おれが悪いやつらを殺しに行くからだいじょうぶ」

「うん」

わたしは頷いた。

警察が捜索し、山中に埋められた包みを調べたところ女性の遺体を発見。依頼した男に事情を聞いたところ、口論となりカッとなって首を絞めたと話したので、警察は死体遺棄の容疑でこの男を逮捕し、殺人についても調べを進めています。

「風俗の面接行く前に止めなさい」

栄子さんが、赤ワインがなみなみと入った大きなワイングラスを持って立っていた。麦は、ほんとうに今気づいた、という感じで大きく二回頷いてから言った。

「そっか。金がなかったら、おれが強盗してくるよ。コンビニとか？　だから、だいじょうぶ」

「だいじょうぶちゃうって」

わたしは言った。麦は笑っていて、それ以上なにも言わなかった。わたしは麦の首のところに抱きついてうれしいって言いたかった。頭の中ではそうしていた。栄子さんも隣でほほえましそうにワインを飲んで、わたしの気持ちに頷いていた。だけど実物のわたしは畳に座ってお茶を飲み、栄子さんはワインは飲んでいたけどテレビを見ていた。外の廊下を、顔を見たことがない奥の部屋の住人が通り、ベイビーベイビーベイビー、おれを許してくれ、カムバーック、みたいなことを歌っていた。

廊下の手すりに止まったコガネムシがきれいだった。玉虫色。

眠った。

次の日になった。熊蟬《くまぜみ》の鳴き声で目が覚めた。わんわんわんわん、と外側から麦の部屋の全体を押しつぶしてしまいそうに響いていた。やっと窓につけてもらったクーラーと窓枠との隙間から音が侵入してきて、そのうちに窓も壁もひび割れるところを、半分眠ったままの頭で想像していた。この四角い箱の外側は、蟬の大群に囲まれていて、音でびっしりと埋め尽くされてしまっている。

わたしの背中側にいる麦は、壁際で仰向けに姿勢良く寝ているのが見なくてもわかった。わたしはマットレスの端で横向きになった。肩の下までタオルケットを引き上げた。だらっと下ろした手が、畳に触った。直接日は差さないのに、部屋の中は明るかった。太陽ってすごい、と思った。今、地球の半分がこんなふうに全体的に明るい。

背中で麦が動く気配がした。麦の腕がわたしの肩に載り、背中に麦の顔の感触がした。こういうときは、自分が麦の肌に触っている感覚なのか、麦が触っているわたしの肌の感覚なのか、わからなくなる。

「眠い」

眠い、というのは起きてるってことなんだろうか、とぼんやり思っていた。麦と同じ場所にいて、眠って起きても麦がいて、麦がわたしに触って、眠いと言った。想像を絶する事態だった。落ち着く暇がなかった。麦に会ってからずっとそうだった。落ち着かないから眠ろうと思った。起きているのと眠っている感覚のあいだで、宇宙に行く乗り物に乗っている夢を見ていた。眠っていないから完全な夢ではなくて、想像が徐々にひとりでに発展していって、その直後に引き戻された。宇宙に行く乗り物は球体で、ものすごいスピードで移動するのだけど中にいるわたしにはふわふわ漂っているようにしか感じなかった。エレベーターが降下し始める瞬間みたいな足下がすくむ感じが繰り返し襲ってきた。そうすると目が覚めた。麦の腕を触っているとまた乗り物の中に戻っていって、この部屋全体が速く動いているように思えた。前に、地球に帰ってきたら何百年も経っていて誰もいない、という映画を見た。実は一秒しか経っていなかった、という結末だったかもしれない。辿り着くのはたいてい砂漠か砂浜みたいなところ、と思って、砂浜を歩いている気持ちになっていると、麦の手が離れた。麦は、のそのそと畳に這い出て、押入れの前で服を着た。押入れの中の少ない洋服は、きちんと畳んで上段に分類されていた。下の段にオレンジ色でみかんの絵が印刷された段ボール箱が一つある以外は、押入れにはなにも入っていなかった。

「パン屋行く」

「わたしも」

だけど眠たかった。麦はちょっと笑って、わたしの頭のところにしゃがんで、髪を触った。

「さあちゃんのぶんも買ってくる。なにパン？」

「甘くないやつ」

「甘いやつと、甘くないやつ」

甘いやつと甘くないやつ、と歌いながら小さい玄関で体を折り曲げて靴を履《は》く麦の背中を見た。Tシャツは緑色だった。わたしは手を伸ばして、畳に転がっていた鞄からカメラを出した。ファインダーを覗くと、麦の背中の緑が薄く光っているように見えた。きれい、と思った。きれいで、怖いと思ったから、シャッターを押そうとしたら、麦が振り返った。不意をつかれてカメラを下ろすと、麦はわたしを咎《とが》めるみたいな目で見て、それから笑って首を横に振った。

「ああ、ごめん」

わたしは思わずつぶやいた。玄関で立ち上がって、麦は言った。

「大阪の蟬って、ジャングルみたいだな」

「好き？」

「硬い音。どんどん増えてる」

麦がドアを閉めた。外はもう緑色の植物で埋まっているんだと思った。熊蟬の声は一瞬も止むことなく空気の全体を振動させ続けていて、築三十五年のアパートを破壊する寸前だった。

一方通行の道路の真ん中に立って、ずっと先を見た。陽炎《かげろう》が立っていた。揺れる空気の中を、遠くで自転車が横切るのが見えた。蝉はもう鳴いていなかった。

「なにしてんねん」

声がしたほうを見上げると、二階の部屋の窓から岡崎が覗いていた。昨夜だいぶ飲んだのでそのまま泊まってまだいた。わたしは上を向いて言った。

「麦が、パン買いに行ってくるって。二時間ぐらい経つのに」

岡崎は、表情を動かさないままわたしが見ていた道の先を見た。それから向き直った。

「あいつー、そういうのあるやろ？」

「そういうのって？」

岡崎は窓を閉めて部屋の中に消えた。数秒後、玄関が開いて、階段を下りてきた。階段下のコンクリートの段差に腰掛けて煙草を吸い、麦は引っ越してきた次の日から二日くらいいなくなったし、難波《なんば》で飲み会の最中にも電話をしに行くと行ったまま三時間ぐらい行方不明になったし、と話した。

「泉谷といっしょにおるときもそうなんか、ほんまは、ちょっと気になってて。泉谷、だいじょうぶなん？」

「だいじょうぶって、なにが」

　岡崎の言っていることと、わたしが麦を好きなこととのあいだに、関係があるとは思えなかった。道を、インラインスケートを履いた女の子たちが三人滑ってきた。全員パステルピンクの洋服を着て、一人はマジカルミラクルなんとかららんと、アニメの主題歌を絶叫していた。通り過ぎるとき、右の女の子が言った。

「ちゃんとやっとかんと、あとから困ることになるねんで」

「なによ、おばちゃんみたいなこと」

　真ん中の女の子が言った。幅の狭い道路に、彼女たちのスケート靴の音がごうごうと響いた。そのとき、もしかして、麦が嫌いな写真を撮ろうとしたから帰ってこないんじゃないか、という考えが浮かんだ。でも、シャッターは押さなかったからまだだいじょうぶ、という結論に達した。

　岡崎は勢いをつけて立ち上がった。

「あー、でも飲み代はあとで払ってたし、そんな取り返しつかへんことした的なんじゃなくて、あれやん、ちょっとルーズなだけで、基本ええやつやと思うで、おれは」

「ええやつ、って」

　適当にフォローするなよ、と思った。勝手に心配されたうえに気を遣われて腹が立った。留年してる自分の心配しろ、と思った。ジーンズのポケットに差した携帯電話を触った。麦は携帯電話を持っていなくてよかったと思った。持っているのに連絡がつかないほうがいやだから。岡崎は妙に明るい調子で、右手で上を指し、左手を意味なく上下させた。

「上で待っとく？　麦って、夕方からバイトやろ？　ほんならもうすぐ帰ってくるし」

「部屋で寝直すわ。眠たかってん」

眠たいのも寝ようと思っているのも、ほんとうだった。わたしは自分の気持ちに嘘をついたりはしない。岡崎は、さらに落ち着きなく頭や腰をわざとらしく触りながら言った。

「ああ、そう？　おれ、このあと、ぐっさんち行くけど？　ＣＤコピーして、パッキングするって。泉谷も来たら？」

「春代も行くかもって言うてた」

「ああ、ほんなら、あとで」

階段を駆け上がりかけた岡崎は途中で振り返って、上の部屋、いつでも来てええから、とわざわざ親切に言ってくれた。

はす向かいの家の雑種の犬が、郵便配達に向かって猛烈に吠えた。

わたしは麦の部屋に戻って、テレビをつけた。チャンネルを一回りして、全国の長寿の皆さんに長生きの秘訣《ひけつ》を聞く番組にした。百二歳のおじいちゃんが毎食りんごを食べ、百歳のおばあちゃんは昨年から日記をつけ始めた。わたしは部屋を一周して、だけどなんにもないから、窓とドアと襖を順番に開けて閉めた。押入れを開けて、「有田みかん」と印刷された段ボール箱の前にしゃがんだ。引っ越しのときも、麦の荷物はこのみかん箱と鞄一つしかなかった。箱の蓋は、テープも貼《は》っていないのに、ぴったり閉じていた。手を伸ばして、蓋を触った。開けてみようかと思った。テレビの中のおばあちゃんが、正直に生きることがだいじさー、と言ったのが聞こえた。蓋を開けたら、ますます麦が帰ってこない確率が上がるような気がしたので、やめた。襖をきっちりと閉め、なんにもない畳の真ん中で転がって目を閉じた。テレビの音を聞いていると、頭の中がだんだんとテレビのことになっていって、楽しい気持ちになった。目を閉じていると、自分でも気がつかないうちに眠って、眠ったことに気がつかないまま、目を開けた。頭の上のほうに、麦が立っていた。

「あっちの、小学校の向こうまで歩いたんだけど、いい感じの銭湯があって、入ったら三時間ぐらい経ってた」

「風呂屋で？」

わたしを見下ろす麦の顔は、日がかげって薄暗くなった部屋の中でぼんやり白っぽく見えた。右手にぶら下げているパン屋の袋は、もっと青白かった。

「ごめんね」

麦は、謝るというよりは悲しい顔でそう言って、わたしの隣に横になった。暑い空気の中を歩いてきた麦の体温が、時間をおいて伝わってきた。わたしは、麦の顔を触って確かめた。テレビの中は、関脇と小結の勝負になっていた。

「雨降りそう」

麦の声が聞こえた。

角の家の塀に「月下美人が咲いているので見てください」と貼り紙があった。入って、大きなその花を見せてもらった。おばちゃんのこの夏の予定を聞き、麦茶をもらった。それきり会わなかった。

会社で隣の部署の人が小説家になるからと言って会社を辞めた。部署が違うのに担当の一部を引き継ぐことになって仕事が増えた。

夏は、天気が悪かった。雨でも晴れても、蒸し暑いときも残暑のときも楽しかった。

十一月になった。

寒くなった。

箒《ほうき》で掃《は》いたような薄い雲も青い空も高いところにあった。通学専用バスで山を登った先にある大学なので、普段いる場所よりも何十メートルかは空と近かった。

　正門には、ロールプレイングゲームかファンタジー映画に出てきそうな石造りのゲートが作られていた。「学友祭」と金色の文字が並んでいた。遠くから見ると石に見えるのに、近づいたら机を土台にして鉄パイプに紙がかぶせてある構造で、あんまりよくできているから感動して、春代と記念写真を撮った。シャッターはピカチュウの着ぐるみ姿の男の子に押してもらった。


　欅《けやき》と桜の並木道は、茶色の葉と赤い葉とところどころ黄色い葉が頭上を覆っていて、オレンジ色の光の中を歩いているみたいだった。

「あかんわ、電波入らへんし」

　春代が先に着いている岡崎に忘れ物はほかにないか確認しようとしたけど、二人とも携帯電話が通じなかったので、さすが山奥やなーと言いながら、とりあえず車にあった紙袋と箱の類は全部持って駐車場を出た。蛇行《だこう》した坂道をだらだらと上りながら、春代は、右を向いたり左を向いたりしていた。両側に並ぶ校舎は半円形のカフェテリアやガラス張りのエントランスホールがあり、どれも真新しかった。

「ええなー、大学って。わたしも行ったらよかったかなー。キャンパスライフって感じやーん」

「ガッコによるで。わたし行ってたとこ、古い町役場みたいな校舎やったし、学祭とかも地味すぎて人おらんかった」

「あさちゃんはー、もっと、楽しいことは楽しいって言わなあかんよー。光のほうを向いて生きようよー」

春代は両手にプラスチック板の入った紙袋を提げたまま、スキップしていた。天気がいいからだと思った。紫色のニットのスカートの裾《すそ》が揺れた。セーラー服を着た、五人の男子学生と擦れ違った。全員臑《すね》毛も腕毛も剃《そ》っていた。

「あれー、わたしが行ってた中学の制服にそっくりー」

男の子たちのセーラー服は、クリーム色に襟だけが紺色で、ラインとリボンは緑色だった。

「かわいいやん。いかにもセーラー服って感じ。わたし、中学も高校もブレザーで」

「あさちゃんて近代的なんやなー」

わたしも春代の真似をしてスキップしてみた。抱えていたクッキーの缶の中でポスカやマッキーが揺れてがらがら鳴った。

坂を上りきるとコの字型の本館に囲まれた広場があった。外周に沿って大きな銀杏が十本植えてあり、葉は一枚残らずすべて黄色だった。欅と桜と銀杏がいっぺんに紅葉しているのは、山の麓《ふもと》に広がる大阪の街よりもこの場所の気温が低いせいだった。

地面にも銀杏の葉が落ちて黄色になっていた。下が黄色いから、その場所全体が明るかった。

「おーっと、N大加藤のアンクルロックに、S大坂本、思わずタップアウトかぁ！」

広場の中心には、リングがあった。タイガーマスク1とタイガーマスク2のチームと、黒タイツ1と黒タイツ2のツインズ同士のチームが対戦していた。タイガーマスクのマスクはゴム製の妙にリアルな虎の顔で、見ているうちにほんとうに首から上だけ虎の種族の生き物みたいに見えてきた。タイガーのほうは筋骨隆々《きんこつりゅうりゅう》なやつと貧弱なやつの組み合わせだったが、黒タイツの二人は髪型もまったく同じ真ん中分けの長髪に小太り体型で、どっちがどっちだか区別がつかなかった。手作りの実況台を駅弁売りみたいなスタイルで抱えた男が、リングサイドで右往左往していた。一人や二、三人の観客が、散らばって笑っていた。

「男ってー、あほやんなー」

上半身裸でリングに寝転がって絡《から》み合う貧弱タイガーと黒タイツ1の姿を横目に見ながら、春代が言った。

「あれ、本気で痛いらしいで」

「まじで？　変な趣味」

広場を抜けると、サッカーコート一面分くらいのグラウンドがあった。入ってすぐのところに、鉄骨のステージが組み上がっていた。夕方から始まるイベントのテーマは「サイケデリック学園文化祭　フラワー&ゴールド」だったから、フェンス脇の看板には出演者の名前が六〇年代ふうの歪《ゆが》んだ書体で描かれていた。

「おー、ありがとうー、そこに置いといてください」

ステージ横の鉄骨の塔の上から、岡崎が叫んだ。ステージの上では、知らない人が五、六人楽器のセッティングや配線をしていた。麦《ばく》も彼らに交じってなにか手伝っていた。どういうネットワークがあるのか知らないが、岡崎たちは他人の大学のイベントにもよく参加している。

ステージの裏側に回ると、けいちゃんとみいちゃんが金色と銀色のテープで作った吹き流しを振って見せた。

「おかえりー。見て見て」

「だいぶできたよ」

今日の朝初めて会った、ここの大学の二年生のみいちゃんとけいちゃんは、偶然誕生日がいっしょで親友になった、と言っていた。生年月日が同じでも身長は十五センチくらい差があった。

「まとまるときれいやね」

わたしは言いながら、ステージ裏のビールケースを並べてあるところに腰を下ろした。

「金と銀と混ぜたやつもいいかもー」

隣に座った春代が、プラスチック板を取り出した。わたしたちは照明にサイケデリックな色を付けるために、プラスチック板に色を塗る係だった。ステージはグラウンドのほうを向いているから、裏に回るとフェンス越しにプロレスリングがよく見えた。今度は筋肉タイガーが支柱の上からマットに飛び込んだ。プールに飛び込むみたいな飛び込み方だった。ええぞー、ええぞー、と観客が手を叩いていた。

風が強くなると、銀杏の葉がグラウンドまで飛んできた。扇形の葉は真ん中に切れ込みが入っていた。木の葉は同じ種類の木ではみんな同じ形をしているのが、不思議に思えてきた。

プロレスはまだ続いていた。そんなに長いあいだ、なにをするのか全然わからなかった。場外に落ちて転がる黒タイツ2を見ていた。転がってパイプ椅子にぶつけた脛を抱えていて、どれくらい痛いのか、単純に知りたかった。

「あれ、知ってる人?」

春代の声でその視線の先を探すと、校舎の入口の前で麦がとても小柄な白髪の男の人と話していた。

「さあ?」

麦は校舎のほうを指差したあと、親しい人のようにおじさんに手を振ると、そのまま自動ドアをくぐって中に入っていった。緑色のパーカを着た麦の細長い背中は、フェイドアウトするみたいに照明の消されたホールへ消えた。焦げ茶色の背広を着たおじさんは広場を横切っていった。

「先生やで」

うしろにいたけいちゃんの声に振り返った。みいちゃんはどこに行ったのか見あたらなかった。

「あの先生、めっちゃ規則正しくて、授業もぴったりに来てぴったりに終わるねん。昼休みの散歩も必ず毎日同じコースで、直角に曲がるねんで」

と、けいちゃんが角張った動きを真似たら、ほんとうに向こうでその先生は角で一回停止してから曲がってまっすぐ歩いていった。

「あのおっちゃんの襟《えり》って文化人って感じせえへん？」

春代が言ったのを聞いて、襟元にはスタンドカラーのシャツの白が目立っていた、と思った。

「シャツも必ずあれやで」

けいちゃんは親切だった。わたしは麦が入っていった校舎の暗い窓を見てから、言った。

「あの襟着る人はネクタイしたくない人や、って言うてた」

「誰がー？」

てきた。

「誰？　忘れた」

けいちゃんに何の先生か聞くのも忘れた。油性インキのにおいにもだんだん麻痺《まひ》し

オレンジに塗った板を裏返して、もう一枚に取りかかろうとすると、自分の左手もオレンジ色になっていることに気づいた。

「うわお、最悪ぅ」

「ぎゃー、わたしもやーん」

春代も叫んだ。春代は膝が緑色になっていた。二人でぎゃあぎゃあ言っていると、四人組の女の子たちが通りかかった。今日のイベントに出演する子たちで、ギターケースに大量のぬいぐるみがぶら下がっている二人は前にも見たことがあった。いちばん後ろにいたオノ・ヨーコみたいな髪型の女が一度もわたしたちと目を合わさず、彼女には別のイベントでも理由はわからないが無視されたので、彼女たちがステージに上がってから名前も知らないその子の悪口を春代と散々言い合った。二枚目のプラスチック板をそれぞれ青とピンクに塗り始めた。

「大学ってー、春も秋も祭りして勉強いつしてんのー」

「もしかして、こういう祭りのときってほんまの学生はバイトか旅行か行ってて、学校におるのはわたしらみたいなんだけやったりして。岡崎もわたしらも、ここで準備

してる人はおおかた部外者やし」

「あさちゃん、それはないと思うわー。あの子もあの子も他の人らはほんもので、わたしらはにせものやでー。マイノリティー」

プロレス実況の男が、ひときわ大きな声で叫んだので見ると、鋲《びょう》付きの袖なし革ジャン&ホットパンツに網タイツの男がリングに乱入していた。

「楽しそうやね」

「楽しそー」

とわたしたちは言った。春代がカメラをわたしに向けたので、ピースサインを作った。春代がシャッターを押したのと同時に、頭のすぐ上のステージの端から、声が聞こえてきた。

「さっきも言ったけど、おれはこのやり方ではうまくいかないと思うから」

「あーもうわかったから」

見上げると、こういうイベントのときはよく見かける長い金髪をうしろで一つに束ねた男がアンプに座り込んで、岡崎のバンドのドラムのアサヒくんに言いがかりをつけていた。オーストラリアからの留学生で名前はジェフリー、好きなバンドはメタリカ、というのは岡崎に聞いた。

「ちゃんと話し合うべきでしょう。失敗するのは目に見えてるんやから」

日本語が妙にうまくて関西弁交じりなのが、余計に皆の気に障《さわ》った。アサヒくんは、束ねたコードをほぐしつつ笑みは崩さなかったので、いい人やなあと思った。しかしジェフリーにはそんな情緒がわからなかった。

「だいじょうぶっていうのは、根拠のないことを相手に納得させるときに使うんや。民主主義は多数派を押しつけることですか？」

「おまえに責任取れとは誰も言わんから」

アサヒくんは柔らかい表情のままジェフリーの肩を軽く叩いたが、あろうことかジェフリーはその手をはたいたのであった。岡崎が鉄骨の塔から猿みたいに滑り降りて、わたしたちのところへ来た。

「あいつ、くそまじめっていうか。言うたら気ぃ収まるみたいやし、そのうち言い飽きる思うし。根は悪くないんやけど」

そしてまた鉄骨をするする登っていった。春代は欠伸した。

「器《うつわ》の小さい男はあかんなー。オーストラリアってのんびりしてはんのんちゃうのー」

大学の同級生がオーストラリア旅行から帰ってきて、裸足で歩いてる人がいっぱいおるからみんな貧乏なんかと思った、と言ったのを、唐突に思い出した。

金と銀の吹き流しを正面に飾り終えたけいちゃんとみいちゃんが戻ってきた。ちょっと見てくれへん？　と言って、今晩披露《ひろう》する歌とダンスのリハーサルを始めた。右手を上げて、左足を上げて、回転して、また回転した。

透明の板を青く塗り続ける春代の顔が、何の前触れもなく、弛んでいくのに気がついた。

「楽しそう」

わたしが言うと、春代は満面の笑みでこっちを向いた。

「ええー、そおー?」

「うれしい人見るとうれしくなる。特にね、ラブはいいよ。愛って素敵」

「やっぱりー? そうやんねー?」

春代は両手で自分の顔を押さえて左右に引っ張った。大福みたいで幸せな顔だった。半年つき合った男の子と先月別れて次の週からは職場に来るデザイン事務所の人とつき合い始めて先週ディズニーランドに行ったお土産《みやげ》を大量に持ってきてさっき配っていた。どこか近くの校舎の窓から、フルートの音が聞こえてきた。同じメロディを何度も繰り返している。

「それって、あんまり塗ったら色も悪くなるし、無駄だと思いますよ」

ステージの上から、ジェフリーがしゃがんで見下ろしていた。春代がわたしの耳元で、最悪、と囁いた。わたしは言い返した。

「もっと濃い色にしてって言われたんやけど」

「その道具じゃ、いくらやっても変わりませんじゃないですか。常識、考えても。言わなくてもわかるかと思ったんやけど、ずっとそこに座って、邪魔になってるって気づいてますか？　最初のときから、注意しましたね」

麦、と思った。麦、こいつなんとかしてよ。麦が入っていった校舎を振り返った。さっきの初老の先生っぽい人が、入っていくところだった。

「あのさあ、あんた……」

春代が口を開いたのと同時に、ジェフリーのうしろに麦の顔が見えた。

「おまえが邪魔」

麦はジェフリーの肘を引っ張った。ジェフリーの顔色が変わった。色が白いせいで、紅潮する、という言葉の見本を見ることができた。ジェフリーは両手で麦の胸を突いた。麦は、その片方の手首をつかんで、ジェフリーを引き倒した。岡崎とアサヒくんとあと二人ぐらい走ってきて、それぞれをうしろから押さえて引き離した。その前に、倒れていたジェフリーの太ももと手を麦が踏みつけたのが見えた。ジェフリーはしばらく日本語と英語の両方で怒鳴っていたが、アサヒくんに校舎のほうへ連れて行かれた。麦が踏んだジェフリーの右手の指先から、血が流れていた。麦は、岡崎や他の人たちに素直な様子で謝ってから、立ったまま成り行きを見ていたわたしたちのほうへ、下りてきた。

「だいじょうぶ」

麦は笑っていた。やさしい顔、と思った。麦がやさしい顔で笑うから好きだ。麦が言った。

「さあちゃんがそれ終わったら、なんか食いに行こうよ」

「うん」

わたしも笑った。うれしかった。それだけを考えよう、と思った。春代は隣で、ああ、そう、と急になにかに気がついたみたいに言った。麦は、鳥が羽ばたくみたいな軽い動作でステージに登って、岡崎に、ギター教えてよ、と言った。冷たい風が吹いてきた。耳元で風の音がした。手も冷たくなっていた。

わたしはいっそう力を入れて、プラスチック板をピンクに塗った。その下に見える自分の足も靴も砂も蟻《あり》も空気も、全部ピンクに見えた。

「あさちゃん」

春代が言った。

「あさちゃんって、だいじょうぶなん？」

「うん。どんなときでも麦が助けてくれるから」

春代は、わたしが言った言葉が耳の中に届くのに時間がかかるような感じで、じっとこっちを見ていた。眠そう、と思った。

「そうじゃなくて、麦くんのほう。あさちゃんは、ああいうやり方でオッケーなん？ っていうか、かなりあかんと思うねんけど」

春代は繰り返した。何回も言わなくても、最初から理解しているのに、と思った。

「うん。すごい好き」

わたしは心からのとても良い笑顔を見せることができた。春代が大げさなため息をついた。それさえもいいことのように思った。フェンス際で事態を見守っていたけいちゃんとみいちゃんが顔を見合わせて頷いた。そして、ランランラララー、とイントロをハーモニーで歌い、両手をワイパーみたいに動かした。

「なにそれ」

春代が聞いた。みいちゃんとけいちゃんは、アイドルみたいな笑顔で声を上げた。

「新曲です！」

「タイトルは、恋って呪いだね」

いいお天気の日に出会った二人　一目で恋に落ちた　その瞬間からこの世には二人きり。そういう歌だった。二人が歌って踊っているあいだ、わたしは前に見た映画を思い出していた。フランスの港町でパステルカラーのお揃いの服を着た美人姉妹の恋物語。町ではバラバラ殺人が起きていた。でも無事に解決した。恋は実った。みいちゃんとけいちゃんの歌は、あの映画を思い出すメロディだった。花柄のスカートを翻してステップを踏み、恋の始まりを歌い上げた。そして、わたしたち呪いをかけられちゃったの、というメインのリフレインを交互に歌った。

わたしは叫んだ。

「世界がキラキラになる呪い！」

隣で春代がわたしの顔を見て、やっと笑った。手拍子をしながら、はっきりした声で言った。

「でもあの顔は油断したらあかんで」

雀が三羽舞い降りた。

「あー、あああーっと、飯田が加藤にシャイニングウィザード！　まさかこれはなんという裏切りだ！　飯田が寝返った！　母校を裏切った！」

実況が叫び、ステージでセッティングを再開していた岡崎たちも振り返った。観客たちはげらげら笑って裏切り者に声援を送った。タイツと虎なのに名字で呼んでいるのが不思議で仕方なかった。

「ファイブスター・フロッグスプラッシュ！　決まった！　ワン、ツー、スリー！飯田、母校を裏切りました！　裏切り者にブーイングの嵐！　しかし、勝てばそんなことは関係ない。加藤は立ち直れません」

黄色い葉と赤い葉が舞い散る中で胴上げが始まった。岡崎と麦も、ステージにいた他の人たちも、走っていって参加した。舞い上がっては落ちてくる黒タイツ1もしくは2を眺めながら、青色を塗る手を止めずに春代が言った。

「あさちゃん、最近仕事どんなー？」

「それなりに、一応やってるで。一か月の仕事が繰り返す感じがだんだん短くなってきて、こんなふうに時間が経っていくんやろなって」

慣れるってことなのかも、と思った。一か月の繰り返しが、一年の繰り返しになって、それが続く。給料はもらえて時間もあって、おかげで安心して今日も遊べる。会社の制服は今でもまだ「借り物」みたいな気がするけれど、こういう場所にいたらいたで学生じゃないのに紛れ込んでると強く感じた。岡崎や、今晩ステージに上がる子たちみたいに「なにかしている」人たちをいいなと思う気持ちが、羨ましいってことなのか、それ以上なのか、わからなかった。犬猫ポストカードの一件以来、なんとなく気持ちが遠ざかっている写真を、やっぱり撮ったほうがいいような気もした。今、目の前で行われているばか騒ぎを見ているようなときには。

「モモイチって、ここの大学の劇団知ってる？」

わたしが首を振ると、春代はトートバッグからチラシを取り出した。

「今度、年末の公演の衣装手伝うことになってー、あさちゃんも手伝うてくれへん？」

「衣装を？」

「も、やけど、当日受付とか案内してくれる人も探してんねんてー。ボランティアー。あさちゃん、世の中の役に立つ人間になりたいって、言うてたからー」

そんなこと言うたっけ、と思いながらチラシを眺めた。知らない人の名前が並んでいた。顔を上げると、麦と岡崎がリングを囲む人の輪から少し後退し、入口の近くに立って話しているのが見えた。岡崎はステージのほうを指差しながら用件を伝えているという感じだったが、麦は、リング周りの騒ぎが影響しているのか、穏やかな笑みを浮かべたままで頷いていた。こっちを見てはいなかった。

「カメラ、貸して」

わたしは麦から目を離さないまま、春代のコンパクトカメラを受け取った。鉄パイプのあいだに隠れるようにして、小さいズームレンズをめいっぱい伸ばした。シャッターを押すとき手が震えた気がした。麦はこっちに気づいた様子はなくて、岡崎とリングのほうに向き直って、腕を振り上げた。

負けたタイガーたちは立ち去った。胴上げされていた黒タイツ1もしくは2は、まずリングの上に落ち、リングからも転がり落ちた。そして、裏切ったチームメイトに踏まれて蹴られた。

自分たちが色をつけたピンクと緑と紫と青と黄色のライトに照らされたステージを、グラウンドの隅に積まれた余った鉄パイプの山に腰掛けて見ていた。ステージのうしろに見えるひときわ大きな銀杏の葉が、元の色と照明の光に照らされた色とが混ざって、精巧な作り物のように見えるのを、ああいう感じの色はどうやったら写真に写るのか考えた。でも、具体的にカメラやフィルムのことを考えたわけではなかったから、結局はただ見とれていただけかもしれなかった。その向こうの空が夜なのにまだ明るく見えるのは、ここの光がずっと遠くまで届いているせいだと思った。ステージの上の三人は、全員ジェイムズ・ブラウンの格好をしていて、ファンクじゃなくて速くて重くてかっこいい曲を演奏していた。ステージ横の鉄パイプの鉄塔に登ってライトを操作している岡崎がよく見えた。その隣にはジェフリーもいた。楽しそうだった。

他人の荷物にもたれて春代が眠っていた。朝早くから手伝っていたので疲れたようだった。寒くなってきた。

わたしから少し離れた前に、ブレザーにチェックのスカートの制服姿の女の子たちの一団が飛び跳ねていた。高校生だけどわたしよりも年上に見えた。そのさらに前に、麦がいた。少し伸びた髪と、緑色のパーカの背中を、わたしは見た。音に合わせているのか勝手なリズムで動いているのかわからない、引っかかってはまた進むようなテンポで揺れていた。麦は、少しずつ横にずれていき、いつのまにか人の集団から離れると、揺れながら歩いてステージ脇のゲートをくぐり、広場側へ出た。明るいステージの陰になって暗い広場の奥へ、麦は見えなくなった。

岡崎はライトをぐるぐる回し、その光の筋はわたしのところまで届いた。眩しさに目を閉じた。黄色い光は、何度もわたしのところへ走り込んできて、また離れた。


麦が帰ってこなくて、四日経った。

明け方の四時だった。自分の家にいた。

今まで自分にかかっていた毛布を引きずり、床中に散らばった脱いだ形のままの洋服や雑誌や鞄を踏んで部屋から出た。

テレビの部屋に行ってテレビをつけ、ソファに転がった。リモコンを握った右手だけを毛布から出してた。チャンネルを変えた。夜中は寒いと思った。

テレビではテレビショッピングの番組をやっていて、わたしが見ているのよりもずっと大きいテレビを売っていた。男はいかに色が鮮明かを力説し、値段を連呼していた。チャンネルを変えた。他のチャンネルは、砂嵐とざーという音、色見本とぴーという音、それから屋上の定位置カメラから大阪の夜景がリアルタイムで映っている映像と鳥の鳴き声みたいな音楽、の組み合わせのどれかだった。大阪の中心街の方向を向いたカメラが映し出す夜景のチャンネルにした。右下に日付と時刻が白い文字で刻まれていて、数字は確実に一つずつ増えて、定期的に0に戻った。

寝る前に心配してくれている岡崎から電話がかかってきた。どーんとやってくれましたわ、とわたしが言うと、せやなー、と言った。栄子さんも電話に出た。だいじょうぶやって、犬でも帰ってくるんやから、と言った。うしろでノブさんが、それよけいあかんやろ、と言うのが聞こえた。ちょっと泣けた。泣いたのがいやになって電話を切った。春代に電話して、写真をプリントしてもわたしが撮った麦の写真はすぐに捨てて、と頼んだ。なんでー、と春代の声は電話の向こうでいつもと変わらずのんびりしていた。

合成皮革《ひかく》のソファの表面は冷たくて、自分が買うときは絶対布張りにしようと思った。

別のチャンネルにしてみた。同じ夜の空の下で、淀川《よどがわ》にかかる橋と川沿いのマンションの白い明かりが、点々と夜の闇に瞬いていた。光が瞬いているのは空気が揺れているからだということを思い出した。薄いロールスクリーンが下ろしてある窓を、目だけ動かして見た。外の暗闇とすぐ近くにある街灯の光とが透けて見えた。この外の暗さと、テレビの中の黒い空はつながっている。テレビの画面の中に入っていって、あの橋から南へ向かってずっと歩いていけば、この部屋にも辿り着くし麦の部屋にも行ける。ようやく満ちてきた眠気を感じながら、画面の中の夜景を見た。あの一つ一つの白い光の下、それからもう既に光の消えてしまった無数の建物の下に、それぞれの眠っている人がいる。自分のいる場所がテレビに映り続けていることを知らない人たちが、あの中で夢を見ている。そこには、眠ってはいないけれど眠っているのと同じ姿勢のわたしもいた。わたしは、自分の家の中で自分がいる街を見下ろしているのと同時に、天井の上の暗い空から自分によって見下ろされてもいた。その感じに包まれているうちに、安心と似た気持ちがしてきて、目を閉じた。

昼休みにごはんを食べていないことが日野さんにばれて死にそうに恥ずかしかった。

そのあとで岡崎からメールが来た。麦が帰ってきた、栄子さんに怒られてた、と書いてあった。

会社が終わったらもう暗くて、一日が終わってしまったみたいで悲しかった。駅から一度も止まらずに走った。信号がどれも青だったのが奇跡のように思えた。息切れしながらアパートの廊下に駆け込むと、奥のドアが開いているのが目に入った。中途半端に開いていた見慣れたドアは、風でゆっくりと動いてさらに開いた。部屋の中が見えた。がらんとした荷物のない部屋。畳。カーテンのない窓に向こうの家の明かりが映って、ぼんやりと四角い部屋を照らしていた。テレビがない、と思った。ドアからまっすぐ正面に置いてあったはずのテレビがない。一瞬、心臓が冷たくなった。同時に、隣の部屋、と気がついた。隣の人が引っ越すって、栄子さんが言ってた。

わたしの行く先を塞いでいたドアを蹴《け》って閉め、その向こうの同じ形のドアの前に立った。壊れそうな呼び鈴《りん》を押した。鍵がかかっていないのはわかっていたけど、なにも確かめないでドアを開けたら、何か月か前までの元のこの部屋の姿に戻っている気がした。岡崎の楽器と漫画が積んであった部屋。どうしよう。

「開いてるー」

麦の声がした。ドアを開けると、風呂場の前に麦がしゃがんでいた。一週間前にわたしが掃除をしようかと思いついたけれどやっぱりしなくて濡れたままバケツに入れて放置していた雑巾代わりの古いタオルに深緑色のカビが点々と生えているのを、麦はしゃがんでじっと見つめていた。タオルを広げて電灯にかざし、

「すげーな、これ。強い感じの緑色。ふわっとしてる」

単純な好奇心で満ちた目でわたしを見た。こういう話し方が好き、と思った。境目のくっきりした黒い瞳がどこを見ているのか、はっきりとわかる。初めて会ったときに聞いたのとまったく同じ低い声が、まずわたしの頭の中で響いてから、ゆっくりと外へ遠くまで広がっていく感じがする。全部好き、と思ったら、わたしの目から涙がどぼどぼ出た。わたしの足は麦の肩を蹴って倒した。転がった麦の背中も蹴った。蹴ったわたしの足を麦が引っ張って、片足になったわたしは滑《すべ》って畳に転がった。転がったわたしを、麦は抱きしめた。

「おれは、遅くなってもちゃんと帰ってくるから、だいじょうぶ」

麦は、言った。麦の右手がわたしの頭を撫でた。

「さあちゃんがいるところに帰ってくる」

麦の腕は硬くて冷たかった。麦の言葉は、ほんとうだと思った。ほんとうのことしか麦は言えない。麦の胸から頭を離して、顔を見た。麦は目を閉じて、口元は笑っていた。やさしい顔だった。難しいことも悪いことも、なんにもない顔。この人が好きだ、と思った。ずっと、この先も長いあいだ、好きだと思った。


カビだらけのタオルを早く捨てたかった。


十二月になった。

幸運の鐘が鳴り響いた。一等は大型テレビだった。だけど、どこから聞こえてくるのかわからなかった。わたしと栄子さんは、エスカレーターによって自動的に上昇していた。わたしたちの前にもうしろにも大勢の人がいて、全員が同じ速度と同じ角度で動いていた。前の人のリュックサックに、ピンクの熊のぬいぐるみがぶら下がっていた。店内放送が、店のテーマソングに乗せてパソコンや洗濯機の値段を連呼し始めた。

「今度、わたしの着物着てみいひん？」

栄子さんが言った。

「もう三十年も前のんやけど、そのまま置いてあるからきれいなもんよ」

「帰ったら見せてください」

エスカレーターを降り、ＭＤやＣＤの携帯プレイヤーを試している若い人たちを掻き分けて進んだ。

「お父さんのもあるけど、麦ちゃんには短いやろねえ。お正月、いっしょにどっか行ったらええやないの」

「栄子さんは、毎年行くとことかあるんですか？」

「べつに。どこでも、わたしはどこでも行けるから」

そうですね、とわたしは言って歩くのが速い栄子さんに合わせた。ステレオが並ぶ棚の向こうに、麦の顔がちらっと見えた。

「なんか、遠くから見ても目立つねえ。ああいうのを、オーラあるて言うんのんやろ」

「オーラ？」

「なんや知らんけど、若い人は言うやない」

人が多すぎで暑いので、栄子さんはファー付きのコートを脱いで手に持った。麦が、わたしたちに気づいて、大きく手を振った。素敵だった。

栄子さんは、わたしの顔を見て、

「ええねえ、ほんま」

と言った。

「はい。いいでしょう」

わたしは栄子さんに笑って見せた。

「よかったねえ」

栄子さんは繰り返した。


このあと岡崎やノブさんと待ち合わせて食べに行くカニの朱色が、頭に浮かんでいた。

栄子さんはものすごく忙しそうな店員を三人も呼び止めて散々迷った挙げ句、麦の一言で35インチのテレビを買った。支払いするにも待たされると聞いて、うんざりした顔で文句を言った。わたしと麦はしばらく他の売り場を見て回った。麦は高級ヘッドフォンも携帯ラジオも珍しい生き物を見るみたいに裏返したりつついたりしていたが、欲しいものはなにもないみたいだった。わたしは欲しいものはあったけど、持っているお金とは見合わなかった。戻ろうか、とわたしが言うと、麦の左手はわたしの右手を握って、人込みの中を進んでいった。乾いた手、と思った。コートを着たままのわたしは暑くて汗をかいているからいやだった。

　エスカレーター脇の通路の両側には、ビデオカメラが並んでいた。年齢がわかりにくい男の人や若い夫婦たちが、液晶画面を自分に向けたりファインダーを覗いたり移り気に試していた。台の上のほうのモニター画面に、わたしの後ろ姿が映っているのを見つけた。いくつも並んでいるうちのどのカメラに撮られているのか、わからなかった。たくさんの人の頭の隙間で振り返っているわたしは、斜め上から映されていて、自分では見えない頭の天辺《てつぺん》が見えた。背の高い麦からは、いつもわたしの頭の天辺が見えているんだと思った。映像の中にあるはずの麦の姿を探した。画面の左奥に、少し茶色い髪が見えた。次の瞬間、その頭が振り返ってこっちを見た。でもそれは、カメラのレンズのほうを見ただけで、わたしを見たのではなかった。麦の顔は、すぐ画面の外へ出た。わたしの姿も、外に出た。人の隙間から抜けようとする人々の不規則な動きのせいで、行く手を阻《はば》まれた。黒いいくつもの頭の向こうに、麦の髪が見え隠れした。うっとうしいダウンジャケットたちに押され、麦と距離があいて一瞬その僅《わず》かな頭も見えなくなった。焦《あせ》って、腰を屈《かが》めて黒いダウンとダウンのふくらみのあいだを押し分けると、麦の手が見えたので握った。

「なに」

　麦が振り返った。ほっとした。画面の中の麦が消えたのと同時に麦を見失ったかと思った。汗が背中の真ん中を流れたのがわかった。呼吸を整えてから、わたしは言った。

「ビデオカメラって、なんぼぐらいするんかな」

「なに撮るの」

「なんやろ？　映画でも作ろうか？」

「どんな話？」

「麦、主演でええよ」

「悪い役なら」

「悪いって？」

「贈収賄《ぞうしゅうわい》？」

麦はちょっと笑って、力を入れてわたしの手を引っ張った。テレビ売り場の突き当たりのカウンターで、栄子さんはまだなにかを書き込んでいた。

わたしたちは、壁沿いにぎっしり並ぶテレビの前に立っていた。

「大きいテレビほしい」

テレビは左上のテレビデオから右下のサラウンドスピーカーつきテレビに向かって、だんだんと大きくなっていた。全部の画面に同じチャンネルの番組が映っていた。音声は聞こえなかった。遠くに山があった。手前に四角い単純な形のマンションが規則正しく並んでいた。大量の白菜をくくりつけた自転車が走っていた。縦にも横にも並んだ同じ画面が、同時に切り替わったり動いたりするので、その全体によってある一つの大きな動きが現れた。集団で踊るダンスみたいだった。わたしは言った。

「壁が全部テレビになってる部屋」

麦の目にも、たくさんのテレビが映っていた。天井からいくつもぶら下がっているセールの文字が書かれた紙が、エアコンの風で揺れていた。麦がなにも言わないから、またわたしが言った。

「ええなあ。ほんまはこうやってテレビ並べて全部のチャンネルを同時に見たい」

「光ってる」

麦が、つぶやいた。

「全部、光って、動いてる」

見上げた麦の顔は、静かな感じがした。

「すげーな、ここ」

画面の中の街には、上のほうに球体がついた赤と銀色のタワーがあった。タワーからは斜めに足が生えて、街に刺さっていた。街の表面からは高層ビルがぽこぽこ飛び出していた。もっと増えそうだった。銀色のタワーは、最初見たときはCGか合成写真だと思ったのを思い出した。

わたしは言った。

「未来っぽいね。ウルトラマンの故郷みたい」

「上海《シャンハイ》」

画面に現れた漢字を、麦が読んだ。そして、

「行こうかな」

と言った。

「わたしも行きたい」

麦は、画面をじっと見つめたまま、言った。

「いっしょに行く?」

「ほんと?　いつ?」

麦は答えないで、わたしを見た。さっき、テレビのモニター画面からわたしを見たのと、同じ顔をしている、と思った。鐘の音がどこかでまた鳴り響いた。誰かに幸運が訪れた。


二〇〇二年になった。

麦が帰ってこなくて二年九か月経った。十月になった。

デスクの下に潜り込んで探し物をしていたので、電話のベルが鳴り響いて慌てて出ようとして、わたしは椅子《いす》に肩をぶつけた。そのあいだに、和田さんが電話を取った。

「第二営業部です。はーい。いますよ。……わかりました、石田産業ね」

一年で五キロ太ったのを気にしてダイエットサンダルを履き始めた和田さんの二本

の足がどっしり床を踏みしめているのを見ながら、やっとデスクの下から這い出て立ち上がった。和田さんは伝票と受注報告書のファイルをわたしの散らかったデスクの上に置いた。わたしは突っ立ったまま、和田さんの背後に広がるオフィスの風景を眺め、業種が同じだと社内の雰囲気も似てる、と前の派遣先や、最初に勤めた会社のことを思い浮かべた。

「白井さんがパークサイドヴィラⅡの図面、石田産業に持っていってって。言うたらわかるって言うてましたけど？」

「あ、はい、聞いてます」

それには返事をせず、和田さんは、ファイルを手の甲で叩いた。

「それとですね、そろそろ物件別に整理しとかんとえらいことになりますよ」

「そうですね。そのとおりです」

わたしは笑顔で答えた。和田さんは笑わずに言った。

「まだなにかあるんですか？」

斜め向かいに座っている課長は無言でマウスを握りしめていたが、わたしたちの会話は聞いているのがわかった。

「あのー、リフレッシュ休暇の申請書、見つからなくて」

「派遣の人は、リフレッシュ休暇は取れませんよ」

「白井さんが」

和田さんは、ああ、と言い、隣の空きデスクにまではみ出したわたしの書類の山を指差した。おおう！　そこはさっき三回探したのに！　マジックや！　下のほうから申請用紙を引っ張り出すと、山が崩れそうになった。

図面を入れる筒状のケースを背負って歩くのは好きだった。自分の体の一部になって、新しい機能が付け足されるような気がした。図面は渡してきたから中身は空だった。

仕事が終わると、心斎橋筋商店街を歩いて帰る。半年前までは梅田の会社で、寄り道先は阪急百貨店や大丸百貨店や地下街だった。その前は、本町だったから寄り道する場所が少なかった。今は、楽しい。でも、あと半年して産休の人が復帰したらまた別の場所を歩いていると思った。戎橋《えびすばし》は周りより少し高くなっているから、心斎橋筋商店街を埋め尽くす人の頭がずっと先まで見通せた。頭って黒い、と思った。短いスカートから太ももを出してピンヒールブーツ、お揃いのような格好をした三人の女の子が前を歩いていた。

右端の子はシャネルのいちばん新しい型のキルティングバッグを持っていて、それは北新地でアルバイトしている友だちがお客さんに買ってもらったのと色違いだった。

周防町《すおうまち》を過ぎた。開店したばかりの洋服屋のウインドウに、黒いベロアのワンピースが飾られていた。わたしに似合う形、と思った。店に入った。正面のラックに、同じワンピースが掛けられていた。ハンガーを取り、大きな鏡の前に立った。似合っていると思った。店員さんに、試着しますと言った。壁が水色に塗られた試着室で、コートを脱いで、ベロアのワンピースを着た。着たほうが、もっと似合った。似合うというよりは、あるべき形が現れてきたように思った。でもまだ少し違う、ということも明らかになった。緑色のカーテンを開け、店員さんを呼んだ。背の高い、切れ長の目の女の子だった。

「わあ、めちゃめちゃ似合ってますよ、かわいいー」

うん。

「靴は、これとか履いてみはったらどうですか」

近くのボディの下に飾られていた、シルバーのプラットフォームヒールの靴が運ばれてきた。足首にストラップが付いていた。履いた。そしてわたしは正しい形に限りなく近づいたと思った。

「これ、両方ともお願いします！」

試着室から出て、カードを渡してサインした。洋服を買わないと死んでしまう、と思った。こうして正しい形になるために働いているのだから。忙しいとかお金がないとかくだらない理由を言って洋服屋を見に行かなければ、わたしは死んでしまう。

背の高い店員さんに見送られて心斎橋筋商店街に出た。人がたくさん歩いていた。その人たちは、わたしが店に入る前に歩いていた人たちとは違う人たちだった。同じ人は一人もいなかった。

夜になった。九時を過ぎた。

吹き抜けのある店内は、高い天井に客の声も店員の声も反響してうるさかった。中二階の吹き抜けのすぐそばのテーブルからは、一階の入口も「本日のスイーツ」の並んだショーケースもよく見えた。天井から下がった深い赤のビロードのカーテンにライトが当たっていた。赤い店、とわたしは覚えていた。

春代がお代わりしたパンにも早速バターを塗って、最近ますますぽてぽてになった頰に詰め込むのを、感心して見ていた。

「ほんで、電話の向こうで……、まだぁ？　って声が聞こえて」

えみりんは、まだぁ、の前にたっぷり時間を取って春代とわたしの顔を交互に見た。えみりんはびっくりしたような大きな目をしていて、話すときはその目に負けずに大きな口もよく動いた。小さい劇団の女優であるえみりんは、テレビにちらっと出演した際に知り合ったディレクターの人と何度か食事に行き、二週間前まではそのディレクターがどのようにかっこよくてどのように口説かれているかを、相当なはしゃぎようで逐一《ちくいち》報告してくれた。えみりんとはその前の週もごはんを食べに行った。もとは春代の知り合いだったけど、半年くらい前からはえみりんとわたしの組み合わせのことが多い。わたしはラムチョップの骨を持ってかぶりついていた。わたしの視線は、骨の形がわかるくらい細いえみりんの指から肩、首、顎へとたどり、頭のてっぺんで器用にまとめられた茶色い髪まで行き着いた。わたしは聞いた。

「その人、一人暮らしって言うてたやん？」

「猫がおるとは言うてた」

「しゃべる猫やなー」

春代が言った。春代もラムチョップにかぶりついていた。もう二本目だった。えみりんは細い指で骨をつつくだけだった。

「おっきい猫ね」

「ほんまに猫がごはんまだって言うてたら、かわいない？　ほしい、それ」

「どうせ、バッグとかおねだりする猫なんやって。もうええわ」

「死んだらええのにねー」

春代はそう言うと、ラムチョップの脂のついた指をとてもおいしそうに舐めた。わたしはワイングラスの縁に反射した光が星形になっていたから目を離せないまま、明るい声を作って言った。

「そんなんほっといて、次やって、次」

「次さえおったらぁ、ほんまどうでもええよー」

「見たらわかる」

春代は二か月前に前の彼氏と別れたのを機に引っ越して向かいのコンビニでアルバイトしていた地滑りの研究をしている大学院生の男の子と意気投合してつき合い始めた。次がいれば、とはわたしも思った。実際ちょっといいなと思う人もいた。でも世間はそんなに都合よくできていなかった。そういうときも、そうじゃないときも、わたしは麦のことを思い出した。思い出さなくても麦はいつもわたしに貼り付いていた。上海に行く船に乗るのを神戸に見送りに行ったきりだった。その一か月後に岡崎に呼び出された。当分帰らないからさあちゃんにごめんって伝えて、と麦から電話があった、と言った。ごめんとちゃうわい、とわたしは言った。岡崎はイタリア料理をコースで奢《おご》ってくれた。わざわざ予約してあったのが多少むかついた。麦からの連絡はそれきり途絶えた。部屋には岡崎家から借りたものしか残っていなかった。わたしは、それ以上なにもしなかった。麦は会うつもりがないと思った。じゃあわたしも会わないほうがいいと思った。麦のことで右往左往しなくていいと思った。電話がかかってくるのを期待するのがいやだから、携帯電話も変えた。それでも、テレビのニュースに上海が映ると麦がいないか捜した。いまだに上海にいるわけがないのに、麦が歩く姿を一瞬でもいいから自分の目で見たい、と思った。

えみりんがワインのグラスをぐるぐる回して、赤紫色の渦《うず》は大きくなって外に飛び出しそうな勢いだった。

「いい人やと思ってんけどな。映画の趣味とかめっちゃ合うて。まあ、やっぱりこれはしっかり公演やれよってことなんかも。今度は、前からやってみたかったことできそうやし」

えみりんは、共作で脚本も担当することがあった。

「舞台におる人が、あー、どっか行きたい！　って叫んだら、次の瞬間もう移動した場面になってんねん。ワープやな」

「へえー。セットとかどうすんの」

「今度のとこは奥行きがあるステージやからできるかもって。まだこれから詰めなあかんねんけど。それで、どんどん好きなとこ行くねん。アメリカでもトルコでも石垣島でも」

「ええなー、それ。わたしも行きたいわー。去年テロのせいでタイ行く予定があかんかって、わたしは全然行くつもりやったのにー、お父さんに止められてー」

去年の九月にアメリカで高層ビルに飛行機が突っ込んだ際、わたしは朝までひたすらチャンネルを変え続けてテレビを見、一週間は新聞も全紙買い、さらにインターネットの掲示板までチェックして麦の名前を捜し、時間も労力も無駄にした。視力が落ちた。

「それやん！　ウチの劇団の子もアメリカ留学の予定やったのにあきらめたりしてたから、もっとどんどんいろんなとこ行かな、って思って。でもわたしはお金なくて飛行機乗られへんから、舞台の上で。……この素晴らしい構想をそのディレクターに話してやったら、おもしろいね、えみちゃんすごいねって言うてたのに、あの野郎。教えんかったらよかった」

まだラムチョップの骨を撫でているえみりんのグラスに、春代がワインを注ぎ足した。まああ飲もうよ。それから、またパンにバターを塗って食べた。春代がおいしそうに食べるのを見ると、幸せな気持ちになる。パンが入ったままの口で春代が言った。

「人類の半分は男なんやしー。三十億人やで」

わたしは自分でワインを注ぎ足した。

「そう言うけどさ、出会う人数はめっちゃ限られてるやん。ジンバブエとかボリビアの人とうまくいくほうが難しそやし」

「あかんよー、あさちゃん、そんなこと言うたらー。運気が逃げるよー」

自分の声を打ち消したい気持ちになった。オリーブの黒を口に入れ、緑を口に入れた。

奥のテーブルで、女が薄紫色のリボンがかかった小さな箱を受け取り、わあうれしい、ありがとう、と言った。下のキッチンで、ペルハボーレ、と店員の声が響いた。

「彼氏の友だち紹介するでー。理系もええよー」

えみりんは飛び出しそうな大きな目で春代とわたしを見て、口をアヒルのくちばしみたいな形に突き出して言った。

「春代ちゃん見てたら、だいじょうぶやなって思えるわ」

「どういう意味ー」

「わたしは春代を、誉めてる、癒《いや》されてる、見習ってる」

わたしが言うと、春代は、そうー？　と酔っぱらった声で言い、椅子の背に掛けていた鞄に手を突っ込んで黒い塊を取り出した。

「わたし、デジカメ買うてーん。見て見てー」

一眼レフではなかったけれど、コンパクトカメラよりは大きいしっかりした作りのデジタルカメラだった。春代の丸く柔らかい手に包まれた機械の塊は厚みがあって、今まで見た他のカメラに比べてかわいく思えた。

「春代もデジタルに転向すんのや」

「今までのカメラも使うけどー、彼氏がこういうの得意で教えてくれるって言うからー。重いしめんどくさいけどー、おもろいでー」

「へえー」

わたしは、春代が構えたデジタルカメラを覗き込んだ。裏面には大きめの液晶モニター画面がついていた。春代はカメラを持ち上げ、モニター画面をわたしのほうに向けてくれた。五センチ四方の画面に、薄黄色のテーブルクロスが敷かれた丸いテーブルの上いっぱいに並んだ、食べられたラムチョップの皿、深い赤色の液体が入ったワイングラス、パンの皿、バターの皿、鈍い銀色の光るフォークとナイフが映り、うしろのテーブルのカップルが肉を切っているのが映り、そのうしろの赤いビロードのカーテンが映っていた。右上と左上と右下には、それぞれ日付や撮影枚数の数字や、電池残量のアイコンが白く表示されていた。くっきりしてるねー、と適当に言い、視線をモニターから外した瞬間、モニター画面の中とまったく同じものが、そこにあるのを見た。薄黄色のテーブルクロスが敷かれた丸いテーブルの上いっぱいに、食べられたラムチョップの皿、深い赤色の液体が入ったワイングラス、パンの皿、バターの皿、鈍い銀色の光るフォークとナイフがあり、うしろのテーブルのカップルが肉を切っていて、そのうしろには赤いビロードのカーテンがあった。

そのとき、目の前のすべてが、過去に見えた。モニターの中ではなくて、外に広がる、今ここにあるものこそが、すべて過去だった。カメラで撮られて画像の中に収まり、過去として、記録された光景として、そこにあった。カメラをうれしそうに持っている春代も、珍しがって覗いているえみりんも、うしろの肉を切るカップルも、行ったり来たりする店員も、既に過去だった。こうやって、時間が確実に過ぎていくことが、唐突に、一度に、目の前に表された。わたしは、とんでもないことを知ってしまって、しばらく表情を失ってモニターと現実の光景とを、同じ視界の中に見ていた。

えみりんが手を伸ばし、デジタルカメラを受け取って上から見たり下から見たりして言った。

「便利そうやね」

わたしにはその声もぼんやり響いて聞こえ、テーブルの上の自分のグラスも、見えるけれど触れることができないのではないかと思ったが、手を伸ばすとちゃんと取ることができたので、中身を飲んだ。渋くて、甘い匂いが鼻を伝った。春代は、撮影旅行とか行こうかなー、と楽しそうに機能を説明し始めた。わたしは言った。

「昔の人が、写真に撮られたら魂取られるって思ったの、今わかった気がする」

「なんでー」

「なんとなく。前の自分がいつまでもそこにあるやん」

「なんでー？　あさちゃんはここにおるやん」

春代は横からカメラのボタンを押し、自分が撮った写真を次々モニターに登場させた。麦の写真を一枚も持っていないから、わたしは麦のことを考えるのかもしれないと思った。えみりんは、

「あさちゃんて、ときどき話飛ぶよね」

と言って、カメラを春代から受け取ると一通りボタンを押したりメニュー画面を切り替えたりしていた。わたしは怖かったから、当分この機械に触ることはないだろうと思いながら、ぼんやりと黒い機械の塊を眺めていた。えみりんは、デジタルカメラを春代に返して、独り言みたいな感じでつぶやいた。

「わたしも趣味とか作ろかな。ここんとこ劇団のことしかやってなかったもん」

それから、冷めてしまったラムチョップをやっとかじった。店員が目ざとく皿をさげに来て、デザートをなににするか聞いた。わたしたちは、吹き抜けから下を覗いてショーケースに並んだケーキを確認し、わたしは最初から決まっているティラミス、春代はズッパイングレーゼ、えみりんはベリータルトを頼んだ。店員がデザートの皿を並べているあいだ、春代はこのあと迎えに来てくれるらしい彼氏と携帯電話でメールを送り合っていた。えみりんが言った。

「瞬間移動する公演が終わったら、年明けに、ウチから三人ぐらい東京の劇団にゲスト出演するねんけど、手伝ってもらえるかなあ？　受付とか人数いるみたいで。観光がてら、どう？」

「東京かー」

何キロも離れた場所とのやりとりに没頭《ぼっとう》して聞いていなさそうだった春代が、携帯を握ったたままぼんやりと言った。

「東京ねー」

わたしも、中身のない単語をなぞるように言った。自分の声が耳に聞こえたとき、東京のどこかにいる自分が今日のこの瞬間を思い出しているみたいな、気がした。来年か、それよりももっと先の自分が思い出す一場面のような、そういう感じがした。

うしろのカップルのところに、花火の立てられた誕生日ケーキが運ばれてきて、店員がハッピーバースデイトゥーユー、と歌い出し、それからわたしたちも、中二階にいた他の客も全員で合唱した。ハッピーバースデイトゥーユー、ハッピーバースデイ、ディア、ケイコー、ハッピーバースデイトゥーユー。拍手が起きた。

三年経った。
二〇〇五年になった。七月になった。

渋谷のスクランブル交差点を見下ろすツタヤの二階のスターバックスで、立ったままカフェラテを飲んでいた。席が空いたらご案内します、と言ってくれた店員の女の子は忙しく動き回っていたが、誰も席を立たなかったので、わたしたちは階段脇の柵にもたれて、目の前に展開する夜の明るい交差点のパノラマを眺めていた。冷房が効いていて夏のにおいだと思った。

夕方地震があった。震源は千葉県北西部、地中七十三キロ。地震の規模はマグニチュード6・0。わたしはバスに乗って走っていたから、気づかなかった。渋谷駅西口でバスを降りたら、歩いている人たちの動作がなんとなく不安定で、駅員も走ったりしていて、だけど地震のことを知ったのは、ハチ公前に来たマヤちゃんに教えられたからだった。それから五時間経って、壊れた物も見当たらないし、やっぱり地震はなかったような気持ちになっていた。


「人多いね。どこ行くんだろね」

マヤちゃんが、抹茶フラペチーノのクリームを舐《な》めながら言った。夜の交差点を見下ろすいくつかの大画面が切り替わるたび、ここにいるすべての人の顔にも服にも、いろんな色の光が点滅して光った。

「家帰るんちゃう?」

マヤちゃんの向こうで、頭一つ飛び出している飯田くんが言った。アイスコーヒーを既に飲み終わっていた。

「あいつらも行くとこ行って席空けろって感じだよね」

マヤちゃんが睨《にら》んだ先には、巨大なガラスの壁に沿ったカウンター席の真ん中に座るカップルがいた。女のたっぷり肉の付いた腰を、中途半端な髪型の男が撫で回していた。二人とも青白い光を浴びて、全体的に色味がなかった。

「あー」

飯田くんが相槌《あいづち》を打った。飯田くんは体が無駄に大きくて立っていると邪魔だから、人が通るたびに体を斜めにしていた。このスターバックスには大きいサイズしかない。飲みきれるか心配になりながらカフェラテをすすった。

「マヤちゃん、明日テレビ出るって言ってなかった?」

「明日は、鬼嫁とストーカー愛人」

マヤちゃんがくわえた緑色のストローを液体が上っていった。マヤちゃんはタレント事務所に所属していて、去年まではケーブルテレビのリポーターをしていたが、今はワイドショーや健康番組の再現VTRや企業のPRビデオに出演する。先月は病気の兆候を見逃して悪性腫瘍《しゅよう》が転移して死んでしまって小学校の職員室で子どもの担任に修学旅行は個室を用意しろと詰めより浄水器の水を大量に飲んで最高の笑顔を見せるなど、忙しい日々を過ごした。

「おれ、なかなか見られへんねんなー」

「見なくていいっす」

マヤちゃんは軽く笑ってずっと外を見ていた。濃紺の空も明るすぎる白い光の一つ一つも、厚いガラス越しに見ると雨上がりの夜みたいにクリアだった。背の高いマヤちゃんの腰近くまである長い髪を見ていた。ベージュのシャツワンピに影ができていた。

「朝子は？　明日はウニミラクルじゃないの？」

「うん。今日はビルの点検で休みやったから」

「あそこビル古いから。朝子も気をつけなきゃダメだよ」

「なにに？」

「わかんないけど、ねずみとか、あ、ほら地震あったじゃない、今日も」

「よう二つも仕事するな。おれは……、なにしようかな、明日」

飯田くんは言った。たぶん具体的な考えはなにもなくて、信号が変わるたびに波みたいに溢《あふ》れ出す人たちや建物の壁に掲げられた新しい連続ドラマの看板でポーズをとるアイドルなんかを、ぼんやりと見ていた。

「盛り上がってきたね」

マヤちゃんの視線の先を見た。窓際のカップルが顔を撫で合い、べったりとキスをし始めた。頭の角度が変わったときに見えた女の顔は、中南米系に見えた。

「あ、ラテン系か」

「あのケツは日本人やない」

飯田くんが確信を持って言った。きっと好みのタイプだった。

「そっか」

「そうだねえ」

マヤちゃんの目は眠そうだった。

すぐ前の小さな丸テーブルでは、グッチの新作の鞄を持った女とニットキャップを目深《まぶか》に被った長髪の若い男が、開いたノートパソコンの画面を覗いて話し合っていた。

「絶対売れるって」

「ほんと？　七十五万ぐらいでもいいかな？」

「なんなの、その中途半端で弱気な額は。三桁いきなさいよ。世間はね、いい値段ついてたらいいものだって思うようにできてるの。値段が価値を決めるのよ」

うん、一理ある。パソコンはわたしのほうには裏側が向いていて、なにが映っているのか見えない画面から発する紫色の光が、その二人の顔をぼうっと照らしていた。

丸椅子から大幅にはみ出るお尻のラテン女と顔も服もさえない男はずっと席でもつれ合い、結局わたしたちは立ったままそれぞれのカップの中身を飲み終えた。人と湿気が充満した地上に下りた。黒い空の下で、大画面から発する青白いストロボライトみたいな光に瞬間的に人々の輪郭《りんかく》が浮かび上がった。そこからさらに地下へと階段を下りた。地下道はまんべんなく白く明るかった。

死にそうに込んだ地下鉄の車内で、また飯食おうよ、と飯田くんは言った。一年前にごはんを食べに行ったときも同じことを言ったので、次に会うのもそれぐらい先だろうと思った。

駅から商店街沿いに歩いてオレンジ色の旗が付いた街灯が途切れる角まで来ると、ようやく風が出てきた。角の神社を囲む丸く茂った木々のせいで、そのあたりだけ闇が濃かった。

「あっ」

マヤちゃんが急に声をあげた。黒い塊が道路を横切った。わたしは猫だと言ったけれど、マヤちゃんは狸《たぬき》だと言った。大阪にはイタチがよくいると言ったら、マヤちゃんがこのへんにはテンがいると言った。わたしは信じなかった。犬と猫なら道で会っても驚かないのに、他の動物だとなんで変な世界に紛れ込んだ気持ちになるんだろうと考えていたらマヤちゃんが言った。

「朝子、明日うちにごはん食べに来ない?」

「明日はウニミラクルってさっきも言った」

「あそっか。最近ちゃんと食べてる? 単に食べてるかってことじゃなくて、内容だよ。コンビニのものとかダメなんだよ。うち、はっしーが来てからパワーアップしてるから、いつでもどんどん来なよ」

「はっしーのごはん、食べたい」

「でしょ？　じゃあウチに来なって」

「うーん、来週とか」

「なに？　遠慮してるの？　毎日来てもいいんだから。朝子はね、もっと人に頼ればいいの。じゃあ、月曜！　わかった？」

「わかった」

話しながら、細い川を埋め立てた緑道の手前を、マヤちゃんは右、わたしは左に進んだ。二十メートルくらい前をスーツ姿の男が歩いていた。その足が規則正しく動くのを目で追っていたら、三か月前にできた小さいけど高級そうなマンションの自動ドアに吸い込まれた。磨き上げられたガラスの向こうの黄色い明かりに照らされたぴかぴかのロビーでポストを開ける姿が、暗い道に投射された映画のように見えた。

えみりんがラジオドラマのシナリオの賞をもらったのを機に東京の劇団に移ってその脚本を担当しながらラジオの構成の仕事も始めることになり、わたしもその東京の劇団の制作などを手伝いたいという理由をつけて二年四か月前に東京に引っ越した。えみりんは、同時期に東京に行くことになったモデル志望のアユミちゃんと、劇団関係で知り合った東京生まれ東京育ちのマヤちゃんと三人で、マヤちゃんの祖父所有で築三十五年のマンションの３ＤＫの一室に住み、わたしはその近くにアパートを借りて平日は美術系の予備校の事務のアルバイトとなった。一年後にその劇団は解散した。解散後えみりんは構成作家になってお金も増えたけど死にそうに忙しくなったからもっと都心に引っ越して、アユミちゃんは親戚のいる沖縄に引っ越して、アユミちゃんがバイトしていた洋服屋のカフェのバイトを紹介されたわたしは、暇になった土日はそこで働いている。予備校の事務の仕事は契約社員になった。マヤちゃんの部屋には、えみりんもアユミちゃんもいなくなって、アユミちゃんの中学の同級生だった子が住んで一年経って引っ越して、二か月前からはっしーという子が住んでいて、わたしはときどきごはんを食べに行く。わたしが東京に来て以来住んでいるのはそこから徒歩三分のアパートの二階の端っこの部屋で、海は遠いのになぜかオーシャンハイムという名前で壁は水色だった。最初の一年はなんでも物珍しかったが、季節が一周したあとは急に時間が早く進むように感じられてきて、東京に来てから二年以上経ったことが、信じられないようでもあったし、同じ季節をもっと何度も繰り返してきたような錯覚というか、最初からここで長いあいだ生活していたような気持ちがすることもあった。

道幅の狭い上り坂から見上げた二階のわたしの部屋には明かりは点いていなかった。わたしが見るこの部屋はいつも真っ暗で、明るいこの部屋を見るのはわたし以外の人だった。

玄関を開けて閉めて鍵をかけながら壁のスイッチを押すと、白い光の中に部屋が現れた。やっぱりもう少し片付けようと思った。狭い玄関を埋める靴の隙間に靴を脱いだ。部屋に入ると、落ちてきたファイルボックスが壁際の棚の上で開いたままのノートパソコンを直撃し、中身の郵便物や取扱説明書が散らばっていた。悲しかった。地震はほんとうにあったのだと思った。拾い上げる気力もなく、昨日脱いだままの形で床にある洋服の上に鞄を置き、今は布団のないこたつテーブルの上にパン屋の袋を置いた。すぐ横にあるベッドの上にうつぶせに転がると、そのまま寝てしまいたかった。しかし顔だけはなにがあっても洗わなければならなかった。うつぶせのまま手を伸ばしてテーブルからテレビのリモコンを取ると、その下に積んでいた雑誌がぼとぼと滑り落ちて床にあったなにかが倒れた。赤い丸いボタンを押すと、壁際の小さな四角い画面はニュース番組で、夕方の地震の概要をアナウンサーが繰り返して「時間を延長してお伝えしました」と頭を下げたままエンディングになった。渋谷のスクランブル交差点が見下ろされている映像だった。わたしたちがさっきまでコーヒーを飲んでいたツタヤの二階から見ていたのととても似た光景だったから、どこにカメラがあったのか周りを思い出そうとしてみた。三十分ちょっとしか経っていないのに、信号待ちをする人波は随分と減っていた。複数の大画面が互いに照らし合う青白い光のせいか、涼しそうだった。寒そうにも見えた。でも夏だった。画面を見つめたまま、手探りで今度はエアコンのリモコンを取った。その下にあったポイントカードの期限切れを知らせる葉書が床に落ちた。部屋が狭い、と毎日思う。だけど広ければその分さらに散らかるだろう。リモコンのスイッチを入れるとピッと鋭い音がして、閉め切ったままの小さな四角い部屋に冷たい風が吹き始めた。テレビの中の交差点は信号が変わり、人々がいっせいに歩き出した。映像は唐突に真っ青な地中海の小島にそびえ立つギリシャ・ローマ時代の遺跡を映し出した。

明かりを消して最後にテレビを消した。テレビが消えたあと、一瞬だけ、四角い光が広がるような残像が見える。外の暗闇でカラスが鳴いた。

次の日になった。

午前中だった。

白い壁に囲まれた地下鉄の階段から地上を見上げた。四角い出口に切り取られた外の世界は緑の葉で埋め尽くされていた。隙間に青空が見えた。ここは東京、と、この階段を上がるたびにいつまでも思う。表参道が初めて東京に来たときに最初に訪れた場所だからで、欅《けやき》が大きいからだった。

欅にへばりついていた蟬を、おじさんが捕って煙草の空き箱に入れて胸ポケットに仕舞った。

明るい日差しを受ける緑の葉が風に揺れているのを眺めた。上を向いて歩いている人は滅多にいなかった。長い足を自慢したくて極限まで短いショートパンツをはいた女の子と擦れ違い、ストリートスナップの取材カメラが待ちかまえる角を曲がって、緩い坂になった脇道を上がった。右へ入ると坂道の途中に古い三階建てのビルがある。わたしがアルバイトしている店は道路に対しては中二階くらいの高さにあって、八段の中途半端な長さの白いスチールの外階段の先に扉とショーウインドウが見える。かんかんと音をたてて階段を上がり、緑色の板にオレンジ色で「ウニミラクル」と書かれた扉を開けた。

「三階、昨日引っ越してきて片づけしてるから、まあ一応社長っていうか荒木くんていう人なんだけど、アイスコーヒーかなんか差し入れしてもいいかって聞いてきてくれるぅ?」

浴衣《ゆかた》に白いカーディガンを羽織った権藤さんは、挨拶もなしに唐突に言った。見事なビール腹に鼠《ねずみ》色の帯が映えていた。後退ぶりが目立つ生《は》え際《ぎわ》を骸骨柄《がいこつがら》の扇子《せんす》で扇いでいた。

「荒木くんて、すぐわかると思うよ、男前だから」

権藤さんは、ほんとうは進藤さんという名前だけど昔誰かが権藤と名前を間違えて覚えていてそのほうが似合っているからという理由で権藤にしている、というのはほんとうかどうかわからない。

「準備と注文の電話してからね。朝子さんはすぐ忘れるから」

権藤さんはぱちんと音をたてて扇子を閉じ、奥のカフェスペースへさっさと歩いていって椅子の位置を直した。

「おはようございまーす」

ゆき子さんと千花ちゃんに挨拶し、吊《つ》られた洋服の間を通り抜けた。新しい洋服が入って先週とは色の感じが変わって黄色やオレンジが目立った。新しい洋服が並ぶと気分が浮き立つ。

カフェコーナーのカウンターで注文のチェックをした。カフェ、といってもカウンターに四席とお盆程度の小さいテーブルが二つあるだけ、営業するのも金曜の夜と土日だけで、普段はデザイナーのゆき子さんやオーナーの権藤さんの事務所の人たちの打ち合わせ場所になっている。注文の電話をしているとき、冷蔵庫のドアにさっき権藤さんが言った「荒木」という名前の名刺がマグネットで留めてあるのに気づいた。権藤さんの大阪からの知り合いの人が上の階に事務所を移転してくるというのは、何週間か前に聞いていた。

権藤さんはカウンターの椅子の一つに座り携帯電話で誰かと話しながら、電話を持っていないほうの手でゆき子さんを呼んでメモを書いて渡した。権藤さんは染め物屋の三男で十五歳から東京に来て二十二歳で洋服屋を始めて今は五十二歳で南青山でメインのお店を持っていて週に一回くらいここに来る。「ウニミラクル」というつまで経ってもセンスがあるのかないのかわからない名前のこの店にあるのは、三分の一が権藤さんのデザインしているブランド、三分の一がゆき子さんがデザインした「ウニミラクル」オリジナル、残りがセレクトした雑貨で構成されていた。雪国出身で色が白いゆき子さんは三十三歳で三年前までモデルもやっていて背が高くて骨の材質を疑いたくなるくらい細くて、自分がデザインしたアイロン柄の青いワンピースを着ていて、長い黒髪と似合っていた。

白い壁の店内はときどき倉庫みたいに思えた。道に面した大きな窓からは、表参道沿いに新しく建ったブロックを重ねたような形のビルの鉄とガラスの外壁が見えるようになった。

入口近くの棚の前で、四月に神戸から東京に来たばかりの千花ちゃんが、Tシャツを畳み直していた。デニムのつなぎの下に着たキャミソールから出ている肩と背中の面積の広さも、二週間前にオレンジにしたばかりの髪を栗色に染め直したのも、つけまつげとマスカラで取り囲まれた黒い目もみんな、二十一歳だからできるって思ってしまうことがある。天井のスポットライトがちょうど真上から千花ちゃんに差していて、舞台のヒロインみたいだと思って、一人でちょっと笑った。これから一日が始まる感じは、どこの職場にいても結構好きかもしれない、とふと思った。

「ウニミラクル」のドアを開けて外へ出ると、地面から立ちのぼる湿気の多い空気が押し寄せてきて、むせそうになった。だけど、そんなに暑くなかった。曇ってきた空を見上げて、東京は天気が悪い、と思った。八段の外階段を下りると、裏手にビルの中に入るドアがある。東京の地面は高低差があるし、狭くて値段が高い土地をなんとか有効利用しようとして半地下とかややこしい造りになっている建物が多く、この築三十年のビルも二階のウニミラクルから三階に行くためには一旦《いったん》外に下りて内階段で一階から上り直さなくてはいけなかった。ドアを開けると、コンクリートで囲まれた廊下は薄暗かった。ウニミラクルでバイトして一年になるけど、ビルの中に入るのは初めてだった。古くて小さくて役に立たない集合ポストに肩をぶつけそうな狭い入口を進むと、何度も塗り直したペンキが剝《は》げて下に塗られた濃い緑色が斑《まだら》模様になっている壁が、今にも切れそうな蛍光灯に、照らされていた。狭くて急な階段は、ひんやり湿った空気が満ちていた。建てられた三十年前から時間が止まってる、と思いながら三階まで上がると、ＦＭラジオらしい女のＤＪの声が聞こえてきて、家で聞いているのと同じ人だったので安心した。右側の、ウニミラクルの真上の部屋だった。ウニミラクルと違って愛想のないアルミのドアが開けっ放しになっていた。段ボールが積まれた部屋の中を遠慮しながら覗くと、スチールのデスクとスチールワイヤーの棚がそれぞれいくつかあった。ＤＪの声が今日の最高気温を繰り返しているだけで、人間が見当たらなかった。と、思ったら、いちばん奥のラックに詰め込まれたプラスチックケースの向こう側に、しゃがんで作業している人の腰のところがちらっと見えた。

黒いTシャツに赤いジャージ。赤。

「あのー、すいません」

わたしはドアのところから背伸びして声をかけた。しばらくしてから男の声が聞こえた。

「あー？」

なんとなく不機嫌そうだった。彼はこっちを見る様子はなく、しゃがんだまま棚の下のほうでなにか作業を続けていた。痛っ、という声が聞こえた。三十秒ほど待っても立ち上がる様子はなかった。赤いジャージと黒いTシャツの一部だけが動いていた。

「あのー、荒木さんですか？」

「違いまーす」

今度はすぐに返事が返ってきた。だけどそれだけだった。壁の色も薄暗く荷物が乱雑に積まれた部屋は、広さも形もウニミラクルとまったく同じはずなのにもっと狭く見えた。さらに大きい声で言ってみた。

「荒木さんて、いますか？」

「いないっす」

「……えーっと、ここの事務所の人ですか？」

「ここにおるんやから、そらそうでしょ」

彼はようやく腰を上げ、面倒そうにラックの横に立った。ただまっすぐに立ったその人の、全部を、わたしは一度に見た。

心臓が、大きく一つ打った。そのあとは速く打ち続けた。その人が、どうしてそこにいるのか、わからなかった。もっと正確に言うと、その顔がどうしてそこにあるのか、わからなかった。一重が途中から二重になる目も、直線的な輪郭も、唇の薄い大きな口も、よく知っていた。その一つ一つからできあがった全体は、どうしても、もう一度、ほんの一瞬でもいいから、見たいと思っていた、そのものだった。

ずっと長いあいだ、もう一度。


「おめでとうございます！」

ＤＪの声が響いた。

「プレミアシートプレゼントは、このかたに決定です」

そして誰かのメッセージを読み始めた。彼女の誕生日なので映画をプレゼントします。でも、彼女が見たいのとぼくが見たいのが違って、どうやって決めようか考え中です。

彼女の誕生日。今日って何月何日か思い出せなかった。土曜日だった。

「麦《ばく》」

やっと言葉が出た。でもかすれて声にならなかった。

「なんですか？」

ほんの少し頭を傾けて、その人が聞いた。途端にそばのスチールラックから、なにか金属の平べったいものが落ちて、ぐわーんと大きな音が響き渡った。わんわんわんわん、と床でまだ動いているその物体を、その人はさっと足で踏んづけた。音が止まった。止まったせいで、わたしの頭の中にそのわんわんわんわんが移動してきた。

「すんません」

その人は軽く頭を下げた。さっきまでの不機嫌そうな声から急にトーンが変わって、ほんの少しだけど笑っているような顔になった。でも、まだわたしの名前を呼んでくれない。不安になってきた。

「鳥居さん、ですか？」

わたしは、麦の名字を言ってみた。今度は、ちゃんとした声になった。彼が答えた。

「丸子と申しますが」

そのとき、今度は棚の上から平たい箱が転がり落ち、中に入っていた赤いタグをばらまいた。薄い小さな赤い紙は、ひらひらと宙を舞って落ちた。その人は、赤が周りに落ちるのを目で追ったが、拾おうとはしなかった。

「まるこ。……ほんとですか？」

「あのー、誰っすか?」

その人の目は、視力が悪い人が見えそうで見えないものを確かめようとするときの見方で、わたしを見た。その目は、五年前にわたしを見た、麦の目だった。だけど、麦のこんな表情を見るのは初めてだった。なんでそんな顔するの、と言いたかった。でも違うことを言った。

「下の、ウニミラクルって洋服屋は表から見たらわからなくても実は奥にカフェがあるんですけど、今そこでバイトしてて……」

「あ、どうも。丸子亮平です。ここの会社で働きます。よろしくです」

その人は急に愛想のいい表情を作って、また軽く頭を下げた。黒いTシャツからはよく日焼けした腕が出ていて、全体的にしっかりした体格だった。短い髪も、硬そうだった。背も少し低いようだけど、たいした問題じゃない。彼の頭に載っていた赤い紙が、また一枚落ちた。

「いえ、こちらこそ」

わたしは条件反射的に頭を下げた。DJが来週公開の映画のサウンドトラックからテーマ曲を紹介した。弦楽器の緩やかな調べが流れ、ハリウッド映画特有の壮大なオーケストラが、今までに何度も聞いたことがあるような曲を演奏し始めた。音域を自慢するような女の声が歌い出した。

彼は、聞いた。

「ご用は？」

「えー、オーナーが、あの、ウニミラクルのオーナーがですね、権藤さんと言いまして、見たらすぐにわかると思うんですけど、髭《ひげ》が濃くて禿《は》げてて逆さまにしても顔に見える絵があるじゃないですか？　あれに似てて、変わったカッコのおっちゃんで、あのー、権藤さんが、荒木さんにアイスコーヒーいるか聞いて来いって言うので、聞きに来たっていうか、来ました」

「荒木くんは三時過ぎないと来ません」

「そうですか。失礼しました」

わたしは勢いをつけて上半身を折り曲げ、それをきっかけにやっと右足をうしろにずらした。

「おれだともらえないんですかね、コーヒー」

「いいえ、当然のことながらもらえると思います」

「じゃあ、ください」

「はい、そうします」

わたしはさらに頭を下げ、そのままその顔を見ないようにして、向きを変えて階段を下りた。踊り場を曲がってから、階段の壁に背中をつけて止まり、大きく呼吸をした。何度もした。壁は冷たかった。

映画のテーマ曲が一段と盛り上がって聞こえてきた。女の声と、さらに加わった男の声が、素晴らしい愛のハーモニーを響かせていた。電話が鳴った。

カウンターで小型のノートパソコンに向かっていた権藤さんに、言った。

「荒木っていう人じゃなくて、丸子っていう人がいます。丸子っていう人がコーヒー飲みます」

「一人だけ？」

「はい」

「あー、そう。じゃあ、まあ、持っていってあげて」

権藤さんは肘を付いてパソコンの画面から目を上げずに、答えた。

「あのー」

もみあげと鬚《ひげ》のつながった権藤さんの横顔をそれとなく覗きながら、わたしは聞いた。

「その、丸子っていう人も、権藤さんはお知り合いっていうか……」

「たぶん、前にちらっと会ったことある気ぃするけど？　背の高い、軽く黒ヒョウっぽい顔の子？」

黒ヒョウ。権藤さんは、肘を付いたまままぎょろっとした目をわたしに向けた。こういう目の魚、なんやったっけ、と思いながら、わたしは視線をさまよわせた。妙ににやにやした顔の千花ちゃんと目が合った。権藤さんはゲイだ、と周囲のたいていの人は言っていてるが、ほんとうはゲイのふりをしているだけだ、と言う人もいて、どっちがほんとうか知らなかった。

「わたし、ちょっと、……あっ、毎度です」

ドアが開いて酒屋が缶ビールの箱を運び入れようとしているのが見え、わたしはできるだけ元気のいい声を出した。馴染み客の相手をしていたゆき子さんの横で、暇そうだった千花ちゃんの目が輝いた。

「じゃ、わたし行ってきまーす。コーヒーってアイスですよね」

言い終わらないうちに、千花ちゃんは小さいキッチンに体を滑り込ませ、楽しげにグラスに氷を入れた。軽やかな音の響きを耳の中で確かめながら、千花ちゃんを見ればいいのか、権藤さんを見ればいいのか、伝票を握った酒屋を見ればいいのか、わからなくなっていた。

ゆき子さんのお客さんは、スペースシャトル柄のTシャツとニットのスカートを買った。

楽しい歌を歌っているような顔つきで千花ちゃんが帰ってきた。わたしの腕を取っていちばん奥の冷蔵庫の前に引っ張っていって、囁いた。

「ちょちょちょちょ、わたし、ストライクなんですけど。いかにもきれいな顔の男より、ああいう、多少隙《すき》があって男っぽい感じのほうが好きなんですよ。まじで」

「あー、ほんまにいい」

黒いまつげにびっしり取り囲まれた夢見るような瞳でわたしを見る千花ちゃんは、わたしの二の腕をつかんだまま、妙なひそひそ声で言い続けた。

「えー、朝子さんの趣味じゃないですか？　じゃあ朝子さんてどんなんやったらいいんですか。亮平くんて池尻に住んではるんですって。うちと近いかも」

「早いね」

「あー、ごめんなさい、わたしハイになると早口になるんですよー。じゃ、今度いっしょにランチとか誘いましょうよ、男ばっかり四人や言うてはったし。朝子さんも出会いあるかも」

新しく入ってきたお客さんがドアのところに立っていて、逆光で影人間に見えた。

秋の新作第一弾の中では、雨が滲んだ壁みたいな柄のニットを買おうと思った。

十時を過ぎた。秋冬物の打ち合わせを始めたゆき子さんと千花ちゃんと酒井さんにお疲れさまでしたと声をかけて、階段を下りた。道路からウニミラクルの大きな窓を見上げ、黄色のワンピースと茶色のカーディガンが飾られている以外になにも見当たらないことを確認した。さらに周りを見回してから、裏手に回ってドアを開けた。奥に見える白い蛍光灯の光を頼りに涼しい廊下を進んだ。内階段を、音をたてないようにゆっくり上がった。

二階と三階の踊り場から、三階の様子を探った。開けっ放しのドアからは、蛍光灯の光とボブ・マーリーの保安官を撃ち殺した歌が階段まではみ出してきていた。何人かの男の人の話し声が聞こえ、まだ引っ越し作業は続きそうな気配だった。夕方、ウニミラクルに挨拶に来た小柄な荒木健二さん（アパレル系通販ウェブサイト制作会社経営。社員は二人、アルバイト一人）は、顔は全然違うけれど落ち着きなく動く感じがなんとなく岡崎を連想させ、わたしをいっそう不安な気持ちにした。

お疲れー、と誰かの声が聞こえ、わたしは慌てて薄暗い階段を駆け下りた。

そのまま止まらないで夜の道を走った。

表参道へ出ると、突然明るかった。またあの大きな木々が遥か頭上を大量の葉で覆っていた。葉は、誰も数えないけれど何千万枚もあるに違いない。建物に取り付けられた照明によって、端のほうの葉はプラスチックのような人工的な緑色に輝いていた。その下の植え込みの柵にはいつもぎっしり人が座っていて、それぞれが別の待ち合わせをしているか、それとも待っていないかった。彼らを照らす、強い白い光の源を見た。ローソンが発光していた。店の中の中心に、麦の顔があった。棚の向こうで頭一つ飛び出しているその顔は、少し右に移動して、止まった。思考力を奪うために明るく白く光り輝くコンビニエンスストアの電光によって、どの角度からも均等に照らし出されていた。ここは自分が知っている中でいちばん明るい場所かもしれない、と思った。ぼわんと光の広がる、蒸し暑い歩道に立ってわたしはその顔を見ていた。麦の顔はまた右へ移動したから、体も現れた。左側に携帯電話があるのも見えた。やがてその手を下ろして、棚をじっと見つめた。見たことがある。わたしは、思った。あの顔を見たことがあって、今も、見ている。

自動ドアが開く音と同時に鳴ったチャイムの音が、思ったより大きかったのでびっくりした。

ローソンは涼しかった。彼が背中を向けたので、気づかれたのかと思って手前の棚の陰に身を隠した。棚には赤や緑や紫やいろんなものが並んでいた。彼は店の奥へと歩いていった。実は店の奥にもう一つ出口があってそこから出て行っていなくなってしまうのではないか、と考えた。慌てた。二つのレジにそれぞれ配置されている店員の視線を意識しつつ、わたしは堂々と奥へ進み、クーラーケースのドアを開けて缶ビールを取ろうとしていたその人に話しかけた。

「あのー」

彼は手を止めて、わたしを見た。ガラスがみるみるうちに曇った。

「なんでしょう?」

彼は、手で持っていたものを籠《かご》に入れてから、ドアを閉めた。ビールの缶は金色だった。星のような金色。緑色の籠には、ポテトチップスも一袋入っていた。彼のジャージの赤が、また目についた。わたしは聞いた。

「大阪の人ですか?」

「さいでおま」

笑う余裕がなくて申し訳ないです。

その人も、笑わずにわたしを見ていた。

「大阪の、どちらのご出身でしょうか?」

「豊中。ずーっと豊中」

「お年は?」

「二十五」

麦はわたしと同い年で二十八のはずなのに。いつのまにかわたしだけ年を取ったのだろうか! あっ、そうかっ、上海に行っているあいだに日本では三年経っていたってことなのか! 違うな。年の離れた双子という可能性もある。

「ご兄弟は?」

「なんで?」

「いえ、特に」

「二つ上の姉がおりますが」

「はい。ありがとうございました」

じゃあ両親に離婚歴とか、お父さんかお母さんに今の家庭の他にお子さんがいらっしゃるとか。いとこやはとこにそっくりな人がいるとかですね。なにをどう聞いても、おかしい。失礼だ。不自然だ。変な人と思われる。それに、出生の秘密って本人には知らされていないことが多いだろう。去年見たあの大流行した韓国のドラマでもそうだった。ということは、偽の記憶を教えられているのか。なるほどー。わたしは思いきって言ってしまった。

「麦ですか?」

自分の声がはっきりとその名前を告げるのを、わたしの耳はたぶん五年ぶりぐらいに聞いた。耳が聞いたことによって、わたしは動揺した。目の前にある麦の顔は、一瞬ビールが並ぶ棚に目をやって、それからわたしを見た。

「動物園……?」

「ありがとうございました。お疲れさまでした!」

わたしは頭を下げ、向きを変えて、まっすぐにコンビニの外まで歩いた。走った。工事中の交差点では、赤いライトが点滅していた。麦が二人いるという事実について、どう考えたらいいのか、見当がつかなかった。

地下鉄に乗ったら、目の前の席に見たことのある人が座っていた。挨拶したほうがいいのか迷ったあとで、連続殺人や猟奇《りょうき》的な事件が起こるとニュース番組でコメントしている心理学者だと気がついた。同じ駅で降りた。後をつけるとコンビニに入った。

予備校の事務所は夏期講習が始まってからは人の出入りが多く、夏休みだけ来る講師が何度注意してもわたしの机や事務用品を勝手に使って謝らないで彼がいかに現代社会に冷遇されているかという話をわたしに延々とした。彼は二十五歳で水瓶座だった。

八月になった。

台風が過ぎて、暑くなった。

ブロック塀に伝うように植えられたゴーヤの蔓《つる》にいくつもぶら下がる緑の実は不揃《ふぞろ》いな突起でできていた。その陰で、マヤちゃんのおじいちゃんは、今日も自転車を磨いていた。

わたしは首もとの汗を手の甲で拭《ぬぐ》った。土のにおいがする、と思った。

ようやくかげった道で、それぞれ犬を連れたおばさんが二人、立ち話をしていた。

一匹はウェルシュコーギー、他方はダックスフントで、どちらも胴体が地面に近いから暑そうだった。

「今年は、うちは飲む人いないのにビールばっか大量に送られて来ちゃって」

「うちなんてサザエ三十個と桃三十個が同じ日よ。どうしようかと思っちゃったわ」

三十たす三十は六十。


「こんにちは」

と言うと、マヤちゃんのおじいちゃんは、

「ああ、どうも」

と、腰を曲げたままちらっとこっちを向いていつも通りの挨拶をし、すぐに自転車に向き直った。郵便局の人が乗っているみたいな形の自転車は深緑色で、いつも鈍く光っていた。

三階までの階段を上がって、三つある緑色のドアのいちばん右のドアのインターホンを押すと、少しだけ開いた窓からマヤちゃんではなくて、はっしーの愛想のない声が、

「ういーっす」

と、返事をした。

「ほんま顔だけは濃いのに、一晩中誰かの悪口言うて、最悪。男が集まったら悪口。ありえへん」

　カメラのファインダーを、はっしーの、先週一段とぐりぐりにカールさせてきた茶色い髪に向けた。そのうちにアフロヘアになりそうだと思いながら、ファインダーを、鳥の巣みたいなその頭からグレーのスウェットの袖《そで》をまくった腕の先へと移動させた。はっしーはいつもスウェットかTシャツを着ている。デニム以外をはいているのも見たことがない。はっしーの短い爪の手は、口から出る言葉とはまったく連動していない動きで、広いテーブルに置いたまな板の上でナスやズッキーニやパプリカを切り分けていった。小さな四角に形を変えた野菜は、まな板ごと水平に運ばれて、フライパンの中に投入されていった。

「へえー。アルゼンチン人ってそうなんだ、意外」

　マヤちゃんの手が菜箸《さいばし》でフライパンの中をかき回した。四角いファインダーの中のフライパンも手も、わたしがカメラの右上のズームスイッチを操作すると、にゅうっと拡大された。マヤちゃんの白いシャツの背中と長い髪に映る電灯の影に、今度はズームした。マヤちゃんはいつも無地の服を着ている。白でも黒でも茶色でもとにかく無地で形も普通。シンプルというよりも普通。わたしがウニミラクルの服を着ていると、不思議そうな顔で生地の柄を見つめていたりする。背の高いマヤちゃんと小柄なはっしーを同じフレームに入れるために少しひいた。十センチ以上ある二人の身長差を見ていると、はっしーと同じくらいの身長のわたしも、マヤちゃんとはあれぐらいの差があるんだなと思う。はっしーは毛先のあっちこっち跳ねた頭を振って言った。

「小さい、小さいっすよ。とにかく女々《めめ》しい」

「そうなんだ」

「はっしーはラテン系と合いそうやし、向こうでええ感じの男がおったんかと思ってた」

わたしはそう言いながら、シャッターを押した。フィルムを巻き上げる機械の音と振動が手に響いた。今度はカメラをはっしーに向けた。はっしーは口の端を歪めていた。

「ああ？　ありえへん。まじでそれがブエノスから帰ってきた原因っすよ。タンゴはパートナーおらんと成立せえへんから」

東に向かって大きなベランダがあった。その窓が全開になっているから風が通ってエアコンはついていなかった。三階でも見通しがよかった。外に広がる東の空が深い青色へ急速に変わり始めているのが見えた。はっしーの二つの手は止まる瞬間がほとんどなく、一つの作業をしながら常に次の作業を手の中で予行演習しているように思えた。三十六枚撮りのフィルムが終了した。入れ替えた。また構えた。コンパクトカメラの小さな四角い覗き窓を通して見える台所は、とても精巧で鮮明にこの機械の中に再現されたミニチュアに見えた。

オレンジ色の電灯の笠を通して広がる赤みのある光が全体に満ちていて、プリントしたらきっと、マヤちゃんもはっしーも全体にオレンジ色がかって見えるだろうと、その写真を思い浮かべた。シャッターボタンを押すと、シャッター幕が開いて閉じた音に続いてフィルムを巻き上げた音がし、その瞬間に、換気扇《かんきせん》の音、包丁がまな板の上で紫蘇《しそ》を刻む音、水の流れる音、マヤちゃんとはっしーが話す声がいっぺんに急に大きくなって耳に飛び込んでくるように感じた。

「そういえば昨日ね、十月に結婚する友だちに電話したのね。スピーチしてほしいって頼まれたから考えてたんだけどなに話そうか悩んじゃって、そうだ相談しようと思って。わたし、ユミコと中学のときのいちばんの思い出ってなんだっけ、って聞いたら、まじで、なに言ってんの、マヤとわたしと車に轢《ひ》かれたじゃん二人でいっしょに、って言うからすごいびっくりしちゃって。えー、そうだった？　いつ？　何年のとき？　って聞いたら、二年のときバスケ部の帰りにワゴン車が突っ込んで、入院も部屋いっしょだったでしょ、って」

「入院？　それかなりおおごとやん」

はっしーの手で光る包丁は、もう片方の手が持った布巾で拭《ふ》かれた。まな板が傾くと、濡れた部分が天井の明かりを反射して光の模様ができた。

一枚板の古いテーブルの上には薄い水色の花瓶があった。花びらの縮れた紫色の花が挿《さ》してあった。

「太もも骨折して入院したのは覚えてるに決まってるよ。そんなの忘れてたらやばいでしょ。ただ、原因忘れてただけだから、ああ、あれってそうだったんだーっていろいろ思い出して。ワゴン車のおばさん態度悪かったなーとか」

「いや、ないやろ、忘れるとか。人生の重大事件やし」

はっしーは低い声で笑った。冷蔵庫の扉をマヤちゃんの手が開けて、閉めた。マヤちゃんの長い髪はうしろで一つにまとめられていて、飾りゴムにぶら下がっているガラス玉が動くたびに光った。

「今まで思い出す機会がなかっただけだよ。わたし、新しく覚えなくちゃいけないこといっぱいあるから。来週の撮影の台本また変更だし、十年以上前のことなんて奥のほうに入っちゃったっていうか、そういうのあるよね、朝子も」

端の歪んだ小さい四角の中で、クリアな輪郭を持ったマヤちゃんがこっちを向いた。わたしは顔からカメラを離した。明るくて、壁や天井がちゃんとまっすぐ直角に交わった部屋に立つマヤちゃんとはっしーを見た。はっしーの癖毛《くせげ》が明るい茶色に透けていた。

「ない」

「えー、そうなの、記憶力いいんだねえ。だって、こないだはっしーも高校のときの彼氏の名前忘れてたって言ってたよね」

マヤちゃんがお椀を並べ始めたので、わたしも立っていってお箸やコップを並べた。今の見た目からは想像しづらいけどはっしーはタンゴのダンサーをしていたらしい。その後、日本語教師、造園業見習いなどを経て、今は自家菜園のあるオーガニックカフェでホール係をしていて、そこで料理を教えてもらってくる。はっしーはマヤちゃんの前の彼氏とイベントをいっしょにやっていた友だちで、かつ、この部屋に春まで住んでいたナオミちゃんの知り合いでもあって、今年の初めに三十万円貸した高校の同級生が音信不通になった直後に隣人がぼやを起こして部屋が水浸《びた》しになるなどの災難が相次いだため、ちょうど部屋が空いたここへ引っ越して来た。ナオミちゃんが道端で一目惚れされたカナダ人と結婚してハワイに行って3DKの一部屋が空いたので朝子も引っ越してきたら、とマヤちゃんは誘ってくれた。だけど、片付けられないし人のものにまでカビを生やしてしまったら申し訳ないという、東京に引っ越してきた際にえみりんに同居を誘われたときと同じ理由で断念した。そういえばえみりんにはもう半年以上会っていない。

はっしーは、鍋の中身をお椀に注ぎ分けた。味噌の香りが漂った。

「顔は覚えてても名前出てけえへんのはようあることやん。車に轢かれたのって、死ぬときに振り返っても三位以内にランクインする事件ちゃうの」

「えー、結婚、出産、火サス出演、これからいろいろあるって」

マヤちゃんは恋愛ドラマなどではなく、二時間サスペンスや刑事ドラマに、しかも殺されるホステスや嫌味な主婦などのちょい役で出るのが夢だった。はっしーは適当に笑いながら、冷蔵庫から自分が漬けた梅酒のボトルを出した。わたしはそれを受け取ってローテーブルでグラスに注ぎ分けた。なにか白いものが動いた、と思って顔を上げたら、ベランダに面した大きい窓の薄いカーテンが風で大きく翻っていた。白い布の向こうは、べったりと濃紺で満たされていて、どこまでが空でどこまでがただ暗いだけなのかわからなかった。

「ああーっ」

マヤちゃんの叫び声に驚いて、一瞬身を震わせた。

「あー、あー」

テーブルの上を見ると、わたしが持っていたボトルがお椀に当たって、中身がテーブルの上に広がっていくところだった。

「ごめんごめん、まじでごめん」

「これで拭いて」

マヤちゃんが投げた布巾で、わたしはテーブルを拭きはじめた。だけどすぐマヤちゃんも走ってきて、

「あー、そっちにも落ちてるって。貸して貸して、わたしやるから。朝子、座ってて」

と、結局布巾を奪い取った。

外の濃紺の空気から、カラスが鳴く声が聞こえ、救急車のサイレンの音が聞こえた。わたしは、金曜の夜にウニミラクルにコーヒーを飲みに来る、丸子亮平という名前の人の顔を、思い出していた。今じゃなくてずっと前から、朝から何度も思い出していた。昨日、閉店したあとで、ウニミラクルの前の道で千花ちゃんに呼び止められて振り返ったその人の顔を、ウインドウにかけられたデニム地のワンピースの陰から、しばらく見下ろしていた。いくらテレビばっかり見ているからって、彼にテレビドラマみたいな秘密などなさそうなのはわたしにも理解できた。だけど、それならこの人がいることは困るだけだ、と思った。彼はわたしが見ていることに気づかないで、そのまま夜の坂道を暗いほうへ歩いていった。店に戻ってきた千花ちゃんは、彼の好きな食べ物と最近見た映画を報告してくれ、亮平くんは自分の理想そのものだと言った。


入れ直した味噌汁は、鰹節《かつおぶし》のにおいがした。


急に玄関が開いた。マヤちゃんのおじいちゃんの半蔵さんが入ってきた。

「これ、食っていいぞ」

右手に二本、ゴーヤを持っていた。

「なによ半蔵さん、黙って入ってきて。ごはんもう食べてるし」

半蔵さんはおじいちゃんと呼ぶと怒る、と最初にここに来たときにえみりんに説明を受けた。

「もう一品作って食えばいいだろ」

「多いって。じゃあ半蔵さんいっしょに食べていきなよ」

「おれは、あんたらの時間で生きてねえよ」

「なにそれ、ごはんぐらいいいじゃん。あとで持ってくからね。わかった？」

「あ」

半蔵さんは短い声を発したときにはもう背中を向けていて、ドアを閉めた。マヤちゃんはゴーヤを冷蔵庫に入れた。

「ねー、ほんとはさびしいくせにね」

マヤちゃんとマヤちゃんのお母さん、そしてお母さんと半蔵さんは、それぞれ折り合いが良くないようだった。マヤちゃんがこのマンションに越してきたのは、それも理由の一つらしいが詳しいことは知らない。

「わたし、半蔵さんってタイプかも」

はっしーはまだドアを見ていた。冷たいドアは緑色で塗られていてゴーヤの色と似ていた。

「やめてよ」

「最近ああいう男おらんやん。顔もええし」

「映画に出てたことあるらしいよ」

「なんの映画？」

名前のせいで、頭に浮かんだ映像の中の人は忍者の格好をしていた。白黒だった。

「教えてくれないから知らない」

「マヤちゃん、半蔵さんの血ぃ引いたんや」

「血？　引いてるよ？　お母さんのお父さんだよ？」

マヤちゃんが持った箸が豆腐をより小さな四角に分けていった。ごはんを食べに来て、よかったと思った。ここにマヤちゃんとはっしーがいて、わたしは助けられている、と思った。

「ゴーヤ、持って帰りなよ。ビタミンC摂《と》らなきゃ、朝子は」

マヤちゃんが予想通りのことを言った。


飲み会で朝帰りだった上に梅酒をだいぶ飲んだマヤちゃんはソファで寝て、まったく動かないので、ときどきおなかが上下するのをじっと見つめて確認した。わたしとはっしーはもう片方のソファでアイスクリームを食べた。

テレビ画面に映っているスタジオでは、ピンクのソファに司会者とゲストたちが座っていた。アメリカのアニメみたいな落ち着かない色遣いの部屋で、リビングルームふうだけれど誰もくつろげないと思った。禿げて腹の出た変わった顔の男がしゃべっていた。小劇団出身で、刑事物のドラマで気の小さい上司役で最近人気者になった。司会のお笑い芸人が、前の奥さんはすごい美人だったらしいですね、と話を振られて、肩をすくめて頭を掻いていた。

「こういう人って、意外にモテるっていうか、実は悪い男やったりするねんで」

わたしはそう言って、溶けたアイスクリームをスプーンで掻き集めた。また満杯にした梅酒のグラスを握ってソファの上であぐらをかいていたはっしーが言った。

「実は、じゃないって。競争率高いねんから。ハゲもデブもモテ度とはなんの関係もないって、世の中の人にもっと知ってほしいっすよ。あ、別にハゲやから好きなわけとちゃうけど、かわいいやん、この人」

人気者はわざとらしく体を縮こまらせながら、高校時代にも女の子から大量の鯖缶《さば》をもらったことや女の子二人が目の前で大げんかを始めて公演の初日に穴をあけたことなどを話した。他のゲストも会場の客も、えー、えー、と繰り返した。

「ずっと前やけどマヤちゃん、この人といっしょに飲んだことあるって言うてた」

「まじかよー。紹介してもらおかな」

と言いながら、はっしーはどうでもいい様子でソファから立って、ベランダの窓を閉めに行った。はっしーは、しょっちゅう紹介してとか彼氏ほしいとか言っているが、実際会ったという話は聞かない。マヤちゃんが誘った合コンをすっぽかしたこともあったらしい。忘れてた、とはっしーは言ったが、わたしはなんとなく、はっしーには行かない理由があるような気もしていた。

「あ、これちゃうの？」

はっしーの声で顔を上げると、テレビの中で紫の着物姿にお下げ髪のマヤちゃんが並木道に立っていた。ゲストのベテラン女優が語る悲恋物語が再現されていた。

「マヤちゃん、かつら、へん」

「こういうとこで金ケチったらあかんよな」

「本人よりかわいくなれへんように気ぃ遣てんのちゃう？」

はっしーは、いつのまにか持ってきていた缶ビールを開けた。

「ここって外苑前の銀杏並木？」

「ロケスポットやもんね。わたしも、ドラマの撮影してんの見たことある」

わたしは、テーブルに置いていたカメラを取って、テレビの画面をファインダーに収めてシャッターを切った。充血した目ではっしーが聞いた。

「テレビって、ちゃんと写真に写ったっけ？」

「写るけど、目で見てるんとは違う感じ」

「なんで？　なんで見たまま写らへんの？　写真やろ？」

「なんでやろ」

なんでやろ。

わたしは立ち上がって、眠っているマヤちゃんとテレビ画面がファインダーに入るところに移動した。自分がテレビに映っていることに気づいていないマヤちゃんの頭の斜め前で、カツラを被って着物を着たマヤちゃんが涙を流していた。四角いファインダーに収まったその光景を見ていると、眠っているマヤちゃんの夢がテレビ画面に映っているような気がしてきた。ふと、半蔵さんは、この再現ドラマの元になった女優さんと共演したかもしれない、と思った。年代が違うけど、そうかもしれないと思った。マヤちゃんが今夜のテレビ出演を半蔵さんに教えたかどうかは、知らなかった。シャッターボタンを押した。フィルムが巻き上がる音がした。

「朝子ちゃんて、なんで写真撮ってんの？」

はっしーはずるずるとソファから滑り落ち、床のラグに転がった。スウェットの裾《すそ》がめくれておなかが見えた。写真に撮った。

「うーん、なんていうか、時間が経ってあとから見るのっておもしろいっていうか」

「ちゃうちゃう、そういうんちゃうくて、仕事とかせえへんの？　こないだ、ナオミちゃんの結婚パーティーで会うた木島さんて写真雑誌の人、今度写真見せてとか言うてたやん」

「そやなあ」

わたしはカメラを一度下ろし、自分の目で直接はっしーを見た。

「写真を仕事っていうか職業までいかんでも、自分のやるべきこととしてやるって、しんどいこととか面倒なこととかいっぱいあるんやろなって」

「そんなん、考えたらなんもできへんで」

はっしーはげらげら笑った。床を転がった。言葉を覚えたからって使い方もよくわからないで言った子どもを笑うみたいな笑い方だった。はっしーの笑い声に包まれながら、たぶん違う、と思った。わたしは、写真を撮って、撮った写真を見ることがおもしろいと思っているけど、作品として表現したいなどという気持ちはなくて、今、笑っているはっしーにカメラを向けてシャッターを押して、プリントに出してその答えが返ってきて、あ、撮れてたと思って、そのおもしろさ以上のことを、きっと考えられない、と思った。はっしーは笑いが止まらないまま、床のラグの上ででんぐり返りをして、立ち上がって、テレビの横に立って両手でピースサインを作った。

「ちょっと待って」

わたしは、台所の椅子を一つ持ってきてカメラを据え、セルフタイマーをセットした。はっしーの反対側、テレビのマヤちゃんとソファのマヤちゃんの間に立ち、笑顔を作って小さな穴のようなレンズを見つめた。赤いライトの点滅が速くなり、ストロボが光った。テレビの中のマヤちゃんが、さようなら、と言ったので、わたしはこの短いVTRが悲しい話だったのを思い出した。

突然、マヤちゃんが寝返りを打ち、床に落ちた。

コンビニの前で泣きじゃくって電話をしている女の子がいた。マスカラが溶け出していた。彼女はまったく周りのことは意識に上らないようで、大きな声で、彼氏とさっき別れた、さようならと言った、ほんとうに現実なんだよ、と言っていた。恋の終わりだった。


九月になった。

日曜の朝から大雨で、ウニミラクルのウインドウを洗うほど水が流れていった。

「東京に来てから、ずっと天気が悪いような気がするんですけど」

権藤さんの紅茶を淹《い》れながら、わたしは言った。権藤さんの右手は、鬚で埋まった顎のラインを掻いていた。

「ずっと？　ずっと、って、二年以上ずっと天気悪いってこと？」

「間違えました。天気が悪い日が多いような気がする、です」

「ああ。びっくりした」

権藤さんはガラスにぶつかってくる水滴を見つめていた。濃い灰色の雲で、朝なのに暗かった。

十月になった。

建物の五階の角にある大きな窓からは、夜の明治通りに連なる街灯と道路を走っていく車の黄色い光が遠くまで見下ろせた。

店の壁はオレンジと緑に塗り分けられていた。真ん中にある緑色の卓球台では、権藤さんと荒木くんと知らない人が四人でピンポン球を打ち合っていた。みんな相当に酔っているので、空振りばかりしていた。今日は権藤さんのお店の十五周年祝いが恵比寿であって、そこから流れてきた。

「ありえへん、ありえへんわ」

はっしーが、隣に座る男の子の頭をはたいた。今日もデニムパンツにTシャツとスウェットのパーカだった。どこに行くときもはっしーは変わらない。隣の紫色のボーダーにプリンスの顔がプリントされたニットを着た男の子は、はたかれたことを気にしていないようだった。

「ありえなくねえって。だって、アー、ユー、マドンナ？　って聞いたら、イエス、アイ、アム、って言ったんだから」

「それがありえへんって言うねん」

はっしーは今度は彼の肩をはたいた。反対側の隣では、マヤちゃんがはめ殺しの大きなガラス窓にもたれて、眠りに落ちる寸前だった。わたしはその向かいに座り、隣にはプリンスの人の知り合いらしい赤いイナズマ柄のひらひらしたシャツを着たとてもきゃしゃな男の子がいて、ひたすらコーラを飲んでいた。きれいな金に色を抜いた髪の下の眉毛も、金色に染めてあった。

「人のことを信じる気持ちって大切なんじゃないかな」

プリンスの人が深紅のワインを飲みながらゆっくりと言った。はっしーは彼の目を見つめ、一つ一つの言葉を確認するように告げた。

「信じるっていうのは、疑うことも含めて信じるってことやねんで」

「信じる気持ちがある人だけが、夢を実現できるんだよね」

プリンスの人は、ガラスの外に視線を移していた。きっと自分の言葉を信じていなかった。ここは五階でエレベーターもなくて週末しか開いていなかった。わざわざ行くところで自分たちだけが知っていると思える場所が好きな人が、大勢いるのが東京だと思った。だから、いろんな店がやっていける。

わたしと背中合わせに座っている千花ちゃんが、亮平くーん、と呼んだ。亮平くんがソファにもたれた重みが、微《かす》かにわたしの背中に伝わってきた。重い。ということは、この人は生きている。たぶん触ったら温度もあるに違いなかった。振り向いて触ってみてもいい気がしてきた。だけど、顔を見たら彼が麦に思えてくるし、麦のことを話したくなってしまう。だから振り向かなかった。それぐらいの分別はわたしにだってあるのだから。もう、大人だし。

片側の壁は一面本棚で、アルファベットの並んだ写真集が乱雑さを装って置かれていた。反対側の壁には、プロジェクターで白黒の映画が投射されていた。台詞《せりふ》は聞こえない。代わりにダンスミュージック。

隣の金髪の男の子がまたコーラを頼んだ。そして、宙に向かってつぶやいた。

「昨日うち帰ったら、彼女が犬買ってきてた」

「なに犬？」

「チワワ」

「メキシカンかー」

はっしーが言った。プリンスの人は深く頷いた。金髪の男の子はイナズマシャツの襟をいじりながら、おっとりした声で言った。

「おれ、猫がよかったんだけど。二十年ぐらい生きるじゃん」

「ええっ」

わたしの大声に、視線が集まった。

「それ、ほんまのこと？」

「そこ驚くとこじゃないよ。朝子ってば」

寝ていると思ったマヤちゃんがいつのまにかまっすぐ座っていた。

「だって、ちっちゃい順に早く死ぬもんちゃうの？　犬って十年ぐらいやろ？　二十年なんか、そんなん飼うたら大変やん」

「なんでー、早く死んだら悲しいじゃん」

「二十年もおったほうが悲しくなるやん。わたしが死んでからも生きてるくらい長生きやったらええけど」

「ゾウガメとか？」

「そういうの」

「動物飼ったことないんだ？」

金髪の彼が言った。袖口から見える腕時計の金色がスポットライトに反射して、目を痛めてしまうくらいに光った。

「金魚、かなあ」

「うち、子どものときから常になんかいるよ。今も、チワワいるし」

「昨日からやろ？」

「二匹になったんだよ」

金髪の彼は携帯電話を取り出して開いた。犬が好きなはっしーは身を乗り出し、その顔が青白い光によって照らされた。

「かわいいー」

「名前は、ミルクとメロン」

「わあお……」

はっしーはわたしのほうを向いて、舌を出して吐くような顔をした。

権藤さんが打ったピンポン球が飛んできて窓に跳ね返った。

わたしの耳のすぐうしろから、麦と同じ顔の人の声が聞こえてきた。

「ほんで実家の向かいって交番やから聞きにいってん。四時間ぐらい前にちょっとだけ、ほんまにちぃっちゃい缶一本だけビール飲んでもうたんですけどどうしても母が車で迎えに来てほしいって言うもんで、運転してだいじょうぶか測ってほしいんですけど、はーってしますからって。そんな問題じゃないでしょう、って怒られたけど、そんな問題やんな」

千花ちゃんははしゃいだ笑い声を上げた。麦と同じ顔の人の声は、顔を見ないで聞いていると、麦と同じ声じゃなかった。なによりしゃべりかたが全然違った。声だけ聞いていると、安心した。振り向いて、顔も変わっていたらいいのにと思った。でも、あの顔を見たかった。

窓の下に延びる道を目で辿り、向こう側の角にあるドトールの二階でマヤちゃんと待ち合わせしたことがあったのを思い出した。それさえももう二年も前のことだった。道路はまっすぐではなくてわずかにカーブしていて、川のように車が流れていった。

トイレから出ると、目の前に麦と同じ顔の人がいた。

「あ、どうも」

麦と同じ顔の人はちょっと笑った。やっぱりなにか隠してるんやろ、と頭の中に浮かんだ。違う人なのに顔だけ同じなのは何のメッセージなのか、と尋ねたかった。顔さえ似ていなければ、普通に話ができるのに。わたしはたぶん、この人と話したかった。

「ども」

愛想のいい顔を作って、狭い通路から早く出ようとその人と壁との隙間をすり抜けた。

「鳥も長生きやで」

振り返ると、顔だけ麦の人が緑色のドアの前でオレンジの笠に覆われたライトの光に浮かび上がっていた。髪に光の縁取りができていた。麦と同じ形の目が、わたしを見ていた。誰に見られているのか、わからなくなった。

「八十年とか、生きるらしいで」

「へえええええー」

わたしは単純に心から感嘆の声を上げた。八十年なんて、わたしが生まれる前からいてわたしが死んでからもいるかもしれない、と思った。鳥ってしゃべるのもいるし、恐ろしい生き物だ。亮平くんの話はいつもおもしろくてもっと聞きたかった。

「なんの鳥？」

「さあ、よう知らんけど」

彼はどうでもいいように言って、緑色のドアの向こうに消えた。

奥まった通路から出ると、卓球が終わった卓球台をテーブルにして細長いグラスの飲み物を飲んでいた千花ちゃんと目が合った。

「亮平くんとなにしゃべってたんですかぁ」

グラスの中のオレンジから赤へのグラデーションの液体をマドラーでかき混ぜ続けながら、千花ちゃんは酔って甘えた声で聞いた。わたしは隣に座った。座ると、千花ちゃんのうしろにプロジェクターが映し出す画像がよく見えた。いつのまにか、外国のサッカーリーグの中継になっていた。芝生が緑色。

「いや、なんか、鳥飼ってたって」

「ほんまですか？　新情報や。でも、なんかわたし、好きってなるとついはりきりすぎて、亮平くんにも若干引かれ気味ちゃうかなって」

千花ちゃんは視線を落として大きく息を吐いた。つけまつげの影が、頰に長く落ちて瞬いた。

「そんなことないんちゃう」

七つも年下の女の子に対して、わたしは正直ではなかった。

「そうかなあ。猪突猛進《ちよとつもうしん》って言うんですか？　権藤さんにも、追いかけさせるように持っていかなあかんって言われたんですけど」

権藤さんはカウンターで女の子に囲まれてビールを飲んでいたが、卓球の疲れで眠そうだった。千花ちゃんのうしろの大画面では、ゴールを決めたしましまのユニフォームの男が両手を上げて芝生の上を走り回った。仲間の男たちが次々と飛び付き、塊はだんだん大きくなって倒れ込み、芝生の上に人間の山ができた。

「でも、わたしは他の人になられへんし。がんばります」

千花ちゃんは、ぱっと顔を上げて笑った。とてもかわいい笑顔だった。わたしも麦といたときはこれぐらいの年でこんな顔だったかもしれなかった。ウニミラクルの前の道で亮平くんと千花ちゃんが話しているのを見たとき、麦とわたしもあれくらいの身長差だったと思った。

「おめでとーうー」

急に賑やかな声がして振り返ると、一人は金髪、一人は赤のアフロウィッグを被った、相当に酔っぱらった女の人たちが入ってきた。入ってくるのと同時に彼女たちは抱えていた大きすぎる花束を、権藤さんの方向に振りおろした。ちょうど通りかかった亮平くんの顔を、大量の赤いバラやガーベラが殴った。花びらが舞い散る中、亮平くんは、おめでとうございまーすと言って拍手していた。


世田谷線の駅を降りるとすぐ横の踏切で、自分が乗ってきた二両編成の電車が過ぎるのを待つ。夜の暗さの中、目の前を行き過ぎる赤い車両の中は白い光で満たされていて、乗客たちがぼんやりと外に視線を投げかけている姿を、さっきまで自分はあんなに高いところにいたのかと思いながら、見上げるのが好きだ。

部屋に帰ってテレビをつけると、世界最高峰の頂上からの眺望が映し出されていた。白と水色で、死んだ後の世界みたいに怖くて素晴らしかった。そのあとニュースになった。放火されて全焼した木造家屋が映った。どこかの珍しい祭りが映った。わたしは、カメラがなければ絶対に見ることができなかった遠い場所を毎日大量に見ていた。それらは素晴らしかったし、カメラがなかったら見なくてもよかったものかもしれなかった。明日もあさっても見続けると思った。動物園では虎の子どもが一般公開されていた。名前を募集していた。

一週間経った。

また日曜日が来た。

マヤちゃんの部屋から一階に下りると、ブロック塀の陰で半蔵さんが自転車を磨いていた。

「おはようございます」

「ああ」

半蔵さんは下駄を履いていた。

「正午過ぎてもおはようか」

わたしたちは三階の部屋で朝の四時までしゃべっていた。だから今は午後一時だった。空は青くて素晴らしい天気だった。

「すみません、夜更かしで」

「そういうんじゃねえよ」

半蔵さんは相変わらず背中を向けたまま、細長くちぎった布で自転車のスポークをこすっていた。

「その自転車、かっこいいですね」

わたしが言って、だいぶ経ってから半蔵さんは振り向いた。

「あんた、カレシいるんだっけ」

「いないです」

「そうだっけ」

半蔵さんはわたしの顔をじっと見た。半蔵さんに見られるのは珍しいから、わたしは半蔵さんの足下へと視線を逸《そ》らした。コンクリートで固めた通路の隅には、オオバコが生えていた。マヤちゃんとはっしーがしゃべりながら階段を下りてきて、半蔵さんの目が少し上に向けられた。

「いい年して、また女ばっかりかよ」

「そうだよ」

　マヤちゃんは半蔵さんにはっしーが作ったひよこ豆のサラダが入ったタッパーを渡した。うしろにいたはっしーは、半蔵さんの皺だらけの手を見てから言った。

「半蔵さん、若い知り合いいたら紹介してくださいよ。四十代までは考えますから。もう、わたしのこと好きって言うてくれる人やったらなんでもオッケーかも」

「そんなこと言うもんじゃねえ」

「そんなこと言っちゃダメ」

　祖父と孫娘はほとんど同時に言った。


　隣の家の屋根から舞い降りたカラスは、猫みたいな動作だった。東京のカラスは人間のすぐそばまで近づいてくる。頭が大きい。

　三人で表参道に行って洋服を見た。全然買わないのに次々試着した。三人とも行く店が全然違うから忙しかった。次はどこの店に行く、と聞かれるたびに、なんとなくウニミラクルと離れた方向を提示した。今日は、もう一人いる店員の女の子がカフェも担当してくれていた。三階にはたぶん、亮平くんも誰もいないはずだったが、わたしは常に亮平くんに会わないようにというのを行動の基準としていた。顔さえ見なければいいのだから。

いちばん好きな店の、真っ赤な壁の試着室で、冬に向けて洋服を五回着替えた。鏡の中の自分が、思い浮かべていた自分の形ではなかったのが、新しい洋服の中に入るごとに、その服が持っている新しい形にある程度はなって、頭で思い描いていた自分の形に少しずつ修正されて完成に近づいていく、その感じは楽しくて、心が安らいだ。ただし、横を向いて鏡を見ると、胴体の厚みや腰から膝にかけての輪郭線はどうにも修整のしようがなかった。だけどそれはそれで、この服を買ったらこれ以上太らないようにがんばるだろう、という新たな購入の理由にもなった。通帳の残高がほとんどなくなっても、このように素晴らしい洋服を作った人に敬意と謝意を表すために、わたしはお金を使うべきだった。そうすることで、きっと世の中はより良い形になっていくと思うから。わたしは緑色と黄色の縞のワンピースを買った。はっしーは黒のスウェットを買い、マヤちゃんは茶色のブーツを買った。だけど、空気は夏の終わりのようにぬるくて、マヤちゃんは半袖のシャツワンピースだったし、今日買った服や靴を身につけて出歩ける日などもう来ないいんじゃないかという不安が、あったかもしれない。

表参道の大通りへ出ると、欅の梢《こずえ》から色の褪《あ》せた葉が何枚か舞い落ちてきた。この参道が目指す神社へ、まだ行ったことがなかった。

十一月になった。予備校の理事長が代わったことに関連する事務作業が忙しかった。新しく入ったバイトの女の子がブログでわたしたちの悪口を書いているのを発見した、と同僚の中野さんが一人ずつにこっそり話した。昼休みに新しくできたうどん屋に行った。おいしかった。戻ると事務所でバイトの女の子が、やめればいいんでしょ、と叫んでいた。

寒くなってきたのでダウンジャケットを買った。紫色。

二〇〇六年になった。一月になった。

大雪が降って、真っ白で静かだった。

三日経っても狭い歩道の日陰には雪が凍ったまま残っていた。雪かきをなぜ行わなければならないか、初めて知った。大阪では融ける雪しか積もらなかった。

受験と予備校生徒募集のシーズンだから忙しくて土日も休みがなかった。毎晩八時か九時まで仕事が終わらなかった。遅延で込んだ地下鉄はダウンジャケットを着ていると暑すぎた。二つ目の駅で目の前が黒っぽいざらざらになった。貧血だった。知らない女の子が席を譲ってくれた。視界が暗いから、その女の子の二つの目しか見えなかった。ようやく周りが見えるようになって電車を降りた。どこの駅かわからないままベンチに座っていた。汗が顎《あご》を伝って落ちた。麦に助けてほしいと思った。麦が現れた。神さまありがとう、とわたしは思った。でも「麦」とわたしは名前を口に出さなかった。名前を呼ばなくても、麦は、麦と同じ顔をした亮平くんだった。最初からわかってい

名前を呼んだら、また麦がいなくなりそうな気がしていた。いずれにしろ、た。亮平くんがわたしを助けてくれた。だから麦のことを思い出した。亮平くんに腕を抱えられて、階段まで歩いた。階段で今度は視界が完全に真っ暗になった。足下の階段もなくなった。

駅長室では、階段から落ちて手首が折れたらしい男子高校生が痛いよーと泣き叫んでいた。救急隊員が、アメリカだったら救急車呼ぶと何万も取られるから日本でよかったねと話していた。ソファではすでに二人、電車で倒れた女の人が寝ていた。

灰色になって残っている雪の塊が、街灯でぼんやり浮かび上がっていた。雪が積もると世界は明るくなった。明るくて素敵だった。そして、徐々に元に戻りつつあった。自分のアパートの階段の前で二階を見上げて、亮平くんが言った。

「ふつう、お茶でもとか言うと思う。命を救ってくれた相手に対して」

まだ隅が凍っている階段に目をやり、わたしは今朝出てきた部屋の惨状を思い出そうと努力した。目の前に立っている亮平くんの、麦に似た顔を見、救助してくれた上に自宅まで送ってくれた人をそのまま帰すことと、散らかった部屋に通すことと、どちらが不義理であるのか、決められないまま答えた。

「お茶は、ある」

それに、部屋に入ったらわたししかいなくて誰にも聞かれる心配はないから、お茶を飲ませたら亮平くんが実は麦だって教えてくれるかもしれないと、頭がそういうことを勝手に思いつくだけだとはわかっていたが、思ったのは事実だった。

階段を上がって廊下を進んでドアを開けた。狭い四角い玄関をびっしり埋め尽くしている靴を見て、亮平くんは言った。

「集会か?」

幸い、玄関と部屋とを区切るドアはどういうわけか閉めてあった。今朝が燃えるごみの日だったのもまた幸運だった。亮平くんを玄関に立たせたまま、とりあえず脱いだ形のまま積み重なっている洋服をベッドの布団の下に突っ込んだ。鞄や雑誌や紙袋はクローゼットに突っ込んだ。クローゼットの扉を閉めたのは半年ぶりだった。部屋を見回して、点検した。片づいている、などとは思いもしなかったが、たぶん人に見せてもだいじょうぶそうだった。エアコンとテレビのスイッチを入れてから、恐る恐る亮平くんを部屋に入れた。

「集会か?」

また言った。こたつの上に飲んだあと放置しているマグカップと湯呑みが合計四つあった。それから亮平くんの視線は、人が潜り込んだみたいに膨らんでいるベッドに移った。焦げ茶色の毛布には毛玉と埃が目立った。白にしておけばよかった。

「お茶はいろいろ取り揃っています。なにが」

と台所へ行きかけながら振り返ると、亮平くんがこたつの上の急須の蓋《ふた》を取り、中をじっと見つめているのが目に入った。

「これ、雪山みたいになってんで」

そんなところで白カビが繁殖していたとは思いもよりませんでした!

亮平くんは真顔で蓋を戻し、わたしを見た。

「なんで?」

「わたし、日によって紅茶やったり緑茶やったりして、ポットや急須を使い分けててですね、見ないと忘れるっていうか、次に使うときに蓋開けて思い出すっていうか。それで、この三日ぐらいは紅茶やったんですけど、その前は緑茶飲んだみたいですね。加賀棒茶っていうの、もらって。冬ってあんまりそのー、ふさふさしたやつ、生えないんですけど、寒かったんで暖房めっちゃ入れてたせいかなーって」

「……へえー」

その声と表情からは、どういう意味の「へえー」なのか判断できなかった。

亮平くんは床を見下ろし、何度か確かめるように左右を見てからラグの上に座った。それから、部屋の隅のラックに置かれたテレビが燃えさかる火災現場をスクープ映像だと連呼しながら繰り返し映しているのをちらっと見て、

「テレビ……」

と言いかけたが、あとは黙って自分の携帯電話を開いてメールかなにかをしていた。カビが生えていたのとは違うポットで淹れたほうじ茶をこたつに並べた。わたしは緊張して正座したままだった。湯気の向こうに、麦と同じ顔が黙ってお茶を飲んでいた。大阪の、あのなにもない部屋で、こんなふうに向かい合ってお茶を飲んだ、と思った。おいしいね、と、ペットボトルの飲み物でもなんでも必ず麦は言った。麦といたのは、いつも麦の部屋で、あのときわたしは今はいなくなった家族とまだいっしょに住んでいたし自分の部屋に麦が来たことはなかった。麦は来たことがないのに、今この部屋に麦と同じ顔の人がいることがなにかの間違いみたいに思えた。亮平くんがその顔を顎のあたりからぺろんとめくると、その下から同じ顔が現れて、ただいま、と言ったりしないだろうかと、不安になった。不安だった。今、この人が麦にならないほうがよかった。麦に会いたいけど、それはこの人じゃないほうが、いいと思った。

亮平くんが、急に顔を上げてわたしを見た。顔の皮をめくったりはしなかった。代わりに、言った。

「泉谷さん、前、なんか言うてたの誰？」

わたしがぼんやりしていると、麦と同じ形の口が開いた。

「誰かと、間違えてたんやろ」

やっと、なにを聞かれているかわかった。

「いえ、ちょっと、権藤さんが、芸能事務所が引っ越してくるって、前にちらっと、いいって言うてたモデルの子が来るとか、適当なこと言うから、べつに、特にそういうのが好きっていうわけじゃなくて、たまたま……」

亮平くんは全然聞いていない感じで、床に転がっていた円柱形のクッションを拾い上げた。

「これなに？」

「こう、このへんの筋肉を鍛える的な」

わたしは腕を胸の高さに上げ、両手でそのクッションを両側から押す形を作った。

「痩《や》せるグッズ買うやつは、たいてい痩せへんで」

「痩せたいわけじゃなくて筋肉を……」

わたしが言い終わらないうちに、亮平くんは立ち上がって、本棚の上のアクセサリーや化粧品がごちゃごちゃと置いてあるうしろの壁に画鋲で留めた何枚かの写真を見始めた。写真の中のマヤちゃんやはっしーやその友人たちがこっちを見ていた。久しぶりに撮った写真で、気に入っていた。

「これ、泉谷さんが撮ったん？」

「うん。マヤちゃんちでこないだうどん大会して……」

「飾る前にまず掃除したほうがええと思うで」

亮平くんは愛想のない顔と声で言い、またこたつに戻って、

「でもまあ、片付けられない系流行ってるからってテレビに出れるほどすごくはないから、調子乗って自虐ネタにしたら寒い思うで」

と言った。落ち着きのない人だ。今度は振り返ってテレビ画面を見た。天気予報コーナーになり、たどたどしいしゃべりかたの新人アナウンサーが北から寒気が流れ込み明日も厳しい寒さです、と言っていた。亮平くんは画面を見たまま聞いた。

「テレビ、好きなん？」

わたしはまたなんとなく咎められている気持ちになった。

「好きっていうか、ついてるのが、普通やから」

「へえー」

亮平くんはそう言って、そのあとのCMを、見ていないのにずっと見ていた。そのあいだわたしは、なぜこの人がこの部屋にいるのだろうか、と思っていた。わたしはずっと、頭の片隅で、ここから五百キロメートル離れたあのアパートの部屋でわたしと麦が今でもいっしょにいる光景を思い続けてきたのに、今、わたしがこの人とこの部屋にいるということは、麦がここではない別の部屋にいることになると思った。麦

が、わたしじゃない人にこうして見つめられているってことになってしまう、と思った。悲しい気がした。亮平くんはスポーツニュースが終わるまでいて(サッカーが好きなようだった)、それから帰った。自転車なら十分ぐらいだと思うけど電車で遠回りして帰る、と言っていた。

いつも通り一人に戻った部屋で、亮平くんが脱いだダウンジャケットをずっと床に置いていたのを今さら思い出し、ハンガーに掛けてあげるのが人として平均的な行動であったのではないかと後悔した。さらには、亮平くんが麦と同じ顔をしていることに対する腹いせ、もしくは自分の亮平くんへの気持ちの後ろめたさによって、わざと放置したのではないかという気もしてきた。考えるのがいやになったので、こたつに潜《もぐ》って寝転がり、テレビを見上げた。ニュースの終わりは、今日も渋谷の交差点が映っていた。知っている人がいそうな気がしたけれど、見つけられなかった。右隅をピンクのカツラを被った人が横切った。亮平くんが、さっきまでここにいて、今はいない、と思った。いないから、いてほしい、と思った。

十月になった。

青山通り沿いのスターバックスの二階に上がって窓際の席からすぐ下の歩道を見ていると、千花ちゃんが歩いてきた。七か月ぶりに見た千花ちゃんはレモンイエローのパーカを着ていて、その明るい色が目に入ったときに、あ、千花ちゃん、と思ったらやっぱりそうだった。背の高い女の子と並んで歩く千花ちゃんは、頭の天辺で髪を丸くまとめていた。髪が伸びた、と思った。背の高い女の子が笑うと、千花ちゃんも笑って彼女の腕を叩いた。楽しそうな感じのまま真下を通った千花ちゃんは、うしろ姿になってだんだん小さくなり、やがて小さくなった黄色い塊が交差点を横断していくのが見えた。千花ちゃんが渡った横断歩道を、何台もの車が通っていった。車はみんなぴかぴかだった。白っぽい太陽の光をそれぞれが反射していた。その一台一台に、運転している人が一人ずついることを、初めて気がついたように思い出した。

下の歩道に視線を戻すと、さっき千花ちゃんが歩いてきた方向に、亮平がいた。亮平は、車道のほうを見ていた。眠そうな顔に見えた。深い赤のウインドブレーカーが風で翻った。亮平はまっすぐ歩いてきた。店の手前まで来て、ふと上を向いた。わたしが見ていたことに気がついて、右手を軽く挙げた。わたしは手を振り返し、席を立った。

亮平は、歩道に立って街路樹を見上げていた。その木の葉の薄い影が、亮平の顔や肩にかかっていた。

「これ、なんていう名前か知ってる？」

亮平は、見上げたまま聞いた。

「うーん。ポプラかプラタナスか、なんか外国の名前っぽい」

「へえー」

亮平は視線を斑模様の幹に移した。河童《かっぱ》の掌《てのひら》みたいな形の葉がついた木だった。大きな葉は、乾いていて、冬の気配がした。

「好きなん？」

「いや、なんかわからんけど」

亮平はやっとわたしのほうを見ると、左手でわたしの背中を軽く押した。わたしたちは並んで歩き出した。土曜日の青山通りはそれなりに人が多かった。表参道の交差点に向かって歩いた。さっき千花ちゃんが歩いていったのと同じ道だった。千花ちゃんは自分と同じ道を、その何分後かに亮平が歩くなんて知らなかったし、今も知らないままたぶんウニミラクルへと向かって歩いている。お昼の休憩を終えて帰るところで、いっしょにいたのは新しく入った女の子だと思った。三月に、わたしと亮平のことがわかって千花ちゃんが辞めると言いだしたので、店に必要なスタッフよりもいてもいなくてもいいバイトが辞めたほうがいいのは当然だから、わたしはウニミラクルを辞めた。辞めるまで一度も、千花ちゃんはわたしと口を利かなかったし顔も見なかった。そのあと、七月にウニミラクルは南青山に移転したけど近くにも行ったことはなかった。今ごろ新しい洋服が入っているんだろうと思った。ゆき子さんや権藤さんは相変わらずだったと、先月店に行ったはっしーに聞いた。千花ちゃんははっしーともマヤちゃんとも口を利かなかった、と言っていた。さっき、何分後かに亮平が歩いてくることを知らないで歩いていった千花ちゃんの姿を、わたしはまた思い出した。亮平のことで、千花ちゃんに対して「悪い」などと思ったことは一度もなかったのに、さっき千花ちゃんを黙って上から眺めていたのは、重大な隠しごとをしているような、してはいけないことだった気がしてきた。

「なにぼやっとしてんねん」

亮平がわたしの腕をつかんで引っ張った。すぐそばを、薄っぺらい自転車がすり抜けた。乗っている人は流線型のヘルメットに顔を覆うサングラスを掛けていた。自転車も身につけているものも全部高そうだった。

「ああ」

その自転車のうしろ姿が車道に出て、もっと高そうなぴかぴかの平べったい車の向こうに消えていくのを見送った。亮平は早足で横断歩道を渡り終えた。

「こんなとこで自転車に轢かれたら目立つで」

「死んだらニュースに出るかな」

「出ても十五秒やな」

信号が変わり、動いていた車は停まって、待っていた車は動いた。

「今晩、はっしーの店がケータリングに行くとこめっちゃ豪華らしくて、名前言うたら入れるようにしとくで、って」

「ええもん食える?」

「そら、はっしーが言うんやし」

「なんかやってんで、あれ」

亮平が顔を向けた道の奥で、カメラやレフ板を構えた人たちに囲まれて、ビルの壁にもたれている髪の長い女の子の姿が見えた。細くて白くて長い手足を緑色のシフォンのワンピースから出しているその子は、最近は雑誌だけでなくテレビのCMでも見かけるようになったハーフのモデルだった。名はレイチェルといった。まだポーズをとらないで、なんとなく空のほうを見ていた。

「目ぇ、でかっ」

亮平は、レイチェルの顔について短い感想を言って、あとは特に関心もなさそうで、ポケットから携帯電話を出して開いて閉じた。わたしはもう一度振り返って、レイチェルのほうを見た。彼女は笑っていないせいか、いつも雑誌に載っている顔よりも年上に見えた。レンズの大きいカメラを向けられて、そうしたらそのレンズに向かって笑った。あっ、いつもの顔、と思った瞬間に彼女がこっちを見た。距離があっても目立つ大きな瞳が、わたしをほんの何秒かだけ、見た。そしてまた、カメラのレンズに向き直った。頭上の雲を透ける日光とレフ板の反射の光で、彼女の体は周りから浮き上がって見えた。シャッターの音が聞こえたけれど、空耳かもしれない。慌てて亮平の後を追いかけた。

ガラスでできたキルティング状のプラダの建物が輝きながらそびえていて、水みたいだからつついたら弾けて流れ出しそうだった。

同じ道を二度目に通ってやっと見つけたギャラリーは、一階に設計事務所があるコンクリート打ちっ放しのビルの三階にあった。隠してあるみたいにわかりにくい階段を上がって、愛想のない書体でアルファベットが並んだだけの小さな看板というか表札サイズのライトだけがあって、真っ黒な大きいドアは閉まっていた。

「客を迎える姿勢がないな」

と言いながら、亮平が重そうにドアを開けると、正面にかけられた巨大な波の写真が目に飛び込んできた。深い水色の波と、薄桃色の空が写っていた。

その前に立っていた女の人が、怪訝《けげん》な顔でこっちを見た。細身のスーツを着た髪の長い女の人だった。わたしたちは奥へ進んで、短い廊下を抜けると、左側に広々とした展示スペースが開けた。吹き抜けになった天井のライトが白い壁を照らして、突然明るかった。奥まったところに置かれた二つのソファに、男の人たちが三人向かい合って座り、テーブルに広げた図面を指してなにか話し合っていた。彼らを、波や森や岩の写真が取り囲んでいた。

「申し訳ございません」

展示スペースに入っていったわたしと亮平を、女の人が呼び止めた。男の人たちも顔を上げて、こっちを見た。

「ただいまは開廊時間ではございませんので、ご覧いただけません」

女の人は優しい笑顔で言葉も柔和だった。亮平は、再びぴったりと閉じたドアを指差した。

「開いてたで」

「本日は十六時からになります。打ち合わせ中ですし、恐れ入りますが」

「見るだけですやん。こっそり見ますから。ただの空気と思ってもらって」

「申し訳ございません」

女の人は笑顔は崩さず、困ってはいたけれど亮平の言うことがちょっとおもしろい様子だったので、わたしは好感を持った。壁に掛けられた小さなモニターには、砂浜に打ち寄せる波の映像が映っていた。

「ぼく、この人の写真が心の底から好きで、ここ見るためだけにわざわざ京都から来たんです。しかも一乗寺。でも、もう時間なくて、四時は無理なんです。お願いします。さーっと、見るだけ。邪魔しませんし、内緒話してはるんやったら耳塞《ふさ》いどきますから」

「ですが……」

「あー、いいよいいよ、見てもらって。どうぞ。わざわざすみませんね」

振り返ると、大柄で猫背の男の人が立ち上がっていた。赤い革のジャケットにヴィンテージらしきデニム、蔓に飾りの付いたサングラスを掛けていた。合計四人分の目に見守られながら、わたしは南米の海と熱帯雨林を見た。太陽の角度が違うからなのか、色も輪郭も明瞭すぎて写真の上から絵の具を塗ったみたいに見えた。いやほんと見られてよかったです泣きそうですありがとうございました、と亮平はギャラリーを出るときに言った。

家賃が百万円くらいしそうなマンションの角を曲がったところで、わたしは亮平の腕を取った。

「興味ないって言うてたやん」

「見たかったんやろ」

なんで遠慮するねん、と言いたげな亮平は、ちらっとさっきのギャラリーのほうを振り返った。建物はもう見えなかった。

「うん」

わたしは亮平の顔を見上げた。それから、言った。

「ありがとう」

「百円ちょうだい」

亮平が右手を出したので、わたしはその手をはたいて笑った。亮平は笑わなかった。

「東京の人には、京都って言うとけばだいたいいけるで」

「一乗寺って、どっから出てくんのよ」

「ほんまに住んでた。半年ぐらい」

幅の広い銀色の車が狭い道の真ん中を進んできて、わたしたちは植え込みの端へ除《よ》けた。

「ありがとう」

わたしはもう一度言って、亮平の手をとった。それから、あんな高そうなギャラリーじゃなくて、どこかで、写真展したい、と思った。水色に光るガラスと白い鉄骨でできた建物が現れ、開いたドアからはずっと上まで続いていく階段が見えた。


夜になった。

翌日オープンする三階建ての店は、塗料のにおいがうっすらとした。黒く透けたガラス扉は重く、開いた瞬間に弦楽器のゆったりした音楽が響いた。洋服に囲まれた一階では、スパークリングワインのグラスを持った、頭は小さく手足の長い男女や、アシンメトリーなシルエットの服の女の人たちが揺れ動いていた。中二階に上がって、バイオリンが本物の演奏だということにやっと気づいた。腰まで髪のある男の演奏者を、昼間に見たモデルのレイチェルが豹柄《ひょうがら》のソファに座って眺めていた。両側の女の子も顔を見たことがあるモデルだった。

「うっす。遅いって。早よ食べんとなくなるで」

買ったばかりのグレーのスウェットパーカを着たはっしーはそう言って、テーブルの真ん中に見せびらかすように置いてある干からびた豚の太ももを薄くスライスし、カビに覆われたチーズの皿に載せてくれた。高い天井からシャンデリアのぶら下がった三階には、真っ黒に塗られた壁に沿ってクリスタルが大量にくっついたドレスや毛足の長いファーのコートなどが掛かり、ヘビ柄に型押しされたダークグリーンのバッグが並べられていた。一階のより高価そうだった。高さのあるガラス戸は開け放たれ、バルコニーのウッドデッキに置かれたテーブルの周りにも人がいた。高台だから見晴らしがよく、青山方面のタワーマンションや高層ホテルが、闇の中に太く光っていた。亮平は、

「金稼ぎてー」

とつぶやいた後、細長い三階のスペースを一周するあいだに、インテリアのショールームに必ずある有名な椅子に座って裏を見て、カウンターのワインのラベルをいちいち確認し、長ったらしい名前のブランドのステレオを眺め回し、ボタンを押そうとしてスタッフに止められ、近くにいた金髪の外国人カップルに話しかけてベルギー人だったからアントワープですかやっぱりセンスが違うと思いましたと愛想を言い、掛かっている洋服をめくる度に「高っ」と言い、とにかく人の顔をじろじろ見ていた。

デザイナーなど服飾関係者ならびにモデルたちはオーガニックという言葉が好きということになっているので、はっしーの勤める店が本来やっていないケータリングを

特別にというか無理に依頼された。誰かの家で食べ物を持ち寄るのをパーティーと称する以外の、ほんとうの「パーティー」なんてこの世のどこで行われているのだろうかと疑っていたが、この街では毎日あちこちで開催されていた。部屋の真ん中の総額三十五万円相当のアクセサリーがいちいち光るショーケースのガラス板の上に、お皿を置いて生ハムとチーズを食べた。目の前で「アートディレクター」と「ジュエリーデザイナー」と「代表取締役」が名刺交換をしていた。その向こうで、お金に余裕のない人生を想像したことがない三十代女性が読む雑誌の表紙をつとめるモデルが孔雀《くじゃく》の羽柄のワンピースを見ていた。長く見ていたから、ほんとうに欲しいのだろうと思って、そのモデルのことが好きになった。

中二階では、バイオリンの伴奏で女の子が歌を歌い始めた。吹き抜けから下を覗くと、頭に羽根を飾った女の子が、あなたがいなくなって死にそうよ、と鳥のような声で歌っていた。

生ハムも芋《いも》も葉っぱも食べたので、わたしは鞄からカメラを取り出してはっしーを撮り始めた。天井も壁も床も黒光りしている中で、カクテルグラスにオリーブを一つずつ飾っているはっしーは、いつもと違って青白い肌に見え、ショーケースの中に飾られた触ることのできない商品みたいな質感になっていた。シャッターを押した。気づいたはっしーがこっちを向いて笑ったので、もう一度シャッターを押した。

「写真の人？」

目尻に笑い皺が目立つ男が立っていた。スタイリスト、と思ったけど、違うかもしれない。

「いいえ、趣味で」

「年代物だねえ」

わたしのごく普通のフィルムカメラを、その人は珍しそうに覗いていた。発売から十年も経っていないし、それにわたしが友だちからもらったのは昨日だった。

「写真撮っていいですか？」

「どうぞ」

左目をつぶり、右目でファインダーを覗くと、少し遠くなったその人はライオンが吠《ほ》えるような顔をした。いつもその顔をするんだろうと思った。

赤やピンクのお酒を注ぎ分け続けるマヤちゃんが、バルコニーにいる水色のシャツの男は有名デザイナーの息子で社長で、いいほうの金持ちで素直な好青年だと教えてくれた。

「はっしーに、いいんじゃないかと思うんだけど」

見慣れたスウェットの背中を向けているはっしーは、ひたすらカクテルグラスにフルーツを飾っていた。そろそろデザートの時間だった。

「いや、あかんやろー。はっしーはもっと話がおもしろそうな人とか無人島でも平気そうな人のほうが好きやと思うけど」

「だって、前に元彼の写真見せてもらったけど、ちょっと雰囲気似てるよ」

「そうなん?」

わたしはその写真を見たことがなかった。だけど、マヤちゃんが勘違いしてるだけなんじゃないかと、勝手に思った。

「あの水色のシャツの人、パリにもハワイにも沖縄にも家あるって言うし、そしたらはっしーもお店出せそうじゃん」

マヤちゃんは自分の思いつきに満足していたが、はっしーに告げると、

「ありえへん」

の一言で終了した。

のちに、水色シャツが金持ち御曹司というのはマヤちゃんの勘違いだということが判明した。


「ワインの赤ちょうだい」

亮平の声で振り返った。亮平の隣には、とても目の大きい女の子が立っていた。

「レイチェルさんです」

「こんばんは」

昼間会ったこと覚えてますか。亮平がレイチェルに渡したグラスは、とても薄くて透きとおっていて、まるで赤い液体だけが丸い塊になって宙に浮いているように見えた。亮平がはっしー特製トライフルのグラスを差し出した。

「これもおいしいっすよ」

レイチェルの唇はピンクのグロスで光っていた。

「ありがとう。あ、これかわいいー！　どこで買ったんですか」

レイチェルはわたしの腕の星形のスタッズが並んだバングルに触った。触られた！　わたしは感動した。写真の中にいるはずのレイチェルからアクションがあり、それがわたしに到達するなんて。

「ずっと前に、大阪の、友だちがバイトしてた店で。千五百円を二百円まけてもらって」

「えー、ほんとに？　もっと高く見える。大阪ってすごいんですね。あ、友だち来たので」

レイチェルは、わたしと同じ種類の生き物とは思えないほど華奢《きゃしゃ》で長い指のついた手を軽く振り、階段を下りていった。亮平も手を振った。

「しゃべれてうれしいやろ。千円ちょうだい」

レイチェルに振った亮平の右手が差し出され、わたしの右手はそれを握った。

「誕生日プレゼント弾むよ」

「えー、現金がええのに。あ、はっしー、そのかりかりしたもん、置いといて」

はっしーの「えー」という返事を聞かずに亮平は今度はバルコニーへ出た。マヤちゃんは、並べているワインをこっそり飲んでいるとしか思えないふわふわした調子で話した。

「亮平くん、ほんっといいよねー。朝子にはああいう子がいいと思ってたんだ」

「ああいう子って?」

「バランス取れてるし、明るくしてくれるし、なんていうか、とにかく楽でしょ。朝子は行動的じゃないっていうか、妙なところで考えすぎるじゃない? 亮平くんは、そういうのわかってくれてて、世界に向かって扉を開いてくれるって感じがするんだよね、絶対、たぶん」

世界に向かって扉を開いてくれる、のところでわたしは笑ってしまった。マヤちゃんの言い方だと思った。

天井にはガラスの球を繋《つな》げた照明器具があった。その下に、人がいた。たくさんの人が、それぞれ食べたり飲んだり、大半は立ったまま話をしていた。カメラを構えないで、目の前に見えるものが写真になったところを思い浮かべていた。カメラで撮ると、視界の中心のほんの一部分だけしか写らないから、ほんとうは見えているもの全部をそのまま写真に撮りたかった。写真になって、前の時間も後ろの時間もなくてその瞬間だけで、平べったい一枚の紙の表面に焼き付けられたらいいのにと思った。ただそのときに居合わせた一つ一つがそこに揃って作った形を、保存したかった。光や色として、所有したかった。天井からの光で、輝く縁取りを持ったたくさんの人、グラス、洋服、その全部。昼間に見た写真みたいに、海も空も同じ表面に等しくあったら、それでいいのに。

人と人とのあいだに、亮平の顔が見えた。安心した。そういう気持ちになる人、と思った。

もし、今麦の顔を見たとしても、きっと、亮平に似た人と思う、と思った。麦に会ったことのないマヤちゃんやはっしーが、初めて麦を見たらきっとそう思うのと同じように。

バルコニーは夜風で寒いくらいだった。葉っぱを食べていた亮平は、わたしの手からサングリアのグラスを取って飲んだ。

「楽しい？」

とわたしは聞いた。

「まあまあやな」

と亮平は言った。やっぱり写真展をやろう、と急にわたしは思った。

レイチェルが「友だち」を連れてバルコニーに出てきた。見たことあるようなないようなモデルの女の子や男の子たちの、いちばんうしろに昨日見たばかりの人がいた。昨日の夜、連続ドラマで賄賂《わいろ》をもらって代議士の息子の手術を優先する医者をやっていた俳優だった。あの医者もそんなに悪者じゃないと思うんですよ、と話しかけてもいい気もしたが、言わなかった。彼らは大きな目と口で笑い合い、小さなカメラで写真を撮り合っていた。フラッシュが目に染みた。目の前にいる人なのに、同じ場所に立っていないような気がした。

「観光地みたい」

わたしは言った。

「なんで?」

亮平はパステルカラーのマカロンをほおばっていた。

「観光地行ったら、テレビとか写真で見たのがほんまにある、って思うやん。思ってたよりちっちゃいやん、とか思うねんけど、とりあえず記念撮影して。そういう感じ」

「バルセロナのガウディの教会はめちゃめちゃでかかったで。一生忘れられへん」

わたしは、はしゃぐモデルたちをぼんやり見ていた。窓の外の右のほうに、六本木ヒルズと東京タワーが見えていることに気づいた。曇った夜空がオレンジ色の光で染まっていた。

夜中の道で真っ黒なラブラドルレトリーバーを三匹散歩させている人を見た。

十二月になった。

目が覚めると薄明るかった。

亮平が隣で寝ているから、日曜日なんだと思った。亮平は週末はいつもわたしの部屋にいるようになった。七月ぐらいからそうだった。わたしのベッドの窓側で、亮平は眠ったまま横向きになった。Tシャツの肩のところが、カーテン越しの青い光で縁取られていた。亮平の体温があるから、毛布を重ねなくても暑いくらいだった。わたしの右足が亮平の右足の裏側に触った。湿った皮膚の感触があった。鳥が鳴く声が聞こえたので、朝になったことを知ってベッドを抜け出た。寒いのでパーカを羽織った。ペットボトルに残っていた水を飲んで、亮平に怒られそうだからペットボトルはちゃんとキャップとラベルを取って亮平が買ってきた分別ボックスに入れて、部屋に戻ったら、目が慣れたせいもあってもうだいぶん明るかった。

ベッドにもたれて、いつも通り狭い床に座った。テーブルの上に、プリントに出して返ってきた写真が積んであった。積んであったのが崩れていた。

写真を抜き出した。一か月前の写真だった。亮平とわたしが写っていた。セルフタイマーで撮って、なかなかシャッターが下りないから動き掛けたらシャッターが下りて、だからわたしは少しぶれていた。亮平ははっきりしていた。右下にオレンジ色の日付が並んでいた。2010.01.01になっていた。友だちからもらったカメラをそのまま使ったら、日付がこうなっていた。未来の写真という感じもしたけど、今の写真より古くも見えた。時間が経って知らない人がこの写真を見たら、いつの写真かわからなくて、過去の他の写真といっしょになって、新しいも古いも同じになってしまうのかな、と亮平に聞いてみたかったけど眠っていた。プリントに出してから気づいたから、二〇一〇年の写真はフィルム三本分あった。楽しいからアルバムにまとめてみようと思った。犬の足音が聞こえた。こんなに早くから散歩している人もいた。手と足が冷たくなってきたからベッドによじ登って布団に潜った。冷えた手を、亮平のTシャツの中に入れた。

「冷たい」

亮平が言った。

原付バイクのエンジンの音が聞こえた。新聞配達にしては遅すぎた。カラスが家の屋根を足で引っ掻く音と鳴く声が聞こえた。

二〇〇七年になった。四月になった。

日曜日で昼まで寝ていた。昨日の夜からわたしの部屋にいる亮平は、わたしがつけっ放しにしたテレビは全然見ないで、床に転がって、間違って配達された新聞の折り込み広告を熱心に見ていた。

「なあ、これ見て」

そのうちの一枚を、洗濯物を運んでいたわたしにひらひら振って見せた。ペットショップの広告だった。両面カラーだった。表にはいろんな種類の犬と猫が載っていて、裏返すとイグアナやカメやハリネズミやプレーリードッグの写真と彼らの値段がびっしり詰め込まれていた。

「そこ、下のほう」

寝転がったまま亮平が指差した先を見ると、チラシの右下にリスザルとニホンザルの写真が並び、「人間みたいでおもしろいよ!」とキャッチコピーが印刷されていた。

「やばない？　やばいよな」

亮平は笑って、今度はユニクロの広告を見始めた。

ベランダに出ると風があった。向かいの家の屋根にカラスがいるので、目を合わさないようにしていた。亮平が急に起きあがった。

「おにぎり買うてくる」

「わたしも行く」

「洗濯もん、しわしわなるで」

亮平はもう羽織ったパーカのポケットに財布を突っ込んでいた。

「なんか買うてきたるわ。一コ限定」

「……烏龍茶」

「普通や」

灰色のスニーカーをつっかけた亮平の姿が閉まりかけるドアの向こうに見えた。

「テレビ消しときや」

「気ぃつけて」

籠からタオルを取って広げようとして、空が雲に覆われているのに気づいた。起きたときにいい天気だと思ったから洗濯をした。でも曇ってきて、もっと曇りそうで、不安になった。


ピアノの音が聞こえてきた。どの家からかわからない。一本の指で弾いているみたいにたどたどしくて、メロディの一部分だけを繰り返している。手前の家の屋根に、白い猫がいた。よく太った猫だが、初めて見た。赤茶色の屋根をまっすぐ歩いていって、二階と屋根との境目の黒い四角の中に入っていった。黒い四角に見えたところは、穴だった。一階と二階の隙間って猫がいられる場所があるんだろうか、と思った。焦げ茶の板張りの古い家で、訪問介護業者の名前が書いてある車が停まっているし、ときどき洗濯物も干してあるが、その家の住人は一度も見たことがなかった。ピアノの音がほんの少し進んだ。絶対に知っている曲なのに、わかりそうになると元に戻る。洗濯物を適当に干した。そのあいだも、網戸を閉めるときも、ピアノは鳴っていた。猫は出てこなかった。

空を見た。雲は下のほうが灰色になり、とても速く動いていた。雨が降るかもしれなかった。

テーブルの上のカップに残っていた紅茶を、一口飲んだ。なにかが起きるっていうこと、と思った。こういう感じ、知っている。どうしよう。

わたしは床に転がっていた携帯電話を拾い上げ、亮平に電話をかけた。早く出てほしかった。五回呼び出し音がして、留守番電話のメッセージが流れた。外を見た。もう一度、亮平に電話をかけた。五度目の呼び出し音を聞いた途端、胸のあたりに湧き出る焦りに耐えられなくなり、電話を放り出した。それと同時に、背後で電話が鳴る音がした。振り返った。テレビから、電話の鳴る音がまた響いた。テレビには、誰かの部屋が映っていた。知らない女の子が、電話の受話器を取った。その一方、わたしの手から離れた携帯電話は、ベッドの下に滑り込んで、沈黙していた。

テレビの画面は切り替わって、今度は川沿いの道が映った。コンクリートの護岸にずっと柵が続いていた。見たことがある場所だった。女の子のうしろ姿があり、その向こうに髪の長い男が、川沿いの柵にもたれて立っていた。

「なにしてるの」

髪の長い男が言った。川に流れる水の音が、かすかに聞こえる。わたしは、髪の長い男の顔だけを見ていた。肩の下までの長い髪。無精髭《ぶしょうひげ》。痩せた頬。

すぐにわかった。

麦だった。

わたしは、振り返って玄関のドアを見た。閉まったまま、なんの気配もなかった。亮平はどの道を歩いていったんだろう、と思った。川が近所にあるなんて、知らなかった。緑道がいつのまにかまた川に戻ったんだろうか。

テレビを見た。ちょっと目を離した隙に、そこはまた別の部屋になっていた。今わたしがいるのとよく似た、アパートの部屋の中。壁にもたれて座った麦と眼鏡の男は、見たことのある女の人と話していた。画面の奥から、麦が、こっちを見ていた。わたしは、玄関のドアが気になって、また振り返った。誰も入ってこなかった。そしてゆっくりと、体の全体をテレビに向けた。麦は、もういなかった。

若くてかわいいという単純な理由でテレビに出ている女の子がたくさん並んだスタジオでは、女子アナウンサーが気の早いノースリーブで微笑んでいた。この映画の公開は来週の土曜日です、楽しみですね、と言った。

楽しい音楽が、突然鳴り響いた。自分の携帯電話だった。亮平、と画面には漢字が並んでいた。

九月になった。土曜日だった。

台風が過ぎて蒸し暑くなった。

新宿に出て、高島屋の四階で洋服を見ていた。洋服はもう冬で、鹿の模様が編み込まれたニットと星モチーフのボタンが付いた黒のコートが死にそうにかわいかったが、試着すると買ってしまいそうになるから鏡の前に立つこともしなかった。見たらほしくなるが、見なければだいじょうぶだった。二階で靴を見て、今年こそは新しいブーツを買おうと決意を固めた。東急ハンズ側の出口から外へ出た。何本もある線路を渡る連絡橋には陽が当たっていて、暑かった。

犬に吠えられた。小さい犬の高い声。

「あら、ごめんなさいね」

犬を連れている男女は二人とも黒ずくめだった。

「わたしも困っているの」

女が言った。大きなサングラスの下の顔が微笑んだ。

「だいじょうぶです」

「動物には油断してはだめよ」

そして通り過ぎた。犬は、別の人に向かって吠えた。首から延びた紐《ひも》がぴんと張って前足が宙に浮き、苦しそうだった。男が振り向いて空を見上げた。眩しそうだった。


スターバックスでフラペチーノを買い、連絡橋のほうに戻って植え込みの枠に腰掛けて、大勢の人が行き来するのを眺めていた。ドレープがきれいな紫色のワンピースを着た女の子が、色の白いまっすぐな足を自慢するようにリボンのついたウェッジソールで橋の階段を下りてきた。丁寧《ていねい》に巻いてある髪が一歩ごとに揺れるのを、ああいう格好をすることは自分にはなかったし、もうないのかも、と思いながら見ていた。彼女と入れ違いに橋を渡っていった中国人観光客の一団は、それぞれがたくさんの紙袋を提げていて、とても生き生きとしていた。

真上を見ると、とても高い建物の上部が頭の先に見えた。どうして倒れてこないのか、不思議だった。

携帯電話を開いて、亮平からのメールを読んだ。返信のボタンを押した。

「あさちゃん」

呼ばれて、顔を上げた。

さっきの紫色のワンピースの女の子が立っていた。太いアイラインと目尻につけまつげを施した大きな目が、わたしを見ていた。

「うわー、ひさしぶりー、びっくりしたー、っていうか、待ち合わせって今日？　明日やったやんな」

なんとなく知っている声、と思った。わたしは彼女の茶色い髪のカール具合や深いピンク色のグロスや、そして大きく目立つ黒い瞳を、じっと見た。確かに、わたしは新宿で待ち合わせの約束があった。でも、明日だった。

ほんの数秒だったはずだが、もっと長く感じられる沈黙のあと、彼女が笑った。

「あさちゃん、もおー、顔固まってるで？　わたしやーん。自分では全然見慣れてんけどー。反応素直すぎー」

「春代」

と、わたしの声は言ったが、わたしの全体はまだ目の前にいる女の子が春代だとは理解できないらしかった。ただ、声と話し方は、春代だとしっかり認識していた。

「わたしは別の友だちと会うた帰りやねんけどー、あさちゃんは？　偶然？　心が通じてるんかな？」

彼女はじゃれてくる小動物みたいな親しい仕草ですとんとわたしの隣に腰を下ろした。横顔の輪郭を、わたしは視線で辿った。彼女が瞬きするたび、ぱっちりした目を縁取るまつげが上下した。

「ああー、そうなんや」

間抜けなことを、言ってみた。

「痩せたやろー。十五キロやで」

「ほんまにぃ」

なにに相槌を打っているのか自分でわからないままわたしが半端《はんぱ》な笑顔を作ろうとしたので、春代は声を上げて笑った。

「気ぃ遣わんでええねんでー。わたしはオープンやからー。整形したんはみんな知ってるしー。元気やった？　あさちゃん」

春代が上半身を傾けてわたしの顔を覗き込むと、髪が肩口から滑り落ちた。わたしが東京に引っ越したのと同じころ、春代は実家でおばあちゃんの介護をしているお母さんが体調を崩したからと三重県に戻って、中学の同窓会で再会した同級生と結婚して彼の転勤でソウルへ行って二年経ってまた転勤で横浜に引っ越すから会おうよと先週メールが来た。

「うん。わたしは全然元気」

春代だと思って見ると、春代だった。バランスというか、配置というか、そういう全体から親しい感じがだんだんと思い出されてきた。まさか骨格は変わってないやろうし、と思った。

高島屋に戻った。さっきまで洋服を見ていたフロアにあるカフェで、フランス人が作ったお菓子とお茶を注文した。運んできたのもフランス人だった。広いガラス窓からは、壁みたいに並ぶ向かいの高層ビルの窓の一つ一つの中身が見えそうに思えるくらいくっきりと見えた。

ソファもテーブルも壁も白だった。ミルフィーユの上に載った飴《あめ》細工を銀のフォークで崩すと、簡単に砕けた。

「すぐに見慣れるからだいじょうぶやで」

と春代は言った。春代は、ソウルで友だちもいなくて暇だったのでたまたまマンションにあったスポーツジムに通ったところ三か月で五キロほど痩せて今までと違う洋服が似合うのが楽しくなりメイクにも凝り始めたら子どものころからコンプレックスだった一重まぶたが再び気になり始めて鏡を見ては毎日のようにため息をついていたので夫にそんなに気になるなら二重にすればと言われてそれもそうだと思って手術を受けた、十分ぐらいしかかからなかった、新しい自分を発見して楽しいし夫の大輔もわたしがかわいくなって喜んでいる、今日は黒目が大きく見えるコンタクトもしてみてんけどどう？　と話した。

春代の前に置かれたレモンタルトのピスタチオソースがけは、その話の間に少しずつではあるが着実に春代の体内に消えていった。

「そんなに、全然違うって感じじゃない、っていうか、雰囲気は変わったとは思うけど」

わたしは耳から聞こえる言葉の印象を確かめながらしゃべった。

「これさえ違ってたら、ってずっと思っててん。なんかー、ああいう目でぽちゃぽちゃやとー、おっとりしてるとかほんわかしてるとか癒し系とか言われてー、むかつくねん」

春代はフォークで空になった皿に円を描いていた。お菓子に対して大きすぎる皿だった。

隣に座ったカップルの女のほうがカバーをつけた文庫本をテーブルに置き、全然おもしろくなかった、どこがいいのか全然わからない、と言った。男は文庫本を取り上げてパラパラめくった。

「つき合ってた人らもー、春代ちゃんお母さんみたいな感じがするとか言うて甘えてくるし。最低やった」

窓の外をカラスが斜めに飛んでいった。鳥ってどのくらいの高さまで飛べるんだろうか、と思った。タワーマンションの最上階に住んだらベランダに鳥は来ないのかもしれない。

「だんなさんとは、なんで結婚したん?」

「最後まで、わたしがちゃんと言いたいことを言えるまで、話を聞いてくれるから」

春代の結婚式は親戚と地元の友だちだけを呼んで、和装で撮った写真を携帯電話に送ってくれていた。大輔は、体格がよくて羽織袴《はおりはかま》が大変によく似合っていた。

「あと転勤多いって言うから。いろんなとこ住めるやん。横浜ってめっちゃ人多いんやなー」

春代の最寄り駅や家の間取りや大輔の仕事の話を聞いた。

隣のカップルは文庫本を置いたまま席を立った。忘れていったのか捨てていったのかわからなかった。なんの本かめくってみたかったが、店員が食器といっしょに持っていった。

「それより、麦《ばく》くんやん。テレビ見てるやろ。見てるやんなー」

春代が大きい声で周囲を確かめもせずに、そのように重大なことを言ったことに、とても驚いた。春代はそのままの声で続けた。

「びっくりしたわー。麦くん、いつのまに俳優さんなんかなってたん」

「ああ、なあ、ほんま……」

「そっか、あれ以来絶縁状態？　岡崎くんもなんも知らんの？」

「……たぶん」

「ネットでプロフィールとか調べたら、北海道出身とか書いてあるし、違う人かと思ったけど、名前と顔いっしょってことはやっぱり麦くんってていうことやん？　謎の人やなー、麦くんてー」

　七月から始まった土曜日午後十一時からのドラマに「鳥居麦」が出演していた。五月に岡崎から電話が掛かってきて、お互いわかっているのに中心を避けてぐるぐる同じような話題を繰り返すから、わたしから麦のことを言うと、あっ、そうそうそうそう、びっくりしたよな、と相変わらずわざとらしく気を遣って、元気そうでよかったな、と言った。元気そうでよかった。岡崎には三年以上会っていなかった。ノブさんがパン屋の娘と再婚して家を出てパン屋になったので岡崎は栄子さんと七年ぶりに同居して市役所に勤めながらレゲエバンドをやっていて麦の部屋だったところはまた楽器置き場になっている、と言っていた。

「人気出て、主役とかするようになったりして。自慢できるねー」

　春代の黒く縁取りされた瞳がきらきら光っていた。

「春代、わたし今……」

「あー、彼氏いてるんやー。よかったねー。どんな人？　今度会わせてよ。あさちゃん、面食いやからなー。東京で悪い男にひっかかってんちゃうやろねー」

　春代を亮平に会わせないための言い訳が頭の中で思い浮かんでは、不自然という理由でどれも即却下されていった。亮平は幸いなことにテレビにも芸能人にも興味がないので麦のことを知らないみたいなのに、東京の友だちはみんなあのころの麦のことを知らないのに、三十歳の「鳥居麦」は亮平とは雰囲気が違っているからばれないかもしれないのに、春代は顔は違う人になったのにもかかわらずなんで麦のことは覚えているんだろう、と思った。春代は、ワインレッドとピンクで水玉に塗られた爪で、氷だけになったグラスの水滴を繋げていた。わたしは、言った。

「大阪の、人やし」

「大阪ぁ？　せっかく東京におるんやからー、もっといろいろ目を向けたらええのにー。グローバルな感じで？」

「うん。そんな気もする」

　そのとき急に、目の前に座っている春代が、山下春代ではなくて三上春代だということに気がついた。

　西新宿の真ん中に、また新しい超高層ビルが造られようとしていた。誰のどんな意志があれば、あんなに大きいものが作れるんだろうと思った。

髙島屋に来たならサロン・ル・シック。グッチ、プラダ、ドルチェ&ガッバーナ、マルニ、セリーヌ。ディオールがないのは残念だけど、ジミー・チュウの靴がほしい。あと二階でシャネル。シャネルの、クリーム色でつま先だけが黒いブーツ。カール・ラガーフェルドは今年もすてき。


帰りに直接マヤちゃんの家に寄った。廊下から夕陽が見えた。

「なに買ってきたの？」

台所からマヤちゃんが聞いた。

「カーディガンと靴下」

わたしはユニクロの紙袋を開け、中身を広げて見せた。ハイブランドのものは買ったことがない。一度買うともう引き返せない気がする。そもそも買えない。あれはわたしじゃない人が買う服だ。カレールーを刻んでいた手を止めて振り向いたマヤちゃんは、

「その色きれいだね」

と言った。パソコンの前に座っていた剛士《たけし》さんもこっちを向いた。

「朝子ちゃんてなんかいつも袋持ってないか？　千円、二千円のものは使っても意識してないから積もり積もって恐ろしいことになるよぉ」

うん、こういう買い物は恐ろしい。

剛士さんの声は、子ども番組の中の神さまに似ている。短い髪はタワシみたいに立っていてぎょろっと丸い目だから、神様よりは門にいる仁王のほうが見た目は近いけど。マヤちゃんがルーを鍋に入れたら、部屋の空気が一気にカレー味になった。

「剛士さんもオマケみたいなものばっかり買うのそろそろやめてね。もうすぐ子どもじゃなくてお父さんのほうになるんだから。来月で四十歳なんだよ」

「日本の技術は素晴らしいって教えられるじゃん。ディスカバー、ものづくり、ジャパン」

「しょうもない議員みたい」

わたしが言うとマヤちゃんも剛士さんも笑ってくれた。剛士さんは携帯にかかってきた電話に出て話し始めた。結婚式に呼ぶ大学時代の自転車部の友人からのようだった。マヤちゃんと剛士さんは去年の秋にマヤちゃんが乗り始めた自転車のコミュニティサイトで知り合って、結婚パーティーは月末で、はっしーが総合司会で、マヤちゃんの出産予定は十二月だった。妊娠して自転車には乗れなくなったが、半蔵さんと不仲だったマヤちゃんの母もこれを機に和解して手伝いに来るらしかった。めでたいなりゆきだった。剛士さんは体が大きいうえに自転車部を引退してから二十キロ増量したので、パソコン前のスツールに座っているとお尻がはみ出して、スツールの脚が折れそうで心配だった。

呼び鈴が鳴った。わたしがドアを開けた。はっしーが段ボール箱を抱えて立っていた。最近はTシャツにスウェットパンツという組み合わせになっている。首には手ぬぐい。髪のボリュームはさらに増した。

「うーっす。暑うー。いつまで暑いんやろね。大阪に比べたらどうもないけど」

箱の中には赤紫色のぶどうと薄黄色の梨が大量に入っていた。大きかった。

はっしーは、勤務先のオーガニックカフェに有機野菜を食べに来た鞄《かばん》職人と知り合って工房に行って感動してカフェを辞めて鞄屋の店員になった。ウェブサイトを始めて剛士さんにときどき相談していた。はっしーは夏からはこのマンションの二階の2DKに家具屋の見習いのサキちゃんと住んでいて、はっしーの部屋だった六畳間には剛士さんが集めた恐竜や鳥やアメリカ映画に出てくる半分は人間に似た何者かのフィギュアが並んでいる。

「やっぱり三階のほうがちょっと涼しい」

はっしーは開けっ放しのベランダの窓の前にどすんと裸足を投げ出して座った。植物柄に変わったカーテンを揺らして夕暮れの風が入ってきた。ここはいい部屋だとわたしは思った。


許可をもらってテレビをつけた。38インチの画面に、「今夜十一時スタート」の文字といっしょに、麦が映った。ドラマの予告だった。髪がまた伸びていた。白い長袖シャツを着て、砂浜でショートパンツの女としゃべっていた。まっすぐな眉の下の、まぶたにかけてまばらに生えている眉毛の感じ。わたしはすぐそばでこの人を見ていた、と思った。突然涙が出そうになって驚いた。合計で二秒ぐらいのできごとだった。チャンネルを変えた。天気予報になった。うしろを見た。マヤちゃんはアボカドを切っていた。はっしーは自分の携帯電話を操作していた。剛士さんは、テレビを見ていた。

「あした雨だってさ」

と言った。えー、とマヤちゃんの声が聞こえた。わたしの動悸《どうき》は続いていた。動揺もときめきも似たようなものだと思った。

クイズ番組が始まると同時に、四人で食卓を囲んで食べ始めた。世界のいろんな場所へ行って風習や文化をクイズにして人形を賭ける番組は今夜は二時間スペシャルだった。ちゃーちゃーちゃーちゃーっちゃ、ちゃららー。ピラミッドや砂漠やミステリーハンターの顔が次々に映った。

「剛士さん、エジプトに行ったことあるんだよね。二十年前だっけ？」

カレーの中の手羽元にかじりついていた剛士さんは、眼鏡の奥からテレビ画面を確かめた。はっしーは缶ビールを自分のグラスに注いだ。

「やっぱ自転車で？」

「違う違う。フツーにツアー」

「暑いですか？　エジプトって」

「冬だったから普通。いっしょに行ったやつが道でつまずいて足の親指の爪剝がしちゃってさー、血がぴゅーって出てびっくりしたよ」

血がぴゅー。剛士さんはしゃべるとき必ず両手を動かしていろんな形を作るからおもしろかった。

「そのとき、そばでじっと見てた女の人がすげえ美人で、褐色の美女って感じの、クレオパトラってこういう顔だって思ったよ」

「クレオパトラってギリシャ人ちゃうの」

はっしーが言った。ビールの泡が消えていった。

「知ってるけど、おれは絶対あれがクレオパトラだと思う。見た瞬間にひらめいたんだから。なんだかわからないけどそう思った、ってことのほうが正しい気がするんだよね」

「あ、じゃあ、マヤちゃんと最初に会ったとき結婚するってわかった、とか」

「それはない」

「うん。なかった」

マヤちゃんがほぼ同時に言い、剛士さんは驚いた顔でマヤちゃんを見た。

「そうなの？」

「なに？　自分もないんでしょ」

「いや、女の人はわかるって言うから……」

「わかったら苦労せえへんわ」

はっしーが言った。マヤちゃんがその肩を叩いた。

「出会ってないだけだよ。そんな顔しちゃだめ」

剛士さんがいちばん先にカレーを食べ終わった。おかわりした。

亮平が来た。マヤちゃんのおなかを覗き込んだ。

「おおー、腹、でかなってるやん。話しかけたりしてんですか？」

「ときどきね」

照れた剛士さんは顔が赤くなってますます仁王っぽくなったが、たぶんビールのせいだった。

亮平の分のカレーをお皿に盛った。テーブルに置いた。テレビを見た。子役から成長した双子姉妹が、番組のマスコット人形と同じ探検隊の格好をして、もやもやした画面の左上から現れた。ＣＧの背景はだんだんはっきりしてきて、ピラミッドの内部になった。

「わたしたちが、三千年前の、エジプトを、ご案内しまーす」

まったく同じ格好の双子が、声を合わせて叫んだ。声も、同じだった。右下から、解説役の荒俣宏が、砂色のサファリな格好で登場した。そして、言った。

「ところできみたち、二人なの、一人なの、どっち?」

わたしは驚愕《きょうがく》した。このように重要な問いをテレビで投げかけるなんて。やはり荒俣宏は恐ろしい人だ。テレビからこのような言葉が、全国のお茶の間に響き渡ろうとは。

わたしは狼狽《ろうばい》して、テーブルを囲むみんなの顔を確かめた。マヤちゃんも剛士さんもはっしーもそして亮平も、カレーとアボカドサラダを食べ、子どもの名前の案を出し合っていた。誰も、テレビを見ていなかったし、さっきの言葉も聞いていないようだった。ほんとうに聞いていなかったんだろうか? あまりにも重大なことすぎて、聞いていない振りをしているだけではないのか? テレビに背中を向けた位置に座った亮平は、とてもおいしそうにビールを飲み干し、赤いTシャツの胸元を引っ張って風を入れていた。わたしは汗の滲んだ手で、そっとテーブルの端のリモコンを取り上げ、さりげなく電源を切った。

口に持って行きかけてスプーンを止め、亮平はわたしをぽかんとした顔で見ていた。

「珍しい。自分から消すって」

「だって、ごはん中やし」

「テレビなかったら落ち着いて飯食われへんもん、ってキレたくせに」

「えっ、意外」

剛士さんが眼鏡の奥の目を丸く開いた。剛士さんのまぶたには睫毛がほとんどなかった。

「怒ってないって。説明しただけやん」

「さびしいときもつらいときもそばにいてくれるのはテレビだけやー、って、泣いてたやん」

「捏造《ねつぞう》せんといてよ」

亮平のTシャツの胸には猫のイラストがあって、そのしっぽの近くにカレーが飛んでいた。はっしーは梨を剝《む》き始めた。

剛士さんはおかわりしたカレーももう食べた。

「おれ、元々テレビ見ないほうだし、最近はネットあるからほんと見なくなっちゃったけどね」


じゃあ、この大きいテレビください！


携帯電話のアラームが鳴った。マヤちゃんがテレビに出る時間がやってきた。

「録画録画。みんな座ってよ」

マヤちゃんが両手に一つずつリモコンを持った。十一時だった。さっき予告を見た、麦が砂浜でしゃべる予定のドラマが、別のチャンネルで始まる時間だった。

「なんの役だっけ？」

床でストレッチをしながら剛士さんが聞いた。あんなに食べたのにすぐ動けるのが不思議だった。

「強盗犯の……元恋人？　かなんか？」

「なんで覚えてへんねん」

亮平はソファでぐにゃぐにゃしたクッションを押し続けていた。今度買ってあげようと思った。

「だって、四月に撮ったのが今ごろ放送なんだもん。今後テレビ出演なんてないから貴重だよ。セリフもありまっす」

四月にはわたしはなにをしていたか、すぐには思い出せなかった。予約を確認したあとも、マヤちゃんはリモコンを二つ握ってうろうろしていた。はっしーはもう片方のソファで、珍しく携帯電話ばかり触っていた。ドラマが始まった。38インチの四角い世界は山あいの小さな町で、蛇行した川にはコンクリートの橋が架かっていた。出ていった妻を忘れられない男が家業の煎餅《せんべい》屋で煎餅を焼いていた。心に傷を抱えた女子高生がウサギを飼っていた。いい天気だった。

四歳か五歳のころ、映像というものは一秒間に十八か二十四コマが動いていてその残像が見えると誰かに教えられたとき、テレビの箱の中に映画のフィルムのようなものがチャンネルの数だけ入っているのだと想像した。サランラップみたいな形状のロールが、チャンネルを替えると入れ替わる。一日が終わったら、次の日の分に交換される。夜中寝ている間に交換に来ているのは誰なのか、一本何円なのか、不安に思っていた。今、マヤちゃんが映っている画面の裏側に、別のチャンネルで放送される映像もちゃんと入っていて、だから、麦もこの部屋の38インチのテレビの中にいる、という気がした。テレビをつけている間は、この中で、麦が、歩いたり話したり、もしかしたら車に乗ったりしている。

マヤちゃんのセリフは「そうね」と「じゃあね」だった。土手の桜は満開だった。「咲いてるのは本物だけど、散ってるのは紙なんだよ」とマヤちゃんは自慢した。妊娠してから十キロ増えて、テレビの中のマヤちゃんより頬から首への線が丸かった。

ソファの隣に座る亮平の顔を見た。お酒を飲んだときにいつもそうなるように目の周りが赤かった。血管の浮いた腕と手の甲が、わたしの腕のすぐ近くにあった。亮平は、亮平のようにしゃべって動いて、座っていた。わたしは左手で、亮平の手の甲から肘に向かって撫でてみた。夏に会社の人たちと野外フェスに行ったときに日焼けした腕は、わたしの手よりも温かかった。亮平、と、ほんとうは名前を呼びたかった。

「なに、急にベタベタして」

はっしーが梨に手を伸ばしながら言った。梨は普通の玉の二個分の大きさで、瑞々《みずみず》しかった。

「あ、ほんまやん」

亮平は自分の腕に置かれたわたしの手を見て大げさに驚いて見せた。

「なんか、たまにはええかと思って」

わたしは亮平の手を握った。スクワットをしながらテレビを凝視していた剛士さんが、

「マヤ、美人だな」

と言った。


亮平が買ってきてくれて冷凍庫に入れたアイスクリームのことを、誰も思い出さなかった。


がんがん、と鉄の扉を叩く音がした。同時にドアが開いて、半蔵さんが出現した。

「おい、飲むぞ。下りてこい」

「はいはい」

剛士さんがすぐに立ち上がった。マヤちゃんが言った。

「ここで飲めばいいじゃない」

「ああ？　ああ」

半蔵さんは、目で部屋にいる人数を確認した。それから、ああー、とため息混じりの声を出し、ゴム草履を脱いで部屋に上がった。いくらでも飲める剛士さんは半蔵さんに気に入られていた。マヤ母ともうまくやっているようだった。めでたいなりゆきだった。

テーブルで焼酎を飲み始めた剛士さんと半蔵さんと亮平は、三十分後には全員床に座り込んでいた。はっしーが急遽《きゆうきよ》作ったつまみの皿もコップも直接床に置いて、特に会話が盛り上がっているようにも思えないのに楽しそうに透明な液体を消費していった。

ソファにうしろむきに座って背もたれに顔を載せていたはっしーが、突然、言った。

「今日、男と別れた」

五秒ほど経ってから、マヤちゃんがつぶやくように言った。

「いつ?」

「だから、今日」

「だれ?　っていうか、いつからつき合ってたの?」

「言わへん」

「なんでよ?」

はっしーは黙ったまま、膝を抱えて顔を埋めた。そんなはっしーを初めて見た。たぶんマヤちゃんも、誰も。半蔵さんはコップの中身を飲み干した。

「黙っててやれよ。はっしーも辛気《しんき》くさい顔すんな。若い女は愛想だろ」

「わたし、もう三十一やし」

はっしーは膝の間から頼りない声を出した。

「おれは八十だよ」

「ままま、とりあえず、飲んどこか」

立ち上がった亮平の右手が、はっしーの右手を持ち上げてコップを握らせた。窓から入ってくる風は温度が下がった。東京の夜は静かだ、と思った。

帰り道、またイタチのような生き物が走っていくのを見た。

亮平が、おれにそっくりなやつが出てるドラマがあるから見てって言われたのに忘れてた、と言った。


十月になった。

夜になった。つけっぱなしのテレビのチャンネルを変えたら、麦が映った。海にいた。いろんなところに行っているんだと思った。海のそばには古い平屋があって、麦と女の子が縁側に並んで座っていた。海に沈んでいく夕日に照らされた麦の横顔の輪郭を、わたしはちゃんと覚えていた、と思いながら見ていた。

サンダルをつっかけた素足をぶらぶらさせながら、女の子が聞いた。

「好きな人が、いたんでしょう?」

麦は答えなかった。

その映画を撮った監督のインタビューになった。中国で写真を撮っていたときにたまたま麦と会って、この映画を撮ろうと思い立った、と言っていた。だから麦が俳優になったのはおれのおかげなんだよ、と言って笑った。知らない人の話を聞いているみたいだと思った。テレビの右側の壁に、引き伸ばした写真が貼ってあった。マヤちゃんの部屋で、マヤちゃんと剛士さんとはっしーと亮平がカレーを食べている写真だった。右端で亮平はスプーンの丸い裏側をこっちに向けて、笑ってなくてただそこにぽさっといるだけの顔をしていた。麦ととてもよく似た顔で。写真を撮っていると、自分の写った写真は極端に少なくなって、この瞬間にマヤちゃんの部屋にいた中でわたしだけが写真の中にいなかった。顔を近づけて、亮平が持っているスプーンの銀色の表面にカメラを構えたわたしが写っているんじゃないかと探したけど、そこは濁った白っぽいただの銀色だった。

テレビを見た。麦はもう映らなかった。テレビは消さなかった。スリープタイマーを百二十分後にして、その光の中で眠った。

二〇〇八年になった。
二月になった。
雪が積もって予備校に行くまで二時間近くかかった。四階の教室を片づけに行った。向かいのビルの屋上でインド料理屋の店員たちが雪景色を携帯のカメラで撮影し合っているのが窓から見えた。

雪は、次の日に融けた。

予備校の受付では入学の書類を取りに来た子たちの横で、合格発表帰りの女の子たちが手を取り合ってきゃあきゃあ言っていた。わたしより五年長く働いている同い年の中野さんが、新入生とはまた一つ年が離れるんだねえ、と言った。きゃあきゃあ言う女の子たちは、四月からの行き先が決まった喜びのあまり手を取り合ったままぐるぐる回り始めた。

都営地下鉄大江戸線の先頭車両に乗っていた。運転席のロールスクリーンが上がっていたので、ガラス窓にくっついて進行方向をずっと見ていた。狭いトンネルは、右に曲がり左に曲がり、上にも下にも曲がって続いた。テレビで見た、他の路線の間をくぐってトンネルが掘られていくＣＧ画像を思い浮かべていた。ジェットコースターみたいだった。怖いからジェットコースターには一度も乗ったことがなかった。

真っ暗なチューブの向こうに、細長い光が見えると駅だった。闇の中に、光の部屋があった。駅が近づくと、運転席のモニター画面に映像が現れた。ホームの監視カメラの映像で、二点透視図法のように、真ん中で二つに折れた銀色の車両が映し出された。本当は、画面が二分割されていて、右側には車両の後方を、左側には車両の前方を向いたカメラの映像が映っているから、電車は二つに折れたりしていなかった。真ん中の車両から降りた人がホームを歩いていくと、右側の収束点に向かって遠ざかっていく人と、左側の奥からこっちへ大きくなってくる人が、同時に映った。二人に分かれるみたいに見えたけれど、一人が一つの方向へ歩いているだけだった。


六本木駅で降りると、壁に「地下四〇メートル」の表示があった。とても長いエスカレーターの途中に「三十メートル」もあった。エスカレーターが終わると、また次のエスカレーターがあった。上ると、さらにエスカレーターが現れた。改札があった。ICカードを自動改札にかざして反応する瞬間が好きで、毎回なにかちょっとした正しい行いをした気持ちになった。またエスカレーターがあった。壁に、麦の顔があった。

薄いデジタルカメラを構えた女優のうしろにいる麦は、ゆるいウェーブをつけた髪を肩のあたりまで短くしていた。代わりに鬢の面積が増えて、輪郭が隠れていた。エスカレーターが上昇していくと、もう一人まったく同じポーズの麦が見えた。エスカレーターを降りて右に、少し長めのエスカレーターがあって、その壁には麦は三人並んでいた。デジタルカメラの新製品のそのポスターは、数日前に雑誌で見たのと同じポーズだった。CMはその会社のサイトで見た。麦が映っているのはほんの二秒だけだった。去年の十月にも同じ会社の広告に出ていて、そのときもやっぱりサイトでCMを見てしまった。

三人の麦がこっちを見ている視線に囲まれて、わたしが撮ろうと思って撮れなかった写真の、わたしの頭の中では何度もシャッターを押して想像していた写真の中の麦が時間を隔てて今ここに現れている、という気がしてきた。だけど、ここに映っているのは少なくとも数か月以内の麦で、写真を撮ったのはわたしじゃない人だった。麦はこの瞬間、どこを見ていたんだろう、と思うあいだに、エスカレーターは終わった。

もう一つ短いエスカレーターを上ってやっと「地上ゼロメートル」かと思ったら、最後は階段だった。

六本木ヒルズ森タワーは、太い。

展望台のチケット売り場にいた春代は白いコートを着ていたから遠くからでも一目でわかった。

展望台に上るエレベーターから外は見えない。

「ほんま寒いわー、絶対東京は寒いってー、風が冷たいっ。寒いと人間なんにもできへんようになると思わへん？　天国とか楽園とか聞いて寒い国浮かべる人なんか一人もおらんやろ？　絶対。寒いってなにしても寒いもーん。今の家、一階やから凍死しそうやわ」

五十二階まで、外からこのエレベーターを見たら恐ろしくなるに違いないハイスピードで上昇するあいだ、春代は寒いという言葉を言い続けた。西麻布のアパレル会社の面接に行った件については、あかんと思うわ、とだけ言った。なんとなく会うのが不安で、春代から誘いがあっても理由をつけて行かなかったので、こうして会うのは去年の九月以来だった。

遠いと思うくらい高いところまでガラスの壁に囲まれた展望台は、明るかった。外の光の全部が集まって来て、ここにあるものが白く飛んで見えなくなってしまいそうに、明るかった。それともここから光が発生して周りを照射しているのかもしれない。

「なんも見えへんねー」

春代が言った。手で陰を作ると、外は霞《かすみ》がかった薄曇りに強い西日が差して、遠くのほうの白い靄《もや》の中に高層ビルの影が幻みたいに見えた。

「高い」

わたしは言った。海抜二四〇メートル、地上二一三メートル。地下四〇メートルから、二一三メートル。合計二五三メートルを、わたしは上昇してきた。


ガラスの向こうに、街があった。遠くて小さかった。静かでなにも動かなかった。そこで暮らしている人がいるなんて信じられなかった。あっちからもこっちからも超高層のオフィスビルやホテルやマンションが生えていた。多すぎて心配になった。宙に浮いている人が大勢いる街。どの方角にも、山は見えなかった。影も形もなかった。どの地平も白く濁り、無数の小さな白い建物に覆われた地表は光の中へ拡散していく。終わりがなかった。だから、ここから見ていると、あの白くなっている向こうにも、ここと同じような街が広がっているとしか思えなかった。あの先の、ずっと先にも、白い建物がびっしりとくっつき、山も海も、どこにもない。世界中が、ここと同じで、ここの続きに思えた。

でもきっと違う。

「写真撮影、タダやってー」

春代の声に振り向いた。正面に見える東京タワーが背景になるように台が設けてあって、そこには六本木ヒルズ森タワーの模型があった。模型は人の背の高さくらい。それと並んで写真を撮る。

「でもこれ、写真買うのはお金取るねんで」

「はぁ？　詐欺やーん、それ」

「外国の観光地行ったらあるやん。勝手に撮って、あとで買わせるやつ」

撮影は無料。撮影するだけ。プリントはない。だけど、撮影は行われた。そのとき撮られた写真は、カメラの中にある。そのうち消去される。でも、短い時間でも存在した。デジタルの記号として刻まれた画像はどこにあることになるのかとぼんやり思いながら丸い展望台を歩いた。


五億円のマンションの広告を見たのを思い出した。一棟ではなく一部屋で。広尾。


春代の白いコートはどこも汚れていなかった。偉いと思った。暖かそうだった。

東京に引っ越してすぐだった五年前に来たときには外に出られるテラスになっていた場所は、おそらく屋上に新しくできた展望台（追加料金三百円）の価値を高めるために、窓がはめ込まれて絨毯《じゅうたん》が敷かれ、サンルームみたいなガラスに囲まれた部屋になっていた。その中に、金髪で大柄な外国人の男がいて、ムーンウォークの体勢でゆっくりとうしろ歩きをしていた。それを、長い黒髪だけれど日本人ではなさそうな女が、小型のビデオカメラで撮影していた。男は端まで行くと、また逆向きにうしろ歩きした。男が掌をぱっと開いた。掌には、文字が書いてあった。読む前に閉じられた。

前に見たテレビ番組で、マサイ族の視力がいいことを証明しようと、東京タワーと六本木ヒルズの展望台に同時にマサイ族の人を連れて行って、片方に手を振らせた。もう片方の人は手を振られたのが見えて、手を振り返した。東京タワーの高いほうの展望台がどこにあるのかさえ、わたしには見えない。

「あさちゃん、富士山てあっち？」

先を歩いていた春代が外を指差した。

「たぶん」

「まっしろ。なんも見えへんなー」

「富士山て、見えるときと見えへんとき、っていうんじゃなくて、あるときとないとき、って感じする」

「今日はない日や」

今日は、富士山はなかった。

「あれなに、燃えてる」

うしろにいた女の子二人が、窓に額をくっつけて声を上げたので、わたしたちも外を見た。首都高速がうねっている向こうの中層のビルが密集しているところから、白い煙が斜めに立ちのぼっていた。炎もないし、発生源も見えなかった。

「あの下は、今ごろ大騒ぎなんやろなー」

「熱いかな」

「水浸しで寒いんちゃうー?」

下界の音は、なにも聞こえなかった。温度も感触も、なにも届かなかった。三百円がもったいないというより追加料金方式が納得いかないという理由で一致し、屋上には出なかった。寒いからじゃないで、と春代は繰り返した。

「シャッター押してください」

パステルピンクのダウンジャケットを着た、中学生ぐらいの女の子にカメラを渡された。プラスチックでできた手動のカメラは、軽かった。女の子は、両手と片足を上げてバレリーナみたいなポーズをとった。

「もうちょっと、右手を、こう」

と春代が彼女の手を持って修整した。

晩ごはんを食べる店を散々迷い、いちばん最初に見た店が良かったと二人とも思ったが、六本木ヒルズの構造が複雑なためにその店には戻れず、別の中華料理の店に入ろうとしたら、亮平から電話がかかってきた。亮平も来ることになった。階段のところに見つめ合っている男女がいた。よく見ると、睨み合っていた。寒いのに大変だと思った。黙ったまま、女だけが階段を下りていった。女が着ていた灰色のファーのジャケットはとても暖かそうだった。

亮平は、迷わないで着いた。窓際のテーブルについた。テーブルは丸いけど回らなかった。回ったらうれしかった。春代は、向かいに座った亮平の顔を数秒にわたってじっと見ていた。だけど緑色の瓶のビールが運ばれてきて乾杯をしたあとは、普通にしゃべっていた。わたしは土鍋の中の豚の角煮や炊き込みごはんに集中しているふりをしながら、二人の顔を見比べていた。

亮平は、誰にでも愛想のいいところを存分に生かして、早速春代の就職相談に乗り始めた。

「洋服の仕事したいんや?」

「うーん、こだわってるわけやないんやけど、好きなことに関係あることのほうががんばれるやん」

「そらそうや。自分の希望っていうか、拠《よ》り所《どころ》っていうんかなあ、そういうもんは大切にせなあかんで」

「そうやんな。もうちょっと探してみようかなー」

春代はにっこり笑った。挽肉《ひきにく》入りの春雨を食べた。笑うと、春代、と思う。口の両端が横に引っ張られるような笑い方。でもそういうのも、しゃべっているときはもう結構忘れている。

夜空の下に薄緑色に発光するガラスのビルの曲線と、燃やされているような暖かい色の東京タワーがあって、そことここを区切るガラスに、春代と亮平とわたしが、うっすらと半透明になって、重なって映っていた。

機嫌の良くなった春代が聞いた。

「亮平くんて、辛いのだいじょうぶ？　麻婆豆腐も頼んでいい？　あさちゃん食べられへんからー」

亮平は大声で店員を呼び、メニューに写真が載っていた真っ黒な麻婆豆腐を注文した。

「気持ち大盛りで」

亮平が言うと、中国人らしい女の子の店員は曖昧に微笑んだ。亮平は、振動した携帯電話を開いてメールかなにかを見たあとテーブルに置いて、トイレに立った。

中国式の漢字が並んだドアを出ていくまで亮平の背中を見送ってから、春代が言った。

「それなりに男前やーん。あさちゃん、面食い直ってへんな」

春代は屈託《くったく》のない笑顔だった。目尻でつけまつげが跳ねていた。

「えー、……いや、そうかな」

「しかもさー、麦くんとなんとなーくおんなじ系統やん。人それぞれ好みの顔ってあるよねー」

「春代……」

テーブルの上を見渡した。わたしと春代の梅酒、亮平のビールの緑の瓶、豚の角煮、ピータン粥《がゆ》、麻婆春雨、くらげ。箸を揃えてテーブルに置いた。

「なんとなく？」

「うん。雰囲気的に被《かぶ》ってるっていうかー。そんなことない？　これ、おいしいね」

春代はわたしの前にあったピータン粥を蓮華《れんげ》ですくって食べ始めた。

「似てない？」

「似てるって言うてるやん」

「そうじゃなくて、もっと、ほんまに似てるっていうか、そっくりと言っても過言ではないというか」

以上のような内容について、音声として言葉にして自分の外に出すのが初めてだったので、恐ろしい事態に陥っているのではないかと不安になった。春代は蓮華を握って口を開いたまま、不審そうな顔でわたしをじっと見てから、言った。

「違うやん」

そして、ふわふわの鞄から携帯電話を取り出してかちかちボタンを押したあと、画面をこっちに向けた。

「だって、麦くんってこれやで」

縦長の長方形に、地下鉄のエスカレーターの壁で会ったのと同じ麦の顔が収まっていた。

「なんでそんな画像」

「同じマンションに大輔の会社の人が二人おるねんけど、その奥さんが二人とも麦くんのファンやって言うから、友だちやったって自慢した。ほら」

春代は画面を切り替えた。麦は広い場所を背景に横を向いて笑っていた。髪が長かった。

「こんなんやで。顔の系統を分類して図鑑に収録するのやったら近くのページにはなるやろけど、亮平くんは目もくるっとしてるし鼻もしゅっとしてるし背中もぴっとしてるし、なんていうか、丈夫そうやん」

「……ほんまに？　そら今の麦はちょっと感じ違うけど、前、大阪におったときの麦は……」

「こんなもんやったで。写真で見比べたら？」

「一枚もないもん、麦の写真」

「そうなん？　あさちゃん、写真撮ってなかったっけ？　っていうか、あさちゃん、元彼とそっくりやからってつき合ってるってことー？　似たような顔やったら性格まともなほうがいい、みたいなー？　それはないで」

「違う違う違う、違うって。なんか、亮平が、周りの人から似てる似てるって言われてうっとうしいから」

「えー、みんな目ぇ変なんちゃう？」

みんなが変？　春代は外見が変わったから、他人の顔の見え方も変わったのだろうか？　春代はテーブルに肘をついて、汁を吸いすぎた春雨をつついた。そのテーブルの上で、亮平が置いていった携帯電話が振動し始めた。ＬＥＤが水色に光り、振動によって少しずつテーブルの上を滑っていく。その液晶の表示窓を見た春代が言った。

「女の子やで」

そして、携帯電話を拾い上げ、わたしに向けた。森本千花。漢字が右から左へ流れていった。消えた。

「ああ、亮平の会社の、人やから」

亮平の会社の下の階に前にあった洋服屋で働いてた人やから、今も連絡取ってるとは聞いたことなかったけど、を省略して答えた。森本千花。千花ちゃん。

「ふーん。気ぃつけなあかんで。男なんか、かわいい子が寄ってきたら拒むことはできへんねんからー」

「ああ、そう」

その瞬間、亮平に麦が出演していたドラマのことを教えたのは千花ちゃんだという考えが、唐突に浮かんだ。亮平は、会社の人に言われた、としか言わなかった。わたしと同じように略したのかもしれない。会社の下の階に前にあった洋服屋で働いてた、人。春代は店員を呼び、梅酒のおかわりを注文した。店員の女の子は愛想はいいけれどどこか雑な感じがした。きっとこのあとデートだから早く帰りたいのだと思った。

亮平が戻ってくるのと同時に六人組の客が賑やかに入ってきた。

隣のテーブルについた六人は、首から社員証をぶら下げていた。きっとわたしより年下だった。欠伸をした女の子の顔が、はっしーに似ていた。テーブルの下で足をぶらぶらさせていた。

最近、誰を見ても誰かに似ている気がする。

亮平は春代に、知っているアパレル系の会社で人を探しているところがあったら知らせる、と言った。春代は喜んだ。そして酔っていた。

「亮平くんてようできた人やわー。あさちゃん、ええ彼氏でしあわせやね」

「おれもそう思うわ。恵まれてるね、朝子さん。時給やったら五千円ぐらい払わなあかんで」

どのお皿にも食べ物は残っていなかった。見上げると、天井に埋め込まれたライトは放射状の溝が刻まれていて、人間の瞳に似ていると思った。その光に真上から照らされた亮平は、わたしを見ていた。亮平の顔が好きだと思った。亮平みたいな亮平の顔。

「うん。ほんまにその通りや」

「納得したら話終わるやん」

亮平は笑っていた。その期待に応えようと思って、わたしは言った。

「言い値でお支払いします」

そして杏仁豆腐《あんにんどうふ》を注文した。春代が大きな窓ガラスを見た。わたしも見た。透けたわたしたちが映っていた。腰から下は影になって、外の闇と溶け合っていた。

「わたしら、宙に浮かんでるみたいやなー」

その声は、ガラスの向こう側に漂っている半透明の春代から発せられたみたいに聞こえた。杏仁豆腐はおいしかった。

春代の夫の大輔が迎えに来た。仕事帰りで、トレンチコートの下のスーツのボタンが弾け飛びそうなおなかをしていた。春代は会うとすぐにそのおなかをうれしそうに触った。四人だから渋谷までタクシーに乗った。運転手は途中でかかってきた携帯電話に話し始めた。イヤホンマイクで。飼い犬が危篤《きとく》らしかった。

「あさちゃん、写真展するとか言うてなかった?」

後部座席の真ん中で小さくなっている春代が聞いた。タイツの膝頭が細いと思った。

「言うてた」

隣の車線の、次々とわたしたちを追い越していく車のライト。こういう写真がいい。でも、今さっきまで忘れていた。

「今年。十月ぐらい」

「十月」

つぶやいたのは亮平だった。十月に根拠はなかった。言ってみたらだいぶ先のことのような気がした。

「おれ見に行きます」

大輔が言った。いい人だった。


一週間経った。

真昼だからわたしの部屋でも明るかった。

電話の向こうからときどき赤ちゃんの泣き声が聞こえてきた。はっしーが出てくって、とマヤちゃんが言った。三日前に急に言いだして、そのあと帰ってこないと言った。はっしーからわたしに来たメールには、わたしが予約していた鞄のことしか書いていなかった。マヤちゃんは子どもを揺らしているのか、声もときどき揺れた。

「その前の晩に、ここの部屋ではっしーとお酒飲んでて。あ、わたしは一口だけだよ。はっしーと住んでるサキちゃんが信州の家具工房に移るって言ってたじゃない？　それではっしーが一人になるからさ、あの部屋。一人になっても家賃そのままでいいって半蔵さんも言ってくれてるんだからここにいればいいじゃん、って言ったの。でもはっしーは、もういい年だし自立しないとだめだって言って、なんか意地っぽくなってるから、わたしのほうも、甘えられるとこは人に頼ればいいのに、ここにいて何が悪いの、みたいな感じになって。はっしーはとにかくこのままじゃあかんねん、ってずっと言ってて、まあ、酔っぱらってそのままここで寝ちゃったしさ、わたしもそんな深く考えてなかったんだけど、次の日にいきなりもう荷物片づけるとか言い残したきり、帰ってないみたいなの。わたし、なんか言ったんだよね。むかつくこと言ったんだよねえ。結婚とか出産とか舞い上がってたしさ、もともとおせっかいだし。次の週には引っ越しちゃうって、絶対変だよね。ああ、なんか言ったんだよ、どうしよう」

わたしは自分の部屋の真ん中に積み上がった、取り込んだ洗濯物の山の上に座って、マヤちゃんの話に相槌を打ち続けた。

「ゆっくり話したいんだけど、はっしーは帰ってこないし、わたしも今身動き取れないし、あっ」

ひときわ泣き声が大きくなった。マヤちゃんが彼に話しかけるのが聞こえた。声はそのうちに歌になった。

二時間経った。

春代から電話がかかってきた。わたしは道を歩いていた。春代は、亮平に麦とわたしがつき合っていたと話してしまったことを、ひたすら謝っていた。亮平くんが前から知っていたみたいなことを言うからだいじょうぶなのかと思った、と言った。わたしも、亮平がだいたい知っていることをたぶんわかっていた。自転車に轢かれそうになってびっくりした。轢かれなくてよかった。

契約社員の期間が満了して、パート扱いになった。辞めた人のデスクを二人分片付けた。名刺ファイルを見たら裏に「貧相」「鷹《たか》のような鋭い目つき」「ほっこり系」「ドラえもん」などと書き込んであり、同僚と笑いっ放しだった。

三月になった。

電車に乗って出かけた。

細い道の横は大きな墓地で、空が広かった。いい天気だった。暖かくなるのが早すぎると思った。

「うちの事務所、閉めるねんて」

言った亮平を、見上げた。

「大阪の事務所と統合するって」

「そうなん」

亮平は、赤いパーカのポケットに手を突っ込んで、いつもよりゆっくり歩いていた。天気が良くて、亮平もわたしも背中が暑かった。

「大阪の、どこやったっけ?」

「北堀江」

亮平はちらっと腕時計を見た。また手をポケットに戻した。墓地を囲む塀を、しましまの猫が歩いていた。亮平がわたしのことをどう思っているのかずっとわからなかった。聞いていないからわからないはずだった。わたしは声がちゃんと出るかどうか緊張していたが、意外にどこもひっかからなかった。

「あのへん、だいぶん変わったやんなあ。お正月帰ったとき、店とか全然わからんかったわ」

「ああ」

亮平は少しだけ前を歩いていた。首が長い、と思った。思っていたよりも、長い気がした。地面に子どもが二人座り込んでいた。なにかを数えていた。

はっしーはスウェットのパーカにデニムというパーカにデニムというのいつものスタイルで店の前で鉢植えを植え替えていた。だけど、髪がまっすぐで黒くなって短いおかっぱにしていた。植え替えられたのはバラみたいな形の薄緑色の多肉植物だった。これほしい、と亮平が店先に置いてあったディスプレイ用の椅子を指差した。

古い木造家屋を改装した店の奥には一段高くなった畳敷きのスペースがあって、柔らかそうな革のショルダーバッグや白いキャンバス地のトートバッグが並ぶ壁に囲まれて、ローテーブルとソファが置かれていた。カップルのお客さんを、はっしーの先輩店員がもてなしていた。こういうこっくりした茶色の革のボストンバッグを探してたんです、「こっくりした」じゃないとだめで、ただの焦げ茶とかダークブラウンじゃないんです、こっくりしてないと、と女のほうが「こっくり」を三回も言った。

天井からぶら下がったランプは歪んだガラスの笠がついていて、ときどき光が揺れた。

「ここからここの壁と、それからあっちのうしろと、カウンターのうしろも使えるよ」

はっしーが、店内を一周しながら説明してくれた。十月にわたしの写真をそこに飾る、と先週決めた。

「ここの雰囲気に合うた写真にせなあかんなあ」

「なんでもだいじょうぶやで。置いてみたら、合うかもしらんし」

まっすぐで黒い髪のはっしーは、知らない人みたいだった。だけどしばらく見ていたら慣れた。名前とかおかたち以外のどういうところで、わたしは人を識別してるのか、考えていた。亮平は入口のところの気に入った椅子に座って道路を見ていた。にゃー、と言って手を伸ばしていたが、わたしには猫の姿は見えなかった。

はっしーがお気に入りの商店街の店でメンチカツを買って食べた。おいしかった。亮平と出かけたのはひと月ぶりで、会うのも二週間ぶりだった。つき合い始めてから、いちばん長く会わなかった。

はっしーの新しい部屋は、営業しているのか営業していたときのままの状態で保存されている場所なのか判断できない手芸屋の二階だった。窓は幅の狭い道に面していて、向かいのマンションのベランダがすぐ近くに見えた。手すりに布団が干しっ放しだった。

「音が丸聞こえやから、大家のおばちゃんに完全に生活把握《はあく》されてるけどなー」

はっしーは湯呑みを並べた。三つとも形も柄も違う湯呑みだった。亮平は窓の柵から身を乗り出し、外側に手をぶらんと伸ばしたままずっと道を眺めていた。六畳の部屋にはテレビはなかった。丸いスピーカーから、踊り出したくなる音楽が流れていた。

はっしーはわたしが持ってきたどら焼きを半分食べて、言った。

「うちの店今度、川崎のほうに支店出すねんけど、ショップスタッフ募集中やねん」

ちらっと亮平を見た。横顔の輪郭が街灯で白く縁取られていた。

「朝子、どうかなと思って。給料はいいとは言われへんけど。一人はたぶん、さっきおった涼子さんの妹になりそうで、ベリーダンスやってるおもろい子やし」

ベリーダンス。

「うん。そうかー」

はっしーの顔を見ないでどら焼きをかじった。

「羽島さん、羽島さーん」

はっしーは、路地というよりは隣の家との隙間に面した小窓を開けて顔を出した。

「キャベツもらったの。ちょっと下りてきて」

「今行きまーす」

窓の下から聞こえてきた声は、どこかで聞き覚えがあった。でもきっと、知らない人で、初めて聞いた声だった。はっしーが木の底のサンダルを履いて出たから、鉄製の階段を下りる音が響きわたった。慌ただしく引っ越して以来、はっしーはマヤちゃんと話していないみたいだった。別にマヤちゃんがなにかしたとか悪いとかいうことじゃないし、話したからって解決するわけでもないって感じやな、と一か月前に電話で話したときに言っていた。マヤちゃんのほうもそのうちに、無理に話さなくてもいいんじゃない、今は、みたいなことを言うようになっていた。先週、別の友だちから、はっしーはブエノスアイレスに十年近くつき合っていた人がいてお正月に久々に再会したらしい、というあまり定かでないことを聞いたけど、それがはっしーの心境になにか影響を与えたのかどうかは、わからなかった。ここでの暮らしはそれなりに快適そうだとは思った。一人で暮らしている、という感じが、強くした。

はっしーと大家さんが話す声が、狭い路地に響いていた。

「朝子」

振り向くと、亮平が窓枠に腰掛けてこっちを見ていた。

「朝子って、なんで東京に住んでんの？」

少し考えて、

「忘れてた」

と答えた。えみりんのところに遊びに来てそのままずっとその時間が続いている感じがする、と思った。

「来月大阪で部屋探してくるわ」

亮平の顔を見た。見慣れた顔。慣れる、ということが、重要だった気がする。

向かいの家の窓が突然開いた。

ポストにウニミラクルの展示会の案内が入っていた。権藤さんからだった。千花ちゃんが今月いっぱいで辞めると書いてあった。

一週間経った。

マヤちゃんの部屋にいて、昼間だった。

「今日は、亮平くん来ないの？」

長男を片手で抱いたままマヤちゃんがお茶の用意をしようとしたので、わたしは慌ててやかんを横から取った。長男の名前は航太郎だった。生まれたばかりのときから髪がたっぷり生えていて、さらに伸びた。台所でハーブティーを淹れ、ソファのテーブルに持っていった。マヤちゃんはファッション誌を広げていた。今、気になる男たち、と見出しが並んでいた。最初の一ページは、麦の写真だった。黒いスーツを着ていた。スーツ姿なんて初めて見たなー、と思った。似合っていた。感心した。

「この人、亮平くんに似てるよねえ。って言ったら剛士さんに否定されたんだけど」

航太郎の髪をつまんだり撫でたりしながら、マヤちゃんが言った。

「マヤちゃん」

テーブルの前に立ったまま、わたしはマヤちゃんの顔を見た。マヤちゃんの顔は化粧もしてなくて、眉毛もほとんどなかった。髪は肩までに切って、ヘアバンドで前髪を上げていた。急に、言おうと思った。

「わたしね、この人、鳥居麦と、つき合ってた。大阪で」

航太郎が、目を覚ました。でもまだまぶたは開いていなかった。小さな口がなにか嚙《か》んでいるみたいに動いた。

「もう九年も前なんだけど、二十二とか、そういうときで。それで麦は、急にいなくなって、ずっと会いたかったけどもう忘れようと思って、そうしたら亮平に会って、やっと麦のこと忘れてきて。それやのに今になってテレビで見るなんて思わへんかった」

手が震えて、言葉は早くなった。涙が出そうだったので、大きく呼吸した。マヤちゃんは、ぐずりだした航太郎を軽く揺すりながら、わたしを見上げていた。

「朝子が？」

マヤちゃんの目は単純に驚いていて、一方で声には、今までに聞いたことがないような、疑いと咎める気持ちが混じった調子が含まれていた。航太郎が、泣いた。マヤちゃんは大きく揺すって、はいはい、と言った。それから、再びわたしを見た。

「またまたー。なにそれ」

笑っていた。わたしの震えた手は、もう片方の手を押さえていた。

「めずらしくない？　朝子がそういうギャグ言うの。亮平くんと似てるからって、つき合えるわけないじゃん。映画主演だよ。気になる男一位だよ」

マヤちゃんはふうっと息を吐いてソファにもたれ、授乳用のケープを肩にかけた。

「いや、亮平に似てるんじゃなくて……」

どこか説明間違えたっけ、と自分がさっき言った言葉を点検しようとしたが、再現できなかった。

「真剣な顔するから、なんの話かと思ったよ。ていうか、座ったら?」

授乳を始めたマヤちゃんは穏やかな顔だった。航太郎は、幸福そうだった。

「大阪にいるときに、会って……」

続きがわからなくなり、とりあえず、向かいのソファに座った。

閉まっていたベランダのカーテンが急に開いて、半蔵さんが入ってきたのでびっくりした。心臓が止まるかと思った。

「ああ」

といつもの声を発した半蔵さんの手には植木ばさみが握られていた。マヤちゃんが座るソファのうしろを通って台所に行き、ポットのお茶を自分で注いで飲んだ。なんだよこりゃあ、と言った。

「大阪は亮平くんだよ?　この人、全然大阪っぽくないし」

マヤちゃんは長い指で雑誌の写真を指差した。写真の麦はたいてい笑っていない。かっこつけている。そんなふうにしなくていいのに。

「うん。ぽくないね」

「もう、訳わかんないこと言わないでよ。一瞬信じそうになったじゃない。あるわけないよねえ、テレビの人と」

ベランダからさらにマヤちゃんのお母さんが入ってきて、驚いた。あら、いらっしゃい、えっと、はしさんでしたっけ、と言うので、泉谷朝子です、と頭を下げた。マヤちゃんのお母さんは丸い体型で、いつもジャージを着ていた。切った枝が透けて見えるゴミ袋を持ってわたしたちの間を横切り、玄関から外へ出て行った。半蔵さんはひ孫を抱きたそうに視線を向けつつも黙ったまま今度はソファの前を通って、再びベランダへ出た。

「マヤちゃんもテレビ出てたやん」

「わたしみたいなのと、こういう人とは全然違うよ。近そうで、すごーく遠いの。そりゃ見かけたり、しゃべったりぐらいはあるかもしれないけどさ。たぶんこういうふうになる人は最初から違ってるんだよ。別の星から来るみたいに」

写真の麦を見つめて、わたしはハーブティーを飲んだ。

「うん」

麦のうしろは、荒野だった。どこかわからなかった。

「そうなんかも」

麦が載っているページに触ってみた。紙の表面はつるつるして、角をつまんで持ち上げるとめくれた。知らない人、と思ってみた。実際、わたしは、髪が長くて無精髭が生えていて、三十一歳の麦を、ほんとうに見たことはなかった。テレビと写真で見ただけだし。マヤちゃんや、この雑誌で「今、気になる男」のアンケートに答えた人たちと、変わらないのではないか。つまり、わたしは、鳥居麦と関係がない。

「亮平に似てるから、知ってる人だと思ってたのかも」

自分の言葉を聞いて、正しい感じがしたから、これからはそうなっていくだろうと思った。

「なに、それ？」

マヤちゃんは笑った。とても幸せそうだった。マヤちゃんに話してみてよかったと思った。わたしは、なにを悩んでいたんだろう。

半蔵さんが再びベランダから戻ってきた。

「あんた、いい顔してるよ。なんかあったのかい？」

わたしは半蔵さんにガッツポーズを作って見せた。

航太郎は再び眠った。ヘリコプターのプロペラ音が聞こえてきた。

わたしは亮平に電話した。家まで行った。亮平のことが好きだと言った。それ以外なにもない、と言った。大阪に引っ越すことにした。

四月になった。

クローゼットにまったく収まっていなかった洋服を、半分ぐらい捨てた。部屋が広くなった。うれしかった。素晴らしい天気だった。

道路に桜の花びらが吹き寄せられていて、白いから明るかった。

代々木公園は土曜日だった。人で溢れていた。

桜の木の下にも広い芝生の場所にも、ぞろぞろと進む虫の大群のように人が出てきていて、ざわめいていた。たくさんの人間の、頭と顔と洋服や鞄の、それぞれの色が散らばったり集まったりしていた。公園にたくさん人がいて色がうごめいているのが、なにかに似てると思って、スーラの「グランド・ジャット島の日曜日の午後」という名前の大きい絵を思い出した。本物を見たことがあるから、大きさを知っていた。あの絵に描かれた人はこんなに大勢ではなかったから、ここにいる数え切れない人たちが、「グランド・ジャット島」を描いた色彩の点の一つ一つみたいなんだと思った。スーラが三十一歳で死んだのを最近知った。わたしは今三十一歳で、景色がスーラの絵みたいに見えたら死んでしまうかもという気がしてきたから、公園から目をそらして広く抜けた空を見上げた。

空は春らしい曇りで、桜とよく似た色だった。

「うわわわわ、かわいいー」

春代はベビーカーの前にしゃがみ込み、航太郎の頬を指の甲で撫でた。

「わあああ、すべすべー」

春代の真っ赤なシフォンブラウスの袖や裾が揺れた。ブルーシートに座ったままマヤちゃんの手はベビーカーを前後に揺すっていた。マヤちゃんの目は、まだ全体が白に近い桃色の花びらで覆われている木々を眺めていた。

「はーい、じゃあ、乾杯第三弾します。みんなコップ持った？」

人の頭の向こうに立ち上がったえみりんの顔が見えた。プラスチックのコップを持った手を高く上げている。えみりんにくっついて東京に来たはずなのに、えみりんに会うのは一年ぶりだった。えみりんは細い体もびっくりしたような大きな目も、頭の天辺《てっぺん》でまとめた髪までも、なにもかも前に会ったときと同じだった。

「かんぱーい。お疲れー」

あちこちで声とプラスチックカップと缶ビールが重ね合わされた。えみりんが脚本を担当した規模の小さい映画のスタッフや出演者や今の職場の同僚や劇団時代の友だち（ここにわたしたちは含まれる）が全部で三十人はいたし、始まって一時間のあいだでも増えたり減ったりした。

「何か月ですかぁ？」

近くにいた栗色の髪の女の子が聞いた。高校生みたいな顔をしていた。

「四か月」

「えー、まだ生まれたてじゃないっすか」

栗色の髪の女の子の隣にいた、水色のボーダーTシャツを着た男の子が言った。女の子みたいな顔をしていた。春代はまだ航太郎の手や顔を撫でてうっとりしていた。栗色の髪の女の子が、その反対側から航太郎の髪を触り、

「周りを明るくする太陽のような存在ですね」

と言った。マヤちゃんは剛士さんと携帯電話でメールしていた。もうすぐ迎えに来るらしかった。


ひときわ大きな桜の木の周りを、カメラを持った人たちが取り囲んでいた。携帯電話のカメラ、小型のデジタルカメラ、三脚を立てたマクロレンズ装着のデジタル一眼レフ。何十のレンズを構えた人たちが斜め上を見上げて、目の前の桜と縦長や横長の液晶画面に映る桜の似姿を見比べていた。桜を背景に立って、伸ばした腕の先のカメラを自分に向けて撮る人も数人いた。歩く人もみんななにかしらのカメラを持ってい

た。もうこの世にはカメラを持ち歩いている人しかいなくなったんじゃないかと思った。桜の木が並ぶこの一角には、ブルーシートや虹色のビニールシートが隙間を見つけては敷かれ、近くなった他人同士はいっしょに宴会をしているように見えて、決して話しかけたりしなかった。だけど、その全員が今日は桜が咲いていると思ってここに来たと思ったらうれしかった。

おじさんがカメラを落としたところにちょうど石があったので、長すぎるマクロレンズが割れた。わたしはその人の姿をデジタルカメラに収めた。デジタルカメラは小さくて重さがあった。それからフィルムのカメラでも撮った。

「いえーい」

という声とともに、じゃらじゃらんとウクレレの弦が鳴った。

「ぼくたちは、テレビ人間ブラザーズです。毎日テレビばっかり見てるダメ人間です。えみりんさんが脚本を担当した『三羽のカラスと猫娘』で雑用してました」

「ぼくは、なんやかんややってました。監督は今日は来えへんかもやけど、えみりんさんと監督に捧ぐっちゅうことで」

二人は歌い出した。人生なんてなにもないもの。起きて寝るだけ。今日も働いて疲れたよ。いいことなんて落ちてない〜。それがおまえの〜、人生だ〜。強いやつだけが生き残る。弱いのはおまえ〜。

　でも周りが騒がしいから、わたしたちのところにはその歌声はほとんど届かなかった。

　すぐ隣の学生たちはなにかわからないけど罰ゲームのあるゲームをやっていて、男同士で抱き合って転がっていた。その隣はインド系の人らしいグループで、タンドリーチキンと思われる赤錆《あかさび》色の肉を食べていておいしそうで羨ましかった。眉毛の濃い女の子が、大きい目でこっちをじっと見ていたので手を振ってみた。

　春代は緑色のビール缶を片手に、浮かれた人たちを眺めていた。

「わたしも子どもとか育てようかなー」

「とか、ってなあに？」

　航太郎を抱いたマヤちゃんが聞いた。

「猫飼いたいからー。どっちが先のほうがいいと思うー？」

「生まれたときから猫がいるほうがアレルギーにならないって言うよ」

「それ俗説らしいですよ」

　ボーダーTシャツの男の子が横から口を挟んだ。水筒を持参して温かいコーヒーをすすっていた。栗色の女の子はシートの反対側でなにかの振り付けを披露していた。

「っていうか、後でも先でも、どっちもでもいいじゃない」

マヤちゃんは航太郎の生え際を撫でていた。航太郎の髪はさらに伸びていた。わたしはボーダーの男の子にコーヒーを分けてもらった。

「春代、前は、子どもは一生ないかも、って言うてなかった?」

「うん。今もー、悩み中」

「なんで?」

「怖いやんー? 人間一人世界に発生させるなんかー、自分がしてもええんかなーって。一回発生したらずっとおるんやしー」

「あ、わたし、それを言うことさえちょっと怖い感じしてた。人としてそんなこと言うたらあかんのかなって」

わたしと春代の顔を交互に見て、マヤちゃんはちょっと考えるように目を動かしてから言った。

「できちゃったら、まあそういう流れなのかなって思うよ」

「だから、そういう決まりがあったらええねんけどねー。何歳までに産んどくこと、みたいな」

「それはそれで厳しいやろ」

さっきから表情を引きつらせていた航太郎が、とうとう泣き出した。春代は冷えた手で、小さい頭を撫でた。

「ああ、ごめんごめん。あんたはかわいいで。死ぬほどかわいいで」

枯葉の上を這っていく蟻は大きかった。

薄っぺらいデジタルカメラのモニター画面の中で、ビールを飲み干した春代がこっちを向いた。

「あ、撮ってたんやー」

もう一度シャッターボタンを押すと、砂時計のアイコンが出てきて画像をメモリーカードに記録した。

「デジカメって、次撮れるまでが遅いよな。手巻きがいちばん速いのかも」

わたしは言った。やっと反応するようになったボタンを押して、次のビールを開けた春代を撮った。それから、立ち上がってスニーカーをつっかけ、できるだけたくさんシャッターを押しながら、つぎはぎ状に敷かれたブルーシートの周りを歩いた。モニター画面の桜は白くとんで、省略して描いた絵みたいに白いもこもこした塊だった。画面に映ったものは、なんでもいいから撮ろうと思った。とにかく、枚数を。

「えみりんさんのお友だちですか？」

男の子がビデオカメラをわたしに向けていた。小さな丸いレンズに、わたしと公園が丸く歪んで映っていた。わたしは彼に自分のデジタルカメラを向けた。

「あー、大阪からの友だちで、劇団の手伝いしてたことあって」

と言いながら、劇団の手伝いをしていた自分がとても遠い存在に思えた。えみりんがきっかけで東京に来たしマヤちゃんちに行くようになったけど、えみりんには今は滅多に会わなくて、そういえばえみりんはもとは春代の知り合いだったっけ、と次々に頭に浮かんできた。中腰の姿勢で何歩か後退しながら、モニターに向かって質問を続けた。男の子は、ビデオ本体の横に開かれたモニターの中のわたしを見ていた。

「今は、お仕事は?」

「大阪に引っ越すんで、もうすぐ無職になります」

「おおー」

彼は、四角い機械の一部に向かってうれしそうな顔で言った。彼には見えている(わたしには見えない)液晶画面の中でしゃべるわたしの顔を想像しながら、手に持ったデジタルカメラをわざとらしく顎の下に配置して映画のシーンのように大きな身振りで首を動かし、斜め上を見上げて言った。

「東京の桜も見納めかも」

「じゃあ、これ、いつでも見れるように、メールしますよ」

彼は録画を止め、やっとこっちにいるわたしを見た。

「ありがとう」

彼の足下には、人のお尻や足の隙間で無理やり広げたノートパソコンとそれに繋いだ別のデジタルカメラを操作している女の子がいた。カーゴパンツのポケットは何が入っているのかぱんぱんに膨らんでいた。

「こっちの写真のも、送ります」

液晶画面を覗くと、三人の男の子がブルーシートを敷いて場所取りをするところから、人が集まりだし、最初の乾杯をして、ウクレレデュオが最初の演奏をする場面、そして桜の花の写真が、スライドショーで流れていた。そばには携帯音楽プレーヤーに丸いスピーカーが繋いであり、ピアノの旋律が被さっていた。写真は一枚がゆっくり薄れ、次の一枚が重なりつつ浮かび上がった。最初から繰り返した。今日のことはもう思い出だった。思い出は、パソコンの中にあった。それからたぶんどこかここじゃない場所にもあって、わたしのパソコンからも見ることができた。コピーすることもできた。わたし以外の誰でも。それがどこにあるっていうことなのか、わたしにはわからないけど、今わたしの頭に思い浮かんでいるみたいに空中を漂っているわけじゃなくて、どこかにはある。わたしとは反対側からその画面を覗いている男の人がいた。目深に被ったニットキャップの下から、白髪の交じった髪が出ていた。

「なんか、葬式みたいやんけ」

「やだ、なんでよ。結婚式じゃん」

「はあ?」

「結婚式で最後にこういう映像上映するの見たことないの? わたし、バイトでそれ作ってるんだよ」

「だから、あれやろ。こないだ行った結婚式でも最後に流れたけど、あれ見たあと、おれ、気づいてないうちにいきなり年取ったんちゃうかと思って、トイレ行って鏡見てもうたわ」

「ていうか元から若くないじゃないですか」

きょとんとした顔で女の子に言われたので、四十代と思われる男の人は、言い返す気力がなくなって代わりにビールを飲んだ。わたしはしゃがんで、彼女が膝に乗せているパソコンを覗いた。

「見てもいい？」

浮かび上がっては消えていく、鮮やかで透明な色彩の顔たち。今、わたしのうしろにいる人たち。

「人撮るの、上手で羨ましい」

心からそう思った。そうなりたかった。

「ありがとうございまあす」

女の子はにっこり微笑み、カーゴパンツのポケットからキャラメルを出してわたしにくれた。

「えー、春代《かんだか》ちゃん？　えー？　ほんまにぃ？　久しぶり、っていうか、えー？」

という甲高い声で振り返ると、すでに酔っているえみりんに春代がさらに酒を注いでいた。

カラスが二羽、すぐそばまで舞い降りてきて、学生グループの女の子たちがきゃー

と叫んで逃げ出した。

わたしはデジタルカメラのモニターで今日撮った写真を順に確認した。それから、最初に撮った一枚を削除してみた。ごみ箱のアイコンが現れた。「はい」と「いいえ」の「はい」を選んだ。写真は消えた。消した写真と似た、だけど少しだけ違う公園の入口の写真が表示された。それも削除した。円形のボタンを操作すると、ついさっき撮ったカラスの写真が表示された。二枚の画像が消えたということだった。消した写真はもう撮れない、と自分の中で反芻《はんすう》してみて、焦る気持ちとはしゃぐ気持ちと両方あったので、また何枚か消してみた。おもしろい、という感じではなかったけど、なにか自分の中に新しい感触があったので、もう少しやってみようと思った。メモリーカードにはまだ何百枚も記録できた。だけど、また一枚消してみた。

遊歩道にカメラを向けて、モニター画面を見た。上のほうは桜と空の白、下のほうは人の頭と洋服を基調にした黒に二分されているのがおもしろかった。この画像を、さっきの彼女に送ってあげようと思った。もう一つ、首からぶら下げたフィルムのコンパクトカメラを桜の花に近づけて、十枚くらい写真を撮った。もっとたくさん撮り

たかった。

桜吹雪が舞い散る様子はどんな場所でも祝福みたいだった。白い花びらがこんなに降ってくるのに桜の木の花は減った様子がなくて、花びらだけ別の装置で吹き送られてくるようだった。

剛士さんのお母さんが迎えに現れ、マヤちゃんは航太郎を肩から下げたスリングの中に入れて立ち上がった。

「じゃあ、またね」

眠っている航太郎は、布にすっぽりくるまれて重い繭のように丸かった。人出はますます増えたのでベビーカーを押す余地はなく、畳んだベビーカーを抱えた剛士さんのお母さんと荷物と航太郎に囲まれたマヤちゃんは、靴や荷物や人の脚を跨《また》いでどうにか歩道へ出た。わたしは、携帯電話を開いて確かめた。十五分ほど前にはっしーから「もうすぐ着く」というメールがあったが、まだ姿は見えない。迷っているのかもしれない。わたしは立ち上がって見回して見たけど、周りを埋め尽くす大勢の人はみんな知らない人だった。一人ぐらいはっしーに似た人がいてもいいのに、それさえもいなかった。マヤちゃんと航太郎と義理のお母さんは公園の出口へ向かい、わたしはそのうしろ姿が、人と木が立ち並ぶ隙間へ消えていくのを見送った。

そのほんの少し後で、マヤちゃんたちが消えていった隙間から、はっしーが現れた。はっしーはこっちに向かって、大きく手を振った。わたしが遊歩道まで迎えに出ると、

「マヤちゃんの子ども、成長してた」

と言った。

「会った？」

「いや、人が多かったし声かけへんかった」

はっしーはそれだけ言うと、いちばん奥で相当飲んでいるえみりんのところへ行ってビールで乾杯した。

「おいっす、えみりん久しぶりぃ。出世したなあ」

はっしーは腕でえみりんの首を絞めた。

「おいー。はっしー、久々にごはん食べさせてよー」

「ごはんは自分でできるやろ。わたしは鞄作ってあげる。トートバッグとショルダーとどっちがいい？」

「え？　しょ、ショルダー？」

「おっけー、じゃ、ごはんも付けるよ」

「まじ？　はっしー、ありがと」

えみりんははっしーに抱きつき、食べたい料理の名前を順番にわめいた。

ボーダーの男の子が作ってきたパウンドケーキをもらった。どこかの託児所か保育所か、子どもを五、六人ずつ乗せた台車が二台、歩道の人を掻き分けながら進んでいた。二人の子どもが動物みたいな声で泣いていた。人は増える一方だった。


「朝子、ほんまに大阪帰るんやなあ」

冷えた焼き鳥の串にかじりつきながら、はっしーが言った。

「うちの店の仕事、ええんちゃうかなって、今も思ってるねんけど」

「ありがとう。写真展はがんばるから。そのときははっしーんちに泊めてよ」

「うっす」

焼き鳥の肉にしがみつくように固まったゼリー状のたれは冷たくて、飲み込んだ胸のあたりから体温が下がっていく気がした。はっしーのうしろで、春代は携帯電話で誰かと話していた。ここにはいない遠い場所の人と話していた。はっしーは焼き鳥とわさび味のポテトチップスを交互に食べた。

「亮平くんは?」

「もう大阪の事務所で仕事してる。あした帰って来て一週間おって、それから完全に引っ越し」

「そうかあ。それがいちばんいいよ。ほんまにそう思う」

えみりんの前、そこがステージということになっている場所で、今度は女の子が南米の笛を吹き始めた。さびしい音楽だった。きっと別れの曲だった。春代が振り返った。

「鞄屋さんなんやんなー。今度見に行きますー。トートバッグでがっつり入って、かつ、もっさく見えへんやつ探しててー」

「トートやと、来週これの素材違いが入るんやけど」

はっしーが使い込まれて飴色《あめいろ》になった革のバッグから作りかけのカタログをプリントアウトした紙を出してきて並べた。はっしーの斜め前に座っていた無精髭の男の人がさっきからちらちらこっちを気にしていて、紙を並べた瞬間に、いちばん目立つ写真を指差して大声を上げた。

「あ、おれ、それほしい！　求めてた！　理想のフォルム！」

周りの数人が振り返ったが、たいして何事もなさそうなのを見て取ると、それぞれの会話に戻った。はっしーは、太い体で人よりも場所を占有しているその男の人を、じっと観察してから聞いた。

「鞄、探してんの？」

「探してた探してた、心の奥底から鞄がほしかった」

彼は座ったまま、飲み物などを倒さないように慎重に体を回転させてこっちを向き、「こんにちは」

と言った。たぶん恋の始まりだった。こんにちは、とはっしーも春代もわたしも言った。知らない人と話すのは簡単で、知っている人と話すのはだんだん難しいことになっていく。

花びらは降り続けた。

一つ一つが白く見えるのは、光を反射しているからだった。

気づかないあいだに五人が帰り、とても若い男女三人がやってきた。彼らは、横向きにした携帯電話をずっと覗き込んだまま、端のほうに座った。

「鳥居麦」

その部分だけが、とてもクリアに聞こえた。顔を上げた。

最初から座っていた女の子たちに、彼らが携帯電話の画面を見せていた。

「入口のとこで」

「あ、ほんとだ」

「生中継?」

「かっこよかった?」

「まあフツーかな」

すぐそばで、同じ場所を見ていることに気づいた春代の顔を見た。黒い大きな瞳に、光があった。

「あさちゃん」

春代が言った。わたしにだけ聞こえる、小さい確かな声だった。わたしは携帯電話を取り出して開いた。「TV」と書いてあるボタンを押した。麦が、いた。一・五センチメートルくらいの大きさだった。屋台の集まる広場でアナウンサーにマイクを向けられ、麦は公園のほうを振り返った。そこは、何時間か前に確かにわたしたちが通ってきた場所だった。目の前の曲がった道を歩けば辿り着く場所。すぐ、近く。麦が振り返った方向、その奥は、今わたしがいるこの場所。

「行こう」

春代の赤いシフォンブラウスが揺れて、わたしの腕がつかまれた。わたしは宴会に集まった人たちを見た。数人以外はみんな今日初めて会った人で、みんな楽しそうだった。飲んだり食べたりしゃべったりしていた。誰も、わたしがここを離れようとしていることに、気づいていなかった。わたしは人の輪の外に向かって踏み出した。

「朝子」

無精髭の人のグループで盛り上がっていたはっしーが、こっちを見ていた。

「どこ行くの？」

はっしーの声も目も、明らかにわたしを咎めていた。疑っていたと言ってもいいかもしれない。わたしはすぐに答えた。

「ちょっと、トイレ」

「わたしも」

声を合わせるように、春代が言った。はっしーは表情を変えず、

「あ、そう」

と言った。わたしは、

「すぐ、戻ってくるから」

と言って、まったく逸らそうとしないはっしーの視線を背中に感じ続けながら、離れた。


わたしと春代はとても速く歩いた。まだ走ってはいけない、と思った。わたしがしようとしていることを誰かに気づかれてはいけない。たぶん、春代にも。

走ろうとしても難しかった。歩道に中国語らしい言葉を話す何組かの家族がゆったり広がっていて、ぶつかりそうになった。ゲームのキャラクターのコスプレをした子たちが記念撮影をしていてちょっとだけ待ってくださいすみませんありがとうございます。子どもがまた泣いていた。足の踏み場もないわたしの部屋みたいな場所を、電波が途切れてときどきモザイク状になる携帯の画面を見ながら進んだ。麦は、笑っていた。周りがうるさいから、音量を最大にしても聞き取れない。そのうちに、麦が今度出演するドラマの画面に切り替わった。公園は広いから、麦のいる場所に辿り着くには歩かなければならなかった。こんなに広い公園があって、そこで自由に桜を見て

もいいって、なんて恵まれているんだろうと思った。

ようやく、たくさんの黒い頭の向こうに屋台のテントが見えた。赤と黄色とピンクだった。甘いにおいがした。

「あっ、あれ」

人の塊の上方に、棒の先にくっついた照明器具がちらっと見えた。携帯電話のテレビ画面には、スタジオの中のアシスタントやレギュラー出演者たちがいて、麦はいなかった。なんとなく集まっていたのがばらけ始めた人波に逆らって、その中心へ辿り着くと、照明や音声の機材を、若い人たちが片づけていた。麦も、司会者もいなかった。

「あの中とちゃう?」

春代が、公園の外の道路の向こうを指差した。そこには、公園と同じように樹木が集まって低い山のように緑がもくもくと茂っていた。その向こうに、テレビの中の場所があることを、春代もわたしも知っていた。さっき麦が出ていた番組を放送した局の巨大な建物が、そこにあった。門の外へ出た。車が次から次へと走ってきた。流れの速い川に阻まれて向こう岸に渡れない童話を思い出した。見上げると、歩道橋があった。横断歩道は、ずっと向こうだった。わたしたちは公園に引き返し、歩道橋の上り口を探しながら走って、見つかったので歩道橋を渡って、向こう岸へ下りた。向こう岸にあるものは体育館もグラウンドも建物もサイズの巨大なものばかりだったので、急に自分が小さくなった感じがした。まっすぐな一本道の先に見える、四角く平べったい建物の正面へ向かって走った。森の中に開けた湖みたいに低く静かな広い場所だったから、中心にある入口はすぐ近くに見えるのに実際は遠くてなかなか辿り着かなかった。夢の中で速く走れない気分と思ったが、それよりも止まったエスカレーターを昇るときの足の重さのほうが近いかもしれなかった。何十分も過ぎてしまったみたいに思った。やっと見学者入口まで来ると、人が大勢いた。子どもを連れた家族、時間がたくさんある年齢の人たち。麦を見に来たらしい女の子たちが何人ずつかいた。息がもう入れないんだって、むかつく、えらそうにするな、と言い合うのが聞こえた。息が切れて、汗が滲んだ。しばらく、いくつかの頭の向こうに見える建物の壁や天井を見ていた。

「見たかったなー」

春代が、ため息みたいな声で言った。

「なんで」

わたしは聞いた。

「だってー、知ってる人やしー」

春代はちょっと驚いたような表情でわたしを見て言った。丸い黒目を縁取る長いまつげに、また感心した。

「あさちゃんも、会えたほうがいいかなって」

春代は少し背伸びして、ガラスの壁越しに建物の中を覗くような仕草で、でも実際には何も見ていなかった。そして、ゆっくり言った。

「なんか、そう思った。大阪帰るし」

わたしは、うん、と言い、携帯電話の画面をまた確かめた。花が飾られた白いカウンターに、麦が座っていた。そして消えた。バッテリーが切れた。

「春代の携帯って、テレビ見れる？」

「見られへん。電車の中でまでテレビ見とったらあほになるでー」

「そらそうや」

わたしの好きな茶色い壁みたいなキャラクターの着ぐるみが、ガラスの向こうに見えた。空を見ると、晴れ間が広がり始めていた。


「あ」

春代が小さな声を上げた。ほかの女の子たちに気づかれないように、目で合図した。ロータリーの向こうにワゴン車が停まり、テレビの機材らしきカメラやコードを持った人が三人くらい出てきた。二十分ほど前に入口の広場で見かけた人に見えた。ワゴン車のうしろにはもう一台マイクロバスがいた。窓は黒いフィルムが貼られていた。いかにも芸能人を乗せていそうなあの車。春代は振り返ってにやっと笑った。

「続きがあったんちゃう？」

わたしたちは歩いた。遠い距離も歩けば少しずつでも確実に縮められた。辿り着いた。春代はいちばん手前にいた、頭にタオルを巻いた若い男の子に話しかけた。

「あのー、これって、鳥居麦の出てる番組の撮影とかしてましたよね？」

「はあ、まあ」

黒っぽくなった軍手をした手を止め、タオルの人は中腰の姿勢のまま眩しいような目で春代を見上げた。

「わたし、麦くんの友だちなんですけどー、まだいてはります？」

「いえ……」

体を起こした彼は戸惑いを顕《あら》わにして、目を逸らした。逸らした先にはスーツを着た女の人がいて、視線に気づいて怪訝そうにこっちを見ながら歩いてきた。春代は明るく元気な声で言った。

「わざわざすみません。あのぉ、麦くんに、泉谷朝子が来てるって言うてもらえます？　友だちなんです」

「友だちじゃないですよね。もう撤収《てっしゅう》しましたし」

女の人は面倒そうに言ったが、顔は愛想笑いを作ってくれた。

「ええっ？　嘘なんかついてませんよ。ほんまに、大阪で仲良かったんですから一」

「とにかく、もうここにはいませんから」

「人を疑ってばっかりやと、いい人生送れませんよー」

春代が言うと、女の人の愛想笑いは崩れた。わたしはその隙を見逃さず、ワゴン車のうしろのマイクロバスに駆け寄ろうとした。

「いやいやいや。だめでしょ」

タオルと軍手の男の子が行く手を阻んだ。かわいい顔していい人そうだと思ったのに。彼らはワゴン車に乗り込んだ。ワゴン車は出発した。

「むかつくー」

春代の声を聞いて、やっぱり春代だと思って笑ってしまった。

「友だちって、よけい怪しまれるやん」

「元カノって言うたほうがやばいやつやと思われるってー。なに笑ってるんよー。せっかくわたしががんばったのにー」

春代の声が楽しくて、気が抜けた。喉が渇いた。水を買おうと思った。

愛想なくドアを閉めたワゴン車が出発した。そのあとに続いて、茶色いマイクロバスも走り出した。走り去るマイクロバスの、黒いフィルムが貼られた窓に向かって、わたしは高く上げた両手を振った。見えなくなるまで振り続けた。

戻ると、花見の人数は半分に減っていた。そして夜の花見のために出てきた人たちに場所を侵食されつつあった。

「なんかあった？」

はっしーが聞いた。

「なんもなかった」

わたしは答えた。えみりんが、みんなありがとう、と言ってずっと泣いていた。


夜になった。

雑誌を全部捨てる決心がようやくついたので、紐をかけていた。棚と棚との隙間にも押し込んでいた雑誌と紙袋を取り出すために、四角い部屋の角に置いたテレビのラックを動かすと、壁に黒い跡がついていた。炎から立ちのぼる熱気のような形の跡だった。ついたままのテレビでは、死んだペットのクローンを作る事業を始めた会社のことを紹介していた。アメリカだった。アメリカにはなんでもあった。失った誰かを求める人は、姿形を再現しようとする。心ではなく。死んだ犬と同じ黒い犬を抱いたおばさんは喜んでいた。死んだ犬が生き返ったら、この人のほうが死んだことになるんじゃないかと思った。だからわたしは、大阪に行く。

　雑誌をめくると、星形のスタッズがたくさんついた鞄の写真があった。三年前の秋冬シーズンの鞄で、ほしかったけど一瞬で諦めのつく値段だったので、店に見に行った。二回行って深い感動を得て、三回目にはもうなかった。三年経っても、その鞄の美しさにはなんの変わりもなかった。お金持ちだったらこの鞄を買って、デザイナーの人にも会社の人にも、わたしはこの鞄を支持するからこれからも素晴らしいものを作り続けてほしいという意思を表明できたのに、と思うけど、見に行ったということだけでも、きっとなにか伝わる気持ちはあると思って、そのページを破り取った。棚やベッドの下から引きずり出した雑誌で、部屋の中は地震のあとみたいに物で埋め尽くされていた。

窓を開けたら亮平から電話がかかってきた。

「あと二時間ぐらいで終わるから。そしたら荒木くんの車でそっちに行くし」

亮平の声は、電話の集音器に当たる風の音で邪魔されていた。

「わかったー」

「荷物、減ったか？」

「もう、すごいで。感動すると思う」

「偉いな」

うれしかった。亮平に、褒《ほ》められたから。これからわたしの人生に亮平がずっといてくれたら、わたしはちゃんとしていられると思った。人を思いやって人生を過ごせると思った。

雑誌の束を六つ作った。疲れたので床に座り込んで、テレビを見た。天気予報をやっていた。明日は暖かい空気が流れ込み、五月上旬並みの気温に上昇しそうです。大陸から風が吹いてきて、日本列島にかかる雲の白い塊は少しずつ東の海の上へと移動していった。日本列島がくっきりと映っていた。海も見渡せた。雲がない場所が、あんなに広いなんて。

テレビも捨てようか、と思った。亮平も全然見ないテレビを一応持っているし、これはもう捨ててしまったほうがいいのかもしれない。わたしは立って、テレビに手を載せた。熱かった。側面から音と熱風が流れ出していた。短いニュースは終わった。アナウンサーが頭を下げた。どこかのビルの屋上にあるカメラが、夜の街を映し出した。高層ビルの角についた赤いランプが点灯していた。その点滅は呼吸するみたいな速さだった。

開けていた窓の外の暗いところから、ぬるい風が部屋に入ってきた。微かに音楽が聞こえた。ベランダの手すりに、小さななにかが当たった音がした。二つ。三つ。雨粒が落ちてきたみたいな、音だった。

振り返ると、テレビが消えていた。足の下で、リモコンが割れていた。窓を閉めた。鍵も閉めた。玄関も閉めなければ、と思って確かめに行った。鍵は閉まっていた。ドアを叩く音がした。

「さあちゃん」

知っている声だった。鍵を、手で押さえた。スチールは冷たかった。もう片方の手が、スコープを押さえた。手を近づけるとき、掌の真ん中に、丸い小さな光が映ったのが、一瞬見えた。

「さあちゃん」

もう一度、聞こえた。触っているドアが、温かくなってきた。自分の温度が移っているだけ、と思った。だけど、もしかしたら、外側から温度が上がっているのかもしれない。

「さあちゃんが手を振ってた。だから会いにきた」

わたしは、自分が何も迷っていないことを、とっくに知っていた。鍵を触った。ことん、と鉄が移動して衝突する音が響いた。ドアを開けた。麦がいた。昼にテレビで見たのと同じ、痩せた顔。わたしは、聞いた。

「これから、どこに行くの？」

「白浜」

「和歌山の？」

「車乗せてってもらえるから、だいじょうぶだよ」

「うん」

わたしは麦に飛びついて首のところに両腕を回した。細い体。わたしの背中を抱える長い腕。麦だった。

長いあいだ、待っていた。

とりあえずの荷物を鞄に突っ込んだ。五分もかからなかった。コンビニも電器屋も洋服屋も日本中にたくさんあるとわかっていたから心配なかった。麦はそのあいだ、外の廊下から空を見上げていた。それから、歌を歌っていた。たぶんわたしの知ってる歌。

アパートの階段を下りると、白いワゴン車が停まっていた。電気工事にでも行くみたいな車だった。室内灯がついていた。

「こんばんは」

助手席の女の人が、窓を開けて言った。ほとんど金髪に近い茶色の髪の下からのぞく三白眼《さんぱくがん》が、わたしの全体を確かめるように見た。

「こんばんは」

とわたしは笑顔で返した。女の人の向こうの運転席から、四角い顔じゅう髭で覆われた男の人が覗いた。わたしはその人が映画監督だと知っていた。テレビで見たことがあったから。その人が言った。

「こんばんは。うしろ、乗って。狭いけど」

最後列の座席はたたんであって、段ボール箱や大きな袋が積んであった。ベランダで聞こえた音楽が、小さな空間に響いていた。わたしのうしろから階段を下りてきた麦が、先に乗り込んでシートの上にあった荷物をどけた。わたしはそこに座った。勢いをつけてドアを閉めた。スライドドアが滑る音は、とても気持ちのいい音だった。

「よろしくお願いします」

わたしは言った。

「なんか食べに行かない？　とりあえず」

女の人は、道路地図を広げて見ていた。

「はいはい」

と言いながら男の人は車を動かした。緑道を過ぎて見慣れた角を曲がり、坂を下ってマヤちゃんのマンションの前を通った。半蔵さんの部屋は明かりがついていなかった。マヤちゃんの部屋は道路からは見えなかった。

「道が狭くて難しい。おもしろい街」

麦が言った。

「うん」

とわたしは答えた。自慢したい気持ちだった。開けたままの窓から、風が吹き込んできた。風に向かって掌を広げると、水流をつかむような感触がした。麦にもたれかかると、麦の冷たい手がわたしの顔に触った。

「麦、明日、仕事は休みなん?」

「辞めた」

目の前で、麦は笑っていた。懐かしい、という気持ちを、今初めてわかった、と思った。

亮平から電話がかかってきたので、謝った。

巨大なサービスエリアは、テレビで見たことがある場所だった。夜なのに人がたくさんいた。花見の続きみたいだと思った。明るかった。ひとみさんは、金色に近い髪をクリップで留めてから、肉団子の入ったラーメンを食べ始めた。

「わたしさー、ほんとは外国行きたいんだよね」

フード付きの分厚いスウェットの胸には、虎の顔が描いてあった。わたしは担々麵《たんたんめん》の辛いスープをすくった。

「どこの国ですか?」

「寒くなかったらどこでもいいよ。あと、晴れてるとこ」

「ああ」

わたしはその気持ちがとてもよくわかった。だから、明日は晴れだろうと思った。ひとみさんと雄吉さんの目的地は鹿児島だった。雄吉さんは最初に麦が出演した映画を作った人で、雄吉さんが建てた小さな家が鹿児島にあって、雄吉さんとひとみさんはそこで二人で暮らすのだった。さっきデジカメのモニターで写真を見せてもらった。緑の草地がずっと広がっている場所で、遠くに山があった。いいところに決まっていた。ひとみさんは全然笑わない人だった。

「そこの国の料理覚えて、近所の人には日本の食べ物教えて、五年ぐらいしたら飽きると思うから帰ってきて店やる。覚えてきた料理出すんだよ。いい考えだと思うな」

「じゃあ、まだあんまりメジャーじゃなくて、でもほどほどに知名度はあって、しかも料理がおいしい国がいいですね」

「知ってる？　そういうとこ」

上目遣いにひとみさんに見られて、わたしは少し緊張した。高くて仕切りのない空間に人の声が反響して、実際の人数よりもたくさんいるような感じがした。

「えーっと。……今まではどこに行ったんですか？」

「ない。本州からも、出たことない」

「え、修学旅行とかもですか？」

「休んだし。いじめられてたから」

「九州行くんでしょう？」

「海峡、っていい響きだよなー」

ひとみさんは肘をついて面倒そうな動作で耳のあたりをその上に載せ、もう片方の手で携帯を開けて閉じた。そのまま、横目にわたしのほうを見た。うしろに、雄吉さんが肉まんとアジのフライを持って戻ってきていた。

「それちょうだい」

「食い過ぎだろ」

雄吉さんは愛想のいい笑顔で、わたしたちに食べ物を差し出し、ひとみさんの横に座って牛丼を食べ始めた。麺をひたすら食べるわたしに、雄吉さんが言った。

「疲れてないっすか」

「全然」

「そりゃよかった」

雄吉さんがよかったと言ったから、このまま車に乗せてもらっていいんだと思った。暗い外から、麦が入ってくるのが見えた。距離があっても自分がすぐに麦を見つけられるのがうれしかった。

「春って、寒いな」

麦が肩をすくめると、緑色のウインドブレーカーの皺に天井の明るすぎるライトで光の波模様ができて、消えた。

「おまえもなんか食っとけよ」

雄吉さんがアジフライを差し出したけど、麦はアイスクリームを取って食べた。ピンク色のアイスクリームで、麦に似合っていると思った。

隣に向かい合って座っている四人家族が、サプライズの誕生日パーティーを始めた。父親が、今の瞬間ちょうど四十歳になったらしかった。

あの人わたしと同い年だ、とひとみさんが言った。

深夜バスが並んで停車していた。縞々のハイソックスをはいた女の子が、大阪行きのバスに乗り込んだ。前に岡崎とバンドをやっていた女の子だった。名前がわからないから声をかけられなかった。

紫色の光が、夜の道を照らしていた。

麦にもたれて眠った。眠っているあいだにいなくならないように、麦の親指を握っていた。麦はずっと起きていた。

夜と朝は境目があって、その境目を越えると明るくなるのはとても速くて、わたしたちが乗っている車のスピードも速くなった気がした。もっと速い大型トラックが近づいてきて、わたしたちの車を揺らして、ずっと先へ遠ざかっていった。トンネルの合間には谷の集落が見え、まだ空っぽの田んぼが広がっていた。山と人家の境目や畑のあいだの道に、桜が咲いていた。桜はたいていまとまって植わっていて、朝の青くてほの暗い光の中でそこだけが白くて空白みたいに見えた。

太陽の光が直接届くところに、わたしは目が覚めた。

「眩しい」

麦はずっと外を見ていた。

「朝日が昇るのって、始まりじゃなくて終わりっていう感じがする」

麦の横顔を、縁を辿るようにずっと見ていた。懐かしい顔。よく知っている声。わたしは麦とこうしていっしょにどこかに行けるって、たぶんずっと思っていた。

運転席から雄吉さんが言った。

「どっちでも同じだよ」

ひとみさんは眠っていた。


天王寺の駅の手前で車は停まった。ドアを開けると、冷えた新しい空気が流れ込んできた。まっすぐな道を走る車はまだ少なくて、植え込みの前で鳩が鳴いていた。カラスじゃなくて鳩だったから、東京じゃなくて大阪にいるんだと思った。

「ほんとにここでいいの？」

助手席から身を乗り出して、ひとみさんがわたしたちを見た。少しむくんだ顔で、とうとう一回も笑ったところを見ていない、と思った。

「ゆうさん、ありがとう」

麦が言って、わたしの背中を押した。うしろを開けてもらい、荷物を下ろし始めた。

「ちょっと」

ひとみさんが手招きしたので、ドアに近づいた。全開の窓に腕を載せて、ひとみさんはわたしに囁いた。

「こういうときは、過去を振り返らないこと」

伸びてきた右手が、わたしの腕をつかんだ。ひとみさんの目は、ほとんどわたしをにらみつけていた。

「うしろを向いたらそこで終わりだよ。だから、歩き続けて」

「ありがとう。着いたらメールで写真送りますね。今度、鹿児島まで遊びに行きます」

「わたしたちが辿り着けたらね」

わたしの腕を離し、ひとみさんはどさっとシートにもたれた。眠そうな目で大きく欠伸をした。


麦が切符を買いに行くので、わたしは宝くじ売り場の前の柱のところで待っていることにした。

「これ、見てて」

麦が、段ボール箱と鞄を積んだキャリーの持ち手を、わたしに握らせた。

「誰も開けたり触ったりしないように」

「うん」

麦の段ボール箱は、岡崎家のアパートの部屋にあったのと同じ、みかんの絵が描いてあった。同じ箱に見えたが、真新しかった。蓋はテープで留められたりはしていなくて、互い違いに組み合わされて閉まっていた。箱のすぐ前に、子どもが立っているのに気づいた。

「宝くじ当たったことある？」

男の子は、宝くじ売り場の窓口に届かないくらいの身長だった。

「ない」

「運悪いんや」

「すべてが思い通りに運んでる、今」

わたしは自分の声に自分で頷いた。男の子は宝くじ売り場に並んでいた母親のほうへ走っていった。母親は札束のようにたくさんの宝くじを買っていた。

浅葱《あさぎ》色と瑠璃《るり》色のとても爽やかな色合いの特急列車に乗った。中も浅葱色だったらよかったのに違った。窓際には麦が座った。

「麦、どこにいたの？」

「いろんな場所」

麦は窓の外の遠いところへ視線を向けたまま、言った。

「遠くて広くて、終わりがない感じがした」

「麦がそう思ったの、知ってたからいい」

何日か前、夜中にテレビをつけたら、麦が「中国に行ったとき、すごく広かったんだ。遠くて広くて、終わりがない感じがした。突き当たりが見えない場所に立ってたら、このままここにいようかな、って思った。それもいいかもな、って思って。それから列車に乗って、もっと離れた街まで行って」と話していた。それは麦が最初に出た映画だった。麦は中国から帰ってきて別れた恋人を捜している写真家の役だった。セリフだったけど、麦が自分の気持ちを話しているって、わたしにはわかった。あの映画には雄吉さんもひとみさんもワンシーンだけ出演していた。三人で古いアパートで酒を飲んでいた。いい場面だった。

「麦」

わたしは名前を呼んでみた。

「海って見える?」

麦は、灰色の建物で埋め尽くされた街を眺めていた。

右側に海が見えた。左側には山が見えた。山は深緑のところと黄緑色のところがつぎはぎしたみたいになっていた。

「全部の木から葉っぱが生えてる」

麦はつぶやいた。後頭部がしびれてくるみたいに眠かったが、眠りたくなかった。だからずっと麦を見ていた。

曇っていた。

麦は「麦」と名づけた父親のほうの祖母の家が残っているから白浜に行くと言ったが、正確には白浜の近くの場所だった。大阪から、新幹線で東京に行く時間よりももう少し時間がかかって、花の名前がついた駅で降りた。

誰もいない駅を出て、誰もいないロータリーというか空き地を抜けた。五分も歩くと、両側から山が迫ってきて、狭い谷筋の中心を通る道になった。青い瓦屋根の家がいくつか見えたけど、人も車も通らなかった。麦が引っ張る荷物のキャスターの音が粗い舗装の道に反響して、谷の全体にこだましているみたいだった。山の斜面には、均等な間隔で木が植えられていた。低い木で、新しい枝が空に向かってびゅうっと伸びていた。

「あれって、なんていう木?」

麦が聞いた。わたしは答えた。

「梅」

白い花だったのか紅い花だったのかと思って、次に、梅干しの梅ができる木は何色の花が咲くのか自分が知らないことに気づいた。そんなことも知らなかったなんて、自分に驚いた。ウグイスの鳴き声が響き、川面《かわも》は見えないけれど水が流れる音も聞こえてきた。緩《ゆる》やかな坂を上りきると、目の前に薄桃色が広がった。小さな花をたくさんつけた木々がずらっと並んでいた。背の低いその木々からは、薄桃色の花びらが風が吹くたびにこっちへ舞ってきた。

「桜が、降ってる」

麦が言った。わたしは掌に載った小さな桃色の花びらを見つめた。

「違う。これは桃」

「桃って、いつになったら食えるの」

桃林のあいだの、草が踏み分けられた道を進んだ。

「七月かな」

「七月。七月は夏」

とても静かだった。


雑草が茂った空き地の向こうに、目的地の家があった。焼け落ちて、真っ黒になった柱と梁《はり》が残っていた。

空き地の隣の畑から、おばさんがこっちに向かって歩いてきた。

「あの、あそこの家って」

わたしは、黒い塊を指差して聞いた。

「火事なってよー。放火らしいわ。怖いなあ、こんなとこで」

おばさんは、やさしく穏やかな声で言った。

「あんたらも、気ぃつけないかんよ」

そしてわたしたちにチョコレートをくれた。

焼け跡に近づいても、焦げたにおいが全然しないのが不思議だった。草と水と土のにおいがした。

家だった木は真っ黒になって鱗《うろこ》模様ができていた。カラスの羽みたいに青く光っていた。麦は、炭になった木の破片を拾い上げた。

「どうしようか」

指に黒い煤《すす》がついた。

わたしは言った。言わなければ、と思った。

「だいじょうぶ。なんとかなるから」

誰もいない駅で列車を待っているとき、携帯電話にメールが届いた。はっしーからだった。

「もう連絡しなくていいです」

それだけ書いてあった。ほとんど同時に、マヤちゃんからもメールが来た。まったく同じ文面だったので、はっしーとマヤちゃんは会って話し合ったんだろうと思った。

線路脇のシロツメクサの群生の上を、小さな黄色い蝶がひらひらと飛び回っていた。

麦は線路に下り、一羽の蝶を両手で囲んだ。手を離すと、蝶はまた飛び始めた。


大阪に向かう特急列車からは、海に沈む夕陽が見えた。

新大阪駅の待ち合いスペースにはまだ人が多かった。雄吉さんとひとみさんを追いかけて鹿児島に行くことにした。電話したら、雄吉さんとひとみさんは部屋はあるからいつでもおいで、と言ってくれた。わたしと麦は今日中には辿り着けないけど、行けるところまで行くつもりだった。博多行きの最終ののぞみの切符を買った。列車が到着するたびに、入れ替わり立ち替わりする人たちの騒々しさに反対の耳を押さえながら、わたしは携帯電話の向こうの春代の声を聞いていた。

「わたしは、麦くんに会ったほうが気持ちの区切りがつくと思ってん。だから、大阪に帰る前に会って終わりにしたほうがいいって」

「わたしも、そう思ってた。昨日は」

昨日は、と言ってから、ほんとうに昨日だったんだろうか、と思った。まだ麦に会っていなかった、あのとき。そこからもう長い時間が経った気がした。全身がだるかった。ずっと乗り物に乗っているだけなのに疲れるのはどうしてなんだろう、と速い乗り物に乗るといつも思う。隣には疲れ切った様子の親子連れがいて、男の子のリュックには黄色いメガホンが刺さっていた。春代がどこでしゃべっているのか、見えないからわからなかった。

「だって、もう十年も前のことやん」春代が言った。

「十年?」

「うん。わたしあのとき十九やったもん」

「今、何歳?」

「二十八。あさちゃんは三十一」

「三十一……」

「あのさ、あさちゃん」

　春代の呼吸が聞こえた。きっと、しっかり聞いておかなければならないことを言うのだと思った。

「わたし、怒ってる。亮平くんのこと好きやし。あさちゃん、最低やと思う。だから、しゃべったりするのこれが最後」

「わかった」

　春代が、じゃあね、と言って電話は切れた。携帯電話の画面に、留守電ありの表示が出た。聞いてみると岡崎からで、久しぶり元気、めっちゃびっくりしてんけど麦から電話あって住所教えました、と入っていた。電話を閉じて鞄に仕舞った。見上げると、天井から下がっているモニター画面の列車の表示が一つずつ繰り上がった。いちばん上にあった列車は消えた。出発した。振り返ると、麦が戻ってきた。ちゃんと麦が帰ってきたので、泣きたいくらいうれしかった。麦はお茶のペットボトルを差し出した。温かかった。

「用事、終わった？」

「終わった」

　わたしは答えた。麦は人が減り始めた改札のほうを見ていた。

「夜の列車って、すごい遠くに行けるような感じがするな」
「けっこう遠いとこに行くよ」
「遠いも近いも、あんまり変わらないけどな。行こうと思って行けるんだったら」
「うん」

麦が手を差し出した。わたしはその腕をつかんで立ち上がった。改札の近くの台には警官がずっと立っていた。何時間も動かないでいられるなんて、なんて忍耐強いんだろうと思った。感動的だった。何人もの人が引きずるキャリーバッグのキャスターの音が重なって、大きな塊みたいな音になって響いていた。

新神戸を過ぎると、麦は眠ってしまった。電池がなくなったみたいに眠った。わたしは麦の髪や手を、ずっと撫でていた。

山陽新幹線はトンネルが多かった。もう夜だったからそれでもよかった。

車内販売のワゴンが行ったり来たりしていた。出入口の上の電光掲示板には、天気予報が流れた。明日も曇りだった。

車体が風を切って進む音が、静かな車内にずっと聞こえていた。携帯電話が振動した。開いた。春代からメールが来ていた。タイトルも本文もなく、画像が二枚添付されていた。プリントした写真を携帯電話のカメラで撮影したもののようで、端のほうは光が反射して白く飛んでいた。横向きの写真だったので、携帯電話を横に向けた。一枚目は、春代とわたしがピンクのふさふさした物体を持ってポーズをとっている写真だった。うしろには、鉄骨を組んだステージと真っ黄色の銀杏と校舎が写っていた。もう一枚を、見た。右半分は岡崎の顔が占めていた。目も口も大きく開けておどけているがカメラに近寄りすぎてぼけていた。その左側で、わたしと麦がステージの端にもたれていた。麦、と思った。十年前の麦は、こっちを見ていた。中途半端な長さの髪。その先の跳ねた感じ。画像を拡大した。よく着ていた緑色のパーカ。見覚えのあるTシャツ。うっすらと微笑んでいるみたいな、麦の顔。薄い唇、一重が途中から二重になる目。まっすぐな眉。何度も思い返したはずのその形が、全部そこにあった。ひたすらその顔を見つめた。ゆっくりと、十年ぶりに見た麦の顔がわたしの中に入り込んできた。

わたしは、見た。懐かしい麦の顔と、それを隣でじっと見つめている自分の顔と。十年前のわたしと今のわたしが、同時に麦を見ていた。うしろの黄色い銀杏は、葉を散らせている途中だった。黄色い葉が、空中で静止していた。

新幹線の中じゃなくて、他に誰もいなければ、わたしは声を上げていたと思う。違う。似ていない。この人、亮平じゃない。

隣の座席で眠っている麦を見た。

亮平じゃないやん！　この人。

その瞬間、のぞみはトンネルに突入した。暗闇を背景に鏡となった窓ガラスに映ったわたしを、わたしは見た。そのわたしも、写真のわたしとは、違う顔だった。頬や顎の下にできた影は、トンネルの暗い壁と混ざり合っていた。自分がこんな顔をしていたなんて、知らなかった。

空気銃のように空気の塊を押し出して、のぞみはトンネルの外へ出た。まばらな家と道路の光が、ガラスに映ったわたしと麦に重なった。

麦の頬に、手を当てた。

「ごめんね。麦」

麦の足下のみかん箱の蓋を、そうっと引っ張った。麦はなんの反応もなく、穏やかな顔で眠っていた。ゆっくりと蓋の角度を変えていくと、ビニールの包みが見えた。さらに開くと、段ボール箱の中にいろんな種類のパンが詰まっているのが見えた。わたしは手を止めて、しばらく箱の中の暗闇を見つめていた。それから、手前から順番に袋を引っ張り出して、鞄に入るだけそのパンを詰め込んだ。この先、食べ物が必要だと思ったから。

岡山駅でのぞみを降りた。窓にもたれて眠ったままの麦を、長い長いプラットフォームで見送った。

七月十二日。東京で朝だったから、蟬はまだ鳴いていなかった。四階にいた。ベランダに黒い影が映った。慌てて立ち上がった。空中を移動するその塊に視線を合わせると、頭も首も羽も脚も長い白灰色の鳥がゆっくりと横切っていった。二度羽ばたき、高度を維持して、家やマンションの詰まった、だけど飛び抜けて高い建物がなくて見通しのよい世田谷の街の上を滑空していた。重い灰色の、不穏な曇り空の下で、長いくちばしがまっすぐ前方を指していた。そのくちばしの先端からしっぽの終わりまでは一メートルはあった。蒼鷺《あおさぎ》は左のほうへ滑空し、それから円を描いて方向を変え数度羽ばたくと右へ飛び続けた。それからあとは滑空するだけで、遠くまで飛んでいった。一メートルはある蒼鷺は、遠く離れてもはっきりと姿が見えた。ずっとずっと先の、緑の塊が小さく見えるあたりで、姿が消えた。そこは、三か月前までわたしが住んでいた場所だと思った。あの部屋には、今はだれもいない。

「あんた、いつまでいるの」

振り返ると、いつのまにかひとみさんが帰ってきていた。鞄を放り投げると、ソファに倒れ込んだ。わたしはベランダの網戸を閉め、床に座った。部屋の中は蒸し暑く、

「さっき、すごいもの見たんですよ」

ソファにうつぶせで転がっていたひとみさんは、面倒そうに顔だけこっちに向けた。

「大きい鳥」

わたしははしゃいだ声で言ったけど、ひとみさんが何も言わないで目を閉じたから、黙った。目を閉じたまま、ひとみさんが言った。

「ここから駅の向こうに出て、ずうっとまっすぐ十分ぐらい行ったところに公園があるの知ってる？」

「いいえ」

「すごく広いとかアスレチックがあるとかじゃなくて、池があって周りに木が生えてるだけなんだけど。木蓮と桜と紫陽花《あじさい》と百日紅《さるすべり》と金木犀《きんもくせい》と椿があるんだよ。すごくない？」

「一年中、なんか咲いてますね」

「朝子って話が通じるね」


台所のシンクに積んであった食器が崩れた。割れるほどではなかった。

「その公園、すごい大きい榎《えのき》もあるし。で、横にマンションがあるんだけど、三階建てで古いやつ。そういうとこに住みたいなあ」

仰向けに転がったひとみさんのパーカのポケットで携帯電話が鳴った。ひとみさんは、取り出して親指で開いて画面を確認すると、開いたままローテーブルの上に放り出した。覗くと、緑色の山の前に山羊がいる画像が表示されていた。雄吉さんは一人でそこにいる。

「恋とかって、勘違いを信じ切れるかどうかだよね」

ひとみさんはつぶやいて目を閉じた。だけど、まだ迷っていることを、わたしは知っていた。わたしは立ち上がり、流しの食器を洗い始めた。ひとみさんの声が聞こえた。

「窓、閉めないと」

風が冷たい気がしていた。ひとみさんは窓を閉めた。水道を止め、わたしはひとみさんの横に並んで外を見た。黄緑色を暗くした、変な色の雲が空を覆っていた。突風が吹いた。向かいのマンションのベランダに置いてあったなにかが飛んでいった。大きな雨粒が叩きつけるように大量に落ちてきた。高度を上げようとした燕《つばめ》が、風に煽《あお》られて地面のほうへと戻された。視界は真っ白に変わり、向かいの建物さえ見えなくなった。

「自然の驚異だねえ」

ひとみさんは、うっとりと外を見つめていた。叩きつける雨と風で、マンションの壁から唸《うな》り声みたいな音が響いてきた。真っ白い塊に包まれて、わたしはひとみさんと二人きりでこの薄暗い部屋に取り残されてもう誰にも会えない気持ちがした。でも、それはほんの十分ほどのことだった。白い塊の向こうにうっすら建物が見える、と思ったらその影はみるみるうちにくっきり色づいてきて、雨は止んだ。

「もう終わりか」

「あそこの人、最悪ですね」

向かいの建物の裏側にあるアパ!トのベランダで洗濯物がぐちゃぐちゃになって手すりに貼り付いているのが見えた。窓を開けると、冷たい水みたいな感触の空気が部屋に入ってきた。空が光り、雷が鳴った。ひとみさんが言った。

「まだうちにいるつもり?」


八月になった。

ひとみさんの部屋から南へひたすらまっすぐ歩いていくと、わたしが四月まで住んでいたアパートだったから、わたしは南に向かって歩いた。緑道のところまで来て、曲がると、緑道を歩いている二人の姿を見つけた。

「亮平」

わたしは、精一杯、呼んだ。亮平は振り返った。

「まじ?」

亮平は立ち止まって、こっちを向いた。その腕に腕を巻き付けていた千花ちゃんは、ぎゃっ、と叫んだ。わたしは亮平のほうへ、三歩近寄った。

「わたし、亮平を探してた。会ったら、好きって言おうと思ってた。だから今言う。亮平、わたし亮平といっしょにいたい」

　亮平は黙って、わたしを見ていた。少し髪が伸びていた。今日も赤いTシャツが似合っていた。千花ちゃんは、こっちに向き直って叫んだ。

「どっからそんな言葉が出てくるんよ。あんた、自分がなにやったかわかってんの？　そんな都合のええ話、あるわけないやろ」

「ちょっと離れててくれへん。亮平にだいじな話があるから」

「なに言うてんの？　亮平くんは今、わたしとおるんやで。見たらわかるやろ」

「それは亮平と千花ちゃんとのことで、わたしと亮平のあいだのことには関係ない」

「なにそれ！」

　千花ちゃんは足下の石を拾ってわたしのほうへ投げたが、よけたので当たらなかった。千花ちゃんは呼吸を整え、今度は低い明確な声で言った。

「三十過ぎて友だちも仕事も家もないくせに」

「それはわたしの問題やからなんとかします。五分でいいから、どっか行っててよ」

「最低」

　二年ぶりに見た千花ちゃんは、少し痩せて大人びていた。オレンジのグロスを塗った唇が、きれいだった。ふさふさした犬を連れた女の人が、わたしたちをじいっと見ながら通り過ぎた。

「亮平」

わたしはもう一度名前を呼んだ。名前を呼ぶだけで、心が満たされていった。もっと、何度でも呼びたかった。


雲の色が変わり、黄色と灰色の混ざったような薄暗い光で街が覆われ始めた。


「行こうよ、亮平くん」

千花ちゃんが亮平の腕をつかんで強くひっぱった。細い手首で、金色のバングルが光っていた。突っ立っていた亮平が、言った。

「ちょっと、先行ってて」

亮平の声。聞けてうれしかった。千花ちゃんは、元々大きな目を見開いて、亮平を見上げた。それから、わたしと、交互に見て、亮平の腕を投げつけるみたいに離した。

「なにそれ？　あんたら、気持ち悪いわ。最悪」

緑道は自転車の通行は禁止なのに、わたしのうしろから黄色い自転車が現れた。坊主頭の若い男の子が乗っていた。わたしたちのあいだで停まって、自転車に乗ったまま千花ちゃんをじっと見た。ハーフパンツの下の脚には、ポパイの刺青《いれずみ》が入っていた。

両側に並ぶ木のあいだに吹いてくる風が、急に冷たくなった感じがした。ポパイの男は、口笛を吹き始めた。口笛はとてもじょうずだった。聞いたことのある曲、と思った。自転車に乗ったならず者のために「雨粒がぼくの頭に降り続けてる」と歌う歌だった。千花ちゃんは、言った。

「どこがええのよ」

ちょっとぼんやりしていた亮平は、ふと気づいたという感じでわたしを見て、答えた。

「たぶん、顔？　目が、離れてて……」

知らなかったので驚いた。だけど、いいと思ってくれてるんだったらどの部分でも構わなかった。どの部分かなんて、そんなにだいじなことじゃないと思った。亮平の答えを聞いて、千花ちゃんはわたしのほうに近づいてきて、言った。

「普通の顔やん」

千花ちゃんは形のいい耳たぶで光っているピアスを確かめるように自分で触って、さらに言った。

「あほちゃう」

そして、わたしの顔をまっすぐに見て、ゆっくりと言葉を発した。

「あんたみたいな人がいちばん嫌い。弱そうにして、自分ではなんもせえへんくせに、誰にでもええ顔して取り入って、気持ち悪い。この先も、絶対に嫌い」

「そう思うのは、仕方ない」

「嫌い」

もう一度言ってから、千花ちゃんは、黄色い自転車の荷台に横向きに乗って、ポパイ刺青男の腰に腕を回した。

「行こう、げんちゃん」

「飯食う？」

「うん。おなか空いた」

「雷鳴ってるな」

二人は、蛇行した川を埋め立てたから蛇行している道を、ゆっくり自転車で走っていった。

わたしは、亮平に言った。

「会いたかった」

まだ、二メートルくらい離れていた。亮平は右手で首を掻き、少し考えてから言った。

「おれはもう、会いたくない」

わたしのすぐ横を通り過ぎた亮平は、赤信号を無視して横断歩道を渡った。そして振り向かないで歩いていった。やっぱり風が冷たい、と思ったので、いちばん近いコンビニエンスストアに避難した。一分後、大きな雨粒が叩きつけるように大量に落ちてきた。川のように水が流れるアスファルトの上を風にあおられた段ボール箱が転がっていった。正面の建物の壁も水が流れる場所に変わっていた。ごうごうと迫ってくる音が、風なのか水なのか区別はできなかった。悲鳴が聞こえたが、遠いのか近いのかわからなかった。

ほんの十五分ほどのことだった。コンビニエンスストアのドアに近づくと、透明のガラス板は自動的に左右に開いた。なにかの始まりみたいだった。雨が降ったから空気がきれいだった。わたしは緑道に向かって歩いた。あちこちに潰れたビニール傘が放置されていた。透明と白と銀からできた物体は、新しい形に変わろうとしていた。

短い横断歩道の向こう側に、亮平が立っていた。停電して信号機の光は消えていた。緑道は泥の川になったのち、流れは途絶えて巨大な水たまりが残っていた。

「なにしてんねん」

わたしに気づいて、亮平は言った。

「なにしに来てん」

今度は怒鳴るみたいな大きな声だった。わたしも言い返した。

「亮平に会いに来たって言うてるやん。亮平がこんなとこ歩いてるから会うんやん」

「そこに住んでるから。朝子が住んでたアパートの裏の家。梅の木がある、あの家」

「いつから」

「いつでもええやろ。あの家、ちょうどええねん」

亮平は無愛想に言ったあと、ちょっと考えるような顔をしてから、

「先週」

と教えてくれた。亮平ってやさしいと思った。だけど、わたしはもうそのやさしさに甘えたりはしない。そう決めて来た。わたしは、自分が五年間住んだ部屋の裏にあった家のことを思い出そうとした。壁の焦げ茶色だけ鮮明で形は適当だった。だけど、亮平が良いと言うならいい家なんだと思った。緑道沿いの家の二階の窓が開いた。手だけが出てきて、外の空気を確かめるようにひらひら動いて引っ込んだ。テレビの音がした。またニュースだろうと思った。急な豪雨の新しい呼び名を、何度も使うのだろうと思った。

「わたしもいっしょに住む」

できるだけ大きい声で言った。

自分の声を、耳でもちゃんと聞くことができた。亮平のスニーカーには泥が付いていた。赤い、亮平の好きな靴だった。

「自分がなに言うてるかわかってんのか」

「わかってなかったら、言わへんって」

繰り返し言うのが面倒になってきた。だけど、そんな気持ちに負けてはいけないと思った。努力した。

「なんでもええから、亮平が、いっしょにいてくれたらそれでいい」

近寄ってみた。亮平は動かなかった。すぐ前まで近づいた。だいじょうぶそうだったので、手を触った。しっかりした硬い筋肉の付いた腕。日に焼けていた。どこかに遊びに行ったのかもしれない。八月だから。もう片方の手も触った。触った手を、亮平はじっと見ていた。拒まないように思われたので、抱きしめてみた。乾いたTシャツに、自分の顔を押し当てた。

「おれは、おまえのこと信じてない」

亮平の声が、頭の上の、すぐそばで聞こえた。

「いなくなるって、思ってた。実際、だいぶ最悪やしな」

わたしは聞いた。

「今も？」

「たぶん」

努力しようと思った。わたしは亮平から離れて、顔を見た。とてもよく知っている顔だった。

「会いに来た」

わたしは告げた。

「亮平に、会おうと思って、ここに来た。もとの場所に戻ったら、会えると思った」

亮平はしばらく、わたしの顔や木や空や道を見ていた。木から水滴がバラバラと落ちて、また泥水が跳ねた。乾き始めた土に水は吸い込まれていった。葉も泥も鉄も、鮮やかな色だった。どんどん濃い色になっていって止まらないんじゃないかと思うほど、明るくて深い色になっていた。

　亮平が言った。

「さっきの歌、なんやったけ？」

「雨粒がぼくの頭に落ちてきてる歌」

　わたしはその歌を歌った。タイトルと同じ最初の部分以外歌詞がわからないので、適当に歌った。なんて言っているか知らないけど、好きな曲だからいいことを言っているんだろうと思った。近くの木の赤い花が、ぽんと音をたてて開いた。その向こうの家の柵にからまっている植物の黄色い花も、次々に咲いた。

　雨宿りしていたカラスが飛び立った。わたしが見上げるのよりも速いスピードで上昇し、数秒で二十メートルの高さに達した。建物から出てきた人たちが、最初に出会った人に大雨と突風のことを話す姿が、小さな黒い点のようになって、あっちにもこっちにも見えた。どこまでも埋め尽くす建物の屋根や屋上は濡れて、街の全体が水浸しになったように鈍く光っていた。積乱雲は北へ移動し、西にはもう雲の隙間ができた。隙間はどんどん大きくなり、やがて街を越えて海まで雲のない場所が広がっていった。

書き下ろし

小説　柴崎友香
×
マンガ　森泉岳士

同じ街の違う夜

歩いているとき、水の流れのようだと思うことがある。自分のことも、周りの人も、道路の車も。

宮益坂を谷の底へ下っていく水の流れだと、最初にこの道を歩いたときにも思ったことを、わたしははっきりと覚えていた。「渋谷」は文字通り谷底で、こんなにも地形を表した名前はない、と思ったことも。水の流れが止まる谷。そうしてそれが、この街に最初に来たときの、ほんとうに最初のわたしの記憶であり、しかし、なぜそこから歩き始めたのかは覚えていなかった。

おそらく誰かに会うためにわたしはこの道を歩いた。どこからどこへ？　それが思い出せない。

わたしは十年前から二年間、この街に住んでいた。ここから電車で十五分ほどの各駅停車しか停まらない駅の商店街の終わりのアパートに住んで、広告を作る会社で写真を撮る仕事をしていた。会社が縮小になってそこは辞め、京都に戻って似たような仕事をし、それから福岡に移って別の仕事をし、そこで知り合った人といっしょに暮らして新しい仕事を始めるために八年ぶりにこの街に住むことになった。

　頭上には、その最初の記憶と同じに、欅の緑の葉が茂っている。ビルとビルとに挟まれた、見上げると川のように細長い空を、緑色の何千枚、何万枚、もしかすると何億枚の葉が覆っている。風が吹くとその葉が鳴るのも、同じだった。最初の記憶と。

　ただし、最初の記憶は真昼で、今は夜だった。空は深い海のような色でゆっくり流れる雲は地上の光を鈍く反射している。欅の新緑は街灯に照らされて、プラスティックの造花のようで、人工的という形容はあまりよい意味では使われないが、わたしはこの嘘のような黄緑色が好きだ。

　生ぬるい空気はまとわりつく水に似ていて、わたしはそれをかきわけるように歩く。谷の底へ向かって下る坂はなかなかに急で、下へ向かって引っぱられるようにわたしは歩く。重力、と思う。だから、自分を水のように感じるのだろう。今も、十年前のそのときも。

　それからもう一つ、最後にこの道を歩いたときがいつだったかもわからないが、そのときと違うのは、大きな建物がなくなっていることで、白い板に囲われたその向こうは見えない。

　昨日、Nから来たメールにその場所のことが書いてあった。

　あのビルが日本で最初の分譲マンションだとは全然知らへんかった。だいたいそんなに古いようには見えなかった。古いのは古くて、階段の曲線とか集合ポストとかのちゃんとデザインされた形も時代を感じさせるものではあったけど、一九五三年？　そんな前には思えへんかった。そんなん、戦争が終わってから十年も経ってないころで、ああいうコンクリートの高層ビルというのはもっとあとの時期にできたものだと思い込んでいたからかもしれない。東京はほかとは違う時間が流れてるっていうことか。今も、前も。それで、ぼくがそのビルに入ったのは、東京に引っ越す部屋を探していて不動産屋がそこに入ってたからやった。

不動産屋で担当になったのは若い男で、ぼくと同い年ぐらいに見えて、名前も少し似ていた。不動産会社のロゴの入った自動車で祐天寺か碑文谷のあたりへ部屋を見に行った帰り、どこかで渋滞に巻き込まれて全然動かなくなり、それがどのあたりやったかはそのときは東京の道を全然知らんかったからわからないけど、狭い車内で男二人で気詰まりだったのか、そいつが妙に早口でしゃべり続けてたのを覚えてる。この辺にモデルの誰が住んでる、前に俳優の誰を案内したことがある、とか、個人情報をしゃべり出し、今、週刊誌なんかで奇行が話題になっている女優は実家から出てきたお父さんが一緒に来ていてドラマのイメージと違って庶民的でいい人で部屋が決まったときにチョコレートをくれた、と言っていたから、ぼくもそのあとその女優のことをいい人やとずっと思ってて。話が逸れたけど、その不動産屋がそのビルの二階か三階に入ってたはずで、階段や入口は細かくはっきりした記憶があるのに、その不動産屋の中も外も全然思い出せないからなにか別のときのことと混ざっているのかもしれない。

手元の小さな液晶画面で、わたしはそのメールを読み返した。Nはわたしが住む前に、三年くらいこの街に住んでいて、そのあとはずっと外国にいる。青信号になったので横断歩道を渡って、大規模な建設工事が進行中の駅の横の狭い道を歩いた。東京の駅は、どこも、常に、工事中だ。この街に最初に来たときも、住んでいたときも、工事をしてなかったときはなくて、いつも仮通路、仮囲い、仮出口。途中の、仮の姿しかそこにはなくて、完成した本体を見ることは永遠にないんじゃないかと思えてくる。

高架下で立ち退いた店の暗さを眺めながら、なんとなく思い出した顔があった。

それは十年前に東京に引っ越してまもないときに狭いワンルームの部屋で夜中に目が覚めて、眠れなくなったのでつけたテレビで見た深夜ドラマだった。わたしはそのころにはテレビはあまり見なくなっていて、借りてきたＤＶＤなんかを再生するためのモニターでしかなかったのだが、もっと早い時間にやっている連続ドラマとは違う、フィルムの映画のような質感の映像で、路地を歩いている男の背中がなんとなく気になって、リモコンを握っていた手を止めて、そのまま見続けた。

彼は、知らない俳優だった。どこかで見たことがあるような顔にも思えたが、しばらく見ているうちに、今、初めて見る顔だとわかった。今。そのとき。ドラマは三十分ほどの短いもので、そして最終回で、彼が住宅街の細い川に架かる橋で人を待って

あいかわらず
空気が薄くて
呼吸が浅くなる
渋谷駅で降りると
きまってわたしは
眠くなる

いるところで終わった。

そのあと、ちょうどこのあたりを歩いていたときだった。交差点で見上げた先の巨大な看板に、彼の顔を見つけた。あの顔、とわたしはまず思った。あの人、ではなく、あ、あの顔、と。

それから、彼の顔はよく見かけた。雑誌のグラビアや電車の中の広告や、映画やドラマで。わたしは彼が出ている映画はすべて観に行き、ドラマも録画した。そんなふうに俳優に興味を持ったのはそれが初めてだった。わたしが深夜のテレビで彼を見つけて二年経って、彼は急に仕事をやめたらしく、そのあと一度もあの顔を見たことはない。時期がちょうど重なっていたせいか、住んでいたこの街とその俳優の顔は、わたしの中で結びついている。

この街を、川は緩やかに蛇行して流れている。谷底で、いくつもの川が出会う。速度の落ちた水流はぶつかり合って、澱んで、渦巻く。しかし、いつのまにか、離れて、また別の流れに乗っている。最初からそう決まっていたみたいに。目的地を見失った瞬間なんてないように、流れていって見えなくなる。

人がそんなふうに流れていくのが何度も何度も見られる交差点は、カメラに囲まれている。前もそうだったが、この世の全員が、二十四時間肌身離さずカメラを持ち続けているようになって、カメラの台数は増えた。何十倍、何百倍？

地下鉄の入口の屋根に上ってビデオカメラを構えている男。信号が変わってから変

なんでだか
いつも
膨れ上がった
巨大な
カエルの体内に
いるように感じる

わるまでの間に、交差点の真ん中へ走り出て寝転がって写真を撮って走って戻ってくる子供たち。この交差点を見下ろすスターバックスの窓際の席でも、井の頭線からの連絡通路でも、カメラを構えている。誰かがいつも。

これから会う、この街で暮らしていたころの友人に指定された店は、路地の奥にある。東京に来てすぐのころにも、わたしはその店にその友人と行ったことがあった。ビルが取り壊されて更地になった場所に挟まれて、数軒だけ小さな建物が残っているところで、周りは空洞なのに路地だけがあるのは奇妙な感じだった。そのいちばん奥の店だった。

あのときすでにいまにもそこも更地になりそうだったからあの店はとうになくなっただろうと思っていたので、送られてきたリンクをクリックして見覚えのある外観の画像が表示されたときに、そこはもうないんじゃないの、と、この街にいなかったわたしのほうが言いそうになり、その連絡から一週間経った今も、その店はなくて誰にも会えないんじゃないかと思いながら、ゆっくり流れる水に押されるみたいな心地で歩いていた。

街は形が変わっていた。なかった場所に、何本も高層ビルが生えて、伸びていた。空の形が、違っていた。

二年しか住んでいなかったのに、あまりにも鮮明に覚えていることに驚く。以前の風景をたとえば紙に描けと言われても絶対にできないのに、目の前の風景を見ると、

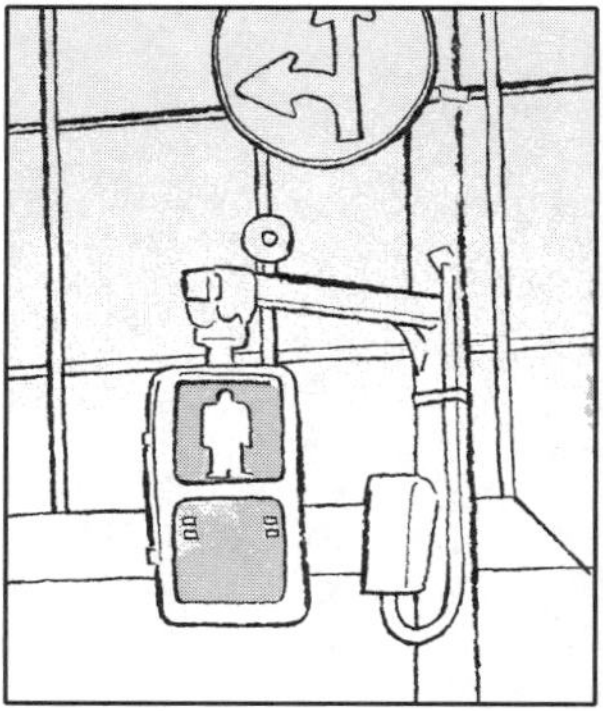

信号が
青に変わった

はっきり、違う、と思う。

ここだが、ここではない。

記憶の場所と答え合わせをするように右や左に現れる店を確かめ、狭く急な坂を上る。川だとしたらかなりの急流を遡上する魚、と思い浮かべる。わたしがここに来るずっと前からあった店はまだあり、新しい店はおそらく何度か入れ替わったあとだろう。

岩に足をかけるみたいに階段を上って、上りきった先には、なにもなかった。ないことが、わたしは信じられなかった。

先月一週間だけ帰国していたNのメールにも、ない、と書いてあって、信じられない、と書いてあって、それを予期して歩いて来たのに、そこにあった書店や劇場や洋服店やレストランの、わたしが行ったことのある場所がたくさん詰まっていた大きな建物がまるごと、なにもないことが、信じられなかった。そこはただの空気だった。透明な空気が、夜の空につながっていた。

記憶があまりにも鮮明なので、書店や劇場や洋服店やレストランやエスカレーターが、どこか別の場所に移動して、存在しているんじゃないかと、そうとしか思えないと、わたしは誰かに言いたかった。どこかにその場所に行く入口があって、わたしたちはいつかそこに行けるんじゃないか、と。

なにもない場所は、白い板で覆われていて、そこには電動コイルの赤いバイクに跨

がった金田がいた。それはわたしが小学生のときに映画館で『ＡＫＩＲＡ』を観たときの姿そのままで、わたしはあのとき映画館で三十年後の世界、映画の中の設定と同じ２０２０年のオリンピックを前にした東京で、わたしが歩いて坂の上の廃墟のような空洞で金田に対面するとはほんの少しも想像していなかったのは、自分がそのあと三十年も生きることを知らなかったからだと思った。

ネオ東京は東京湾にある設定だったから、そうしたら自分が歩いているこの東京はなに東京だろうかと考えながら、わたしは東京が二度崩壊する漫画が描かれた白い壁をぐるりと回り込んで、別の坂を下り始めた。

Ｎは、今いる中国の街のほうが東京みたいだと思うことがあると書いていた。去年行った韓国や、その前に行った台湾の街も、東京みたいだと何度も思った。中学生のときに初めて遊びに行った東京みたいだし、そのくらいのときの地元の繁華街にも似てると思って、とにかく、今ではなくて昔のいつかの自分がいた街に似ている、というか、ほんまにそことちゃうん？　と思うことがある。先週なんか晩飯を食べに入った食堂の奥の席に座っていたおっさんがあまりにも自分の父親にそっくりで、よっぽどお父さんと話しかけようかと迷ったぐらいで、ビールを飲みながらずっとそのおっさんの横顔を見てるあいだに何回か親父の幽霊ちゃうかと思ったけど親父はまだ生きてるしな。そうしたら近くに座ってた若い女が声をかけてきて、日本語で、日本の人かと聞いてきて、自分は東京から出張で来てるって言ってそのあと同じテーブルで残

以前は
この街にも
よく
来ていたのだけど
よく
行っていた
バーが
老朽化で
取り壊され
足が遠のいた
いま工事中の
ここに
その雑居ビルが
あった
一度——

りの飯を食べてる間にほかにおいしい店を教えてくれと言ってぼくが教えた店をその場で検索してブックマークして帰っていった。外国で暮らすようになってからぼくはときどき、子供のころとかに自分がいてた街が、地球上のどこか別の場所にあるんちゃうかという気持ちになる。

わたしは、Nが毎週行くというその店に自分も行ってみたいがたぶん行く機会はないだろうと思いながら、坂を下ってまた流れが澱むあたりへ歩いた。

十年前、この街に住んでいたころわたしは東京をよく知らず、特に行きたい店があるわけでもなく、飲みに行く友人もあまりいなかったので、いちばん出やすい大きな街だった渋谷になんとなく週に一度か二度も来て、東急ハンズやロフトやタワーレコードや、地元にもあったしほかの街にもある店をただぐるぐると回って、どこにでも売ってそうな雑貨を一つ二つ買って帰った。

東急ハンズもロフトもタワーレコードも同じ場所にあり、ほかにも同じ建物や同じ店が記憶の通りの場所にあった。ある場所と、ない場所が、同時にあって、それは夢の中の場所に似ていた。

五年ぶりに会う友人に指定された店は、ここまで歩いてくる間に絶対になくなっていると確信したのだが、あった。路地も、店も、ちゃんとあった。両側の更地は、片方はコインパーキング、もう片方は更地のままフェンスに囲まれていた。

路地は奥で右に折れ、その短い行き止まりに店はあった。分厚い木のドアに、オレ

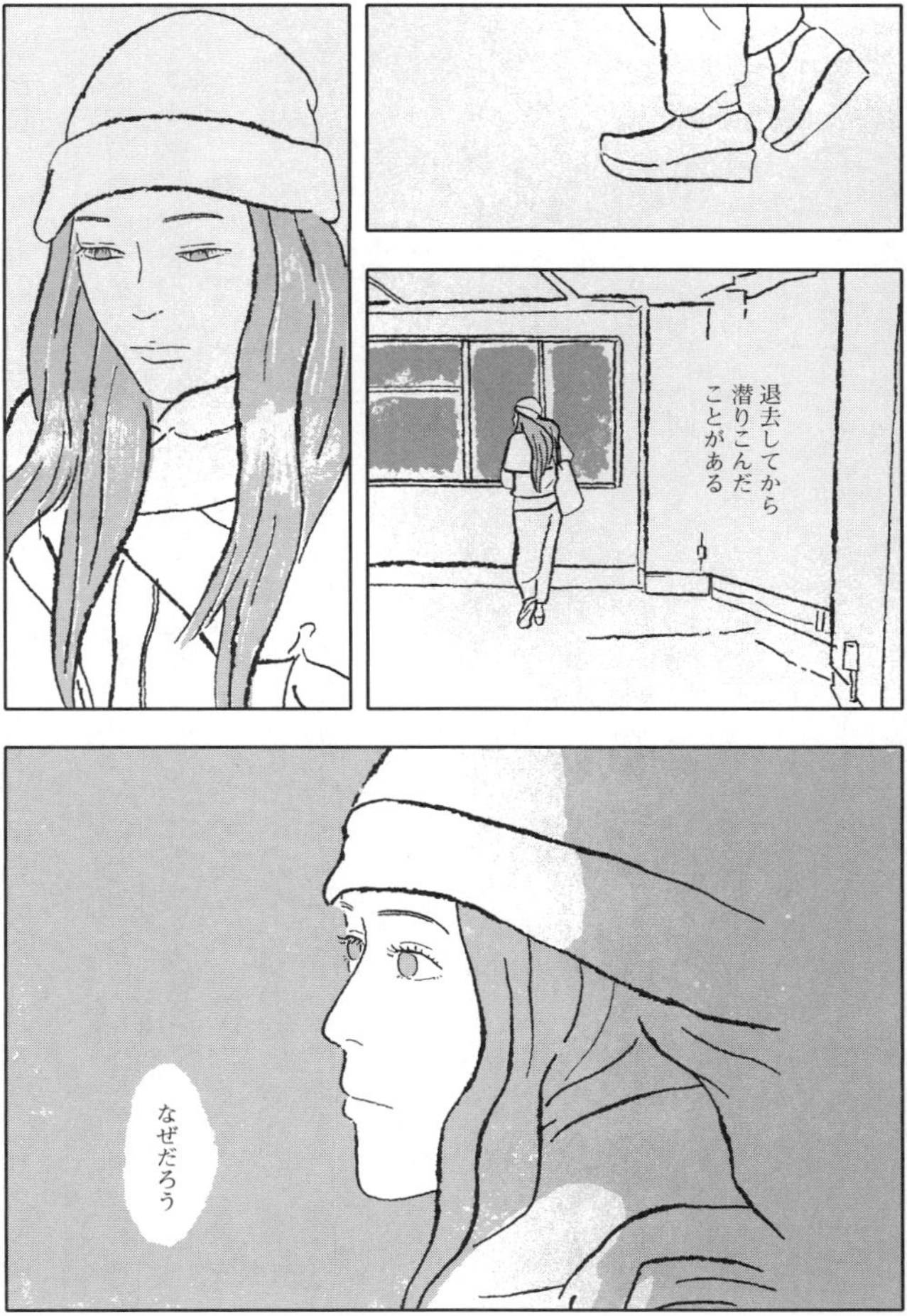
退去してから
潜りこんだ
ことがある
なぜだろう

ンジ色のライトの光が当たっていた。壁から突き出た家の形をした看板にも、見覚えがあった。

　ドアの横に、女が二人、立っていた。手前の一人は小柄で、レトロな花柄のワンピースを着ていた。こちらに背中を向けているから顔はわからなかった。

　彼女に対面して立っていた。二十歳くらいに見え、背が高く、髪も長かった。黒く艶のあるまっすぐな髪が、腰のあたりまであった。髪の長い彼女は、電話をしているようだった。携帯電話を右耳に当てて、頭をそちら側に少し傾けていた。

「わたしは、愛を信じてる」

　そう言ったのが、静かな路地ではっきりと聞こえた。

「最初に、わたしに愛を教えてくれた人が、信じられるって言ったから」

「愛」などという言葉を、普段の会話で口にすることはあまりないし、さらに「愛を信じてる」になるともっと言うことはないのだから、人の名前かもしれない、と思った。愛、という名前の女の子は、わたしの同級生に三人もいた。愛、という名前だったら、生きている間に何回「愛」っていう文字を書くのだろう。

　彼女は、大きな目を見開いていた。小柄な女のほうを見ているようでもあったし、中空を見ているようでもあったし、わたしを見ているような気もした。美人、と言えばそうだったし、整ってはいるが個性が乏しい覚えられない顔、と言われてもそうかもしれなかった。

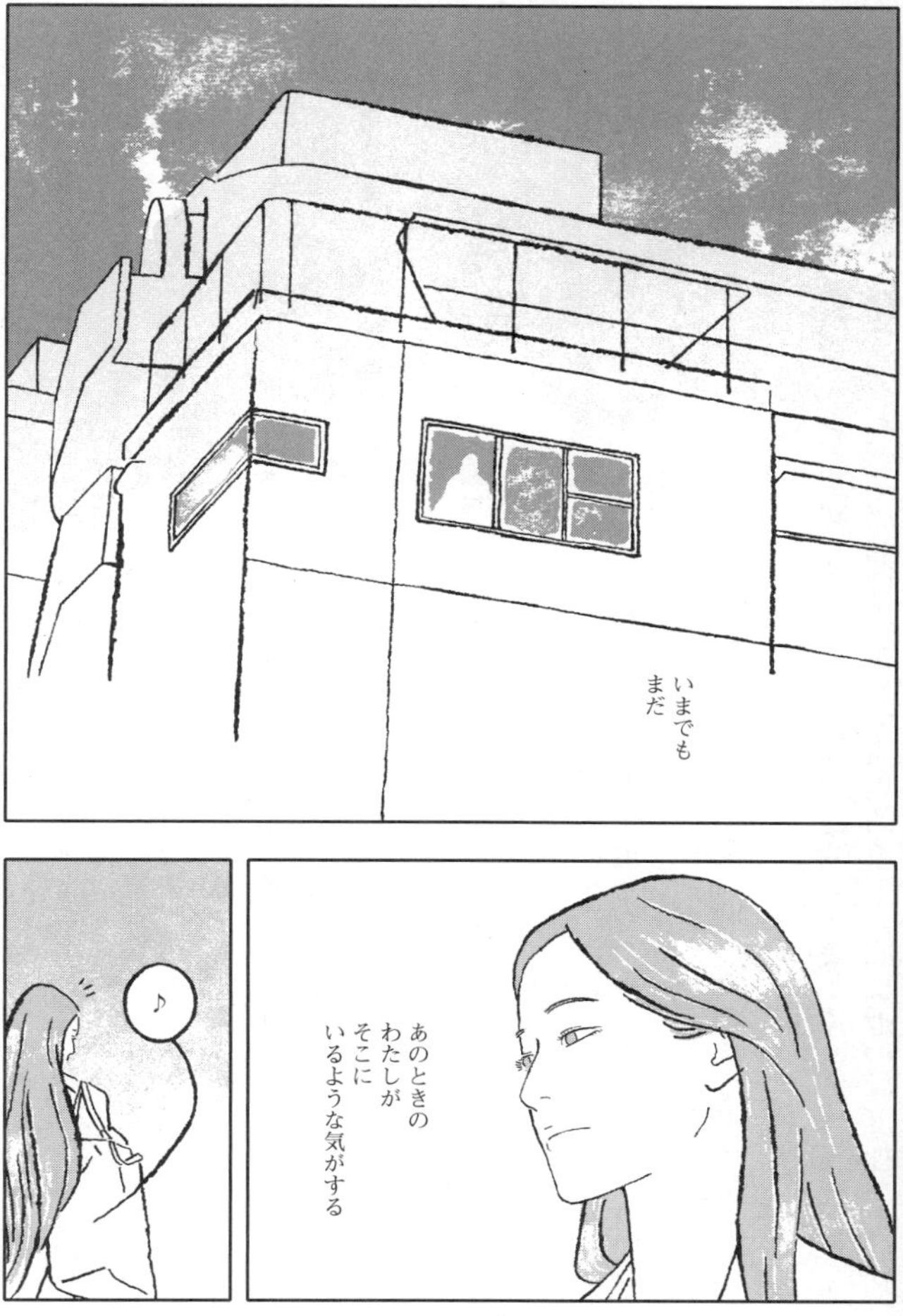
いまでも
まだ
あのときの
わたしが
そこに
いるような気がする
♪

「愛って、そうじゃないの?」

わたしは、思わず頷きそうになったが、小柄な女が、うん、と答えたのが聞こえたので、そのままドアを押して店に入った。

入口近くのテーブルにいたグループが、ちょうど乾杯をしたところで、急に騒がしい音の中に入ったわたしは少しバランスを崩した。だいじょうぶですか、と店員の若い男に腕を支えられた。はい、とわたしは言って友人の名前を告げると、あちらのお席です、と店員は低い声で言った。

奥まった席に、見覚えのある顔があった。

「わあ、ひさしぶり」

連絡をしてきた友人は言った。あと二人もこの街に住んでいたころの友人で、もう一人は初めて会う人だった。

「全然、なんも変わらないね」

友人は、わたしを見て言った。わたしも同じ言葉を返した。しかし、そんなはずはなかった。

飲み物を注文し終えると、さっきドアの横にいた二人の若い女が入ってきて、わたしたちのテーブルに参加した。友人が言った。

「あ、紹介します。今、同じ職場で働いてる、中村さんと、まいちゃん」

明るい電灯の光で見ると、その顔はますます人工的な、人間に近づけて作った精巧

もしもし
どうしたの
アミ
電話なんて
これから
仕事の人たちと
食事なの
そう
いま渋谷
こっちは
あいかわらず

ななにか、みたいな感じがした。彼女が、こういうときにたいていの人が浮かべるはずの笑みを作っていなかったせいかもしれない。

「まいちゃん」

わたしはオウム返しでつぶやいた。

ふと、さっきの「あい」は「まい」の聞き違いだったのかも、と思った。

「うん」

彼女は、わたしを見て頷いた。

「米って書いて、まい」

いい名前でしょ、と隣で友人が言った。

解説　異形の恋愛小説

豊﨑由美

　ああ、そういえば、柴崎友香の小説で描かれる恋は、なんというか、こう、いつも少し変わっているのだった。筆致は端正でさっぱりしているにもかかわらず、読んでいると気持ちがざわつく。胸の奥に、ヘンな感触の何かを刷毛でさっと塗りつけられた、そんな違和感を覚えたりするのだった。

　たとえば、二〇〇七年に出た『また会う日まで』。この小説は、高校時代に気になっていた同級生の鳴海くんと六年ぶりに再会するため、会社を休み、大阪から上京した有麻〈わたし〉の月曜日から土曜日にかけての日々を綴っている。有麻には鳴海くんとの特別な思い出があって、それは修学旅行。みんなで試してみた他愛のない心理テストで、鳴海くんが自分のことをセックスフレンドだと思っているという結果が出て、〈そのときわたしは、ああ、やっぱり思ってることはバレるねんな、と思った〉のだ。とはいえ、その後交際に発展したということもなく、鳴海くんを知らない友人からどういう関係だったのかと訊ねられても、〈手も握ってない。わたし、鳴海くんの彼女と結構仲良かったたし〉と、ごくあっさりした反応しか示さないのである。

〈「なんて言うたらええんかなあ。うーん、動物っぽい勘？　かっこいいとかつき合いたいとかいう気持ちでは全然なくて、なんとなく、鳴海くんといっしょにおるときは、生き物っぽい感触がするねん」

「余計わからん」

「そらそやな」

わたしはもうそれ以上説明しようと思わなかった。誰かに話そうとするとどんどん感じていることからは遠ざかってしまう。鳴海くんのことはいつもそうかもしれない〉

そんな会話から、読者であるわたしは「ふーん。じゃあ、恋というわけではないのかな」と思ったりもするのだけれど、鳴海くんと再会した有麻は、彼からもうすぐ結婚することを告げられれば〈一瞬立ち止まりそうになった〉のだし、〈鳴海くんが黙ってわたしを見てるときのその感じが好きというか、それを何回も感じたかった〉ことを再確認したりもするので、「えー、じゃあ、やっぱり恋なんじゃないの？」と大いに判断に迷うところなのである。

だいたい、鳴海くんという人もちょっと変わっており、彼氏がいるくせに自分につきまとってくる年下の女性・凪子を、結婚予定の彼女と同棲している家に泊めてやったり、その婚約者が結婚準備で実家に戻っているため、束の間の一人暮らしとなっているところへ、有麻を泊めたりもするのだ。そればかりか、チューハイの缶を有麻の口まで持っていき、手ずから飲ませてやったりもするのである。

〈鳴海くんはちょっと首を傾けて、もう笑っていなかった。冷たくて硬い缶の感触が唇に戻ってきた気がした。それと同時に、さっきはどこも触らなかったのに、鳴海くんの手が缶といっしょにわたしの顔に触ったような錯覚がした。手というか、ただ生温かくて柔らかい感じだけが、風で冷えた頰と手に触ったような気がした〉

ここに至って、ようやく鈍感なわたしにも薄々察せられるのである、これが「性欲」にまつわる物語だということが。有麻は、そして鳴海くんは、互いがセックスの相手として最良だということを、十七歳の若さにして動物的直感で悟ったのだ。普通ならそれを「恋」と勘違いするところを、二人は、正しく（しかし、言語化できないまま、ぼんやりと）「性欲」と認識できたのである。この、性欲と愛情がごっちゃになりがちな若い頃の「恋」を、本番のセックスなしで描ききってみせたのが『また会う日まで』という小説なわけで、それって凄いことだけど、やっぱり少し変わってる。だって、「友達以上、恋人未満」みたいな気持ちを抱いてきた男の子と大人になって再会して――なんて甘酸っぱい物語を読んでる気になっている読者が本当に読まされているのは、「恋と性欲の区別はつきにくい」という身も蓋もない真理をめぐる小説ってことなんだから。いやー、黒いわ。エグいわ。ざわつくわ。

つまり、文体や作品世界の雰囲気が一見柔らかく見えるがゆえに「ガーリー」と称されがちな柴崎友香が、実はかなりの曲者だということ。で、その曲者ぶりがパワーアップ&ヒートアップしているのが『寝ても覚めても』なのだ。物語の大枠は、例によってこんな具合に甘やかであるにもかかわらず。

一九九九年四月、大阪。大学を出て就職したばかりの朝子〈わたし〉は、偶然、一日に二度出会った青年に一目惚れをする。

〈好みとかそんなんじゃなくて、ああ、これがわたしを待ってたそのものやったんやなって〉

青年の名は鳥居麦。それまでいろんなところを渡り歩いていた麦は、つきあうようになっても、時々ふらっといなくなってしまう謎めいたところがあって、朝子を不安にさせるのだが、案の定、その年の冬、上海に行くと旅だって消息を絶ってしまう。

二〇〇五年、七月。東京の劇団に移ってそこの脚本を書くことになった友人の手伝いという名目で、二年四ヶ月前から上京している朝子の目の前に麦そっくりな青年が出現。彼の名は丸子亮平。いつしか二人はつきあい始めるのだが、二〇〇七年四月、人気急上昇中の新人俳優となった麦と、テレビの画面を通して再会した朝子は――。

この粗筋に鼻白んだ人こそ、読むべき。運命の人と思った男に去られたヒロインが、その彼とそっくりな男とつきあうようになる設定や、運命の人が人気俳優となって再び出現する展開を「通俗的」と退ける人こそ、絶対に読むべき。これは皆さんが想像するような小説ではまったくないのだから。一目惚れをめぐる物語がどうしてこんなことに……と、読後、絶句&瞠目必至の異形の恋愛小説なのだから。

〈麦と同じ場所にいて、眠って起きても麦がいて、麦がわたしに触って、眠いと言った。想像を絶する事態だった。落ち着く暇がなかった。麦に会ってからずっとそうだった〉。そんなハイテンションな恋に落ち、朝子を守るためとはいえ問答無用で暴力的なふるまいをする麦を、〈あさちゃんは、ああいうやり方でオッケーなん？　っていうか、かなりあかんと思うねんけど〉と友人が心配しても〈うん。すごい好き〉と馬耳東風。最初は「まあ、若いんだから仕方ないよね」と微笑ましくも思える朝子の麦への熱烈な愛情が、読み進むにつれ、少しずつ異様な気配をまとっていく。

亮平のことがどうしても麦にしか見えず、「鳥居さん、ですか？」と訊ねたり、明らかに麦より身長が低いのに、そんなの〈たいした問題じゃない〉と思ったり、自分や麦より三歳下だとわかっても〈いつのまにかわたしだけ年を取ったのだろうか！　あっ、そうかっ、上海に行っているあいだに日本では三年経っていたってことなのか！　違うな。年の離れた双子という可能性もある〉なんて馬鹿げたことを考える朝子。ところが、そんなにも似ているのかと思って読み進めていくと、友人は亮平のことを〈麦くんとなんとなーくおんなじ系統やん〉と言い、ショックを受けた朝子が〈そうじゃなくて、もっと、ほんまに似てるっていうか、そっくりと言っても過言ではないというか〉と反論しても〈違うやん〉と一蹴。ある登場人物が物語の終わり近くで呟く〈恋とかって、勘違いを信じ切れるかどうかだよね〉という名言そのままに、麦に盲目状態になっている朝子の、読者にとっては正しい情報を与えてくれない「信用できない語り手」としての貌を少しずつ露わにしていく作者の筆致は、なまじのサスペンス小説よりずっとスリリングなのである。亮平と共に大阪に帰ることを決めた朝子が、引っ越しの準備をしている情景から始まるラスト三十ページの展開がもたらす驚きとおぞましさは超ド級。何回読み返してもそのたびに目がテンになる朝子の恐ろしいまでのエゴイストぶりは、読者をして「もう二度と恋なんてしない」と震撼させるほどの破壊力を持っているのだ。

という具合に、物語だけがそれまでの作品よりもパワーアップしているだけではない。見てもいないのにテレビを四六時中つけっぱなしにし、出かける時は必ずフィルム式のカメラを持ち歩き、〈見えているもの全部をそのまま写真に撮りたかった〉という願望を抱く視覚の人を主人公にしたこの作品では、柴崎友香の代名詞にもなっている「目の文体」をさらに先鋭化した表現と多々出合うことができるのだ。

たとえば、高層ビルの二十七階にいる〈わたし〉が見ている光景の精緻細密な描写が続く小説冒頭部。〈わたし〉の目は地上の様子を見、近くで騒いでいる子供たちを見、カップルを見、遠くに見える山々を見、ガラスに流れる雨粒を見る。それが延々続くのかと思われた時、しかし、この一文がふいに現れるのだ。

〈彼の全部を、わたしの目は一度に見た〉

いろんなものを見えるがままにとりとめもなく映していたカメラアイが、ここで人の目になる。一目惚れという病にかかった、泉谷朝子という個人の目になる。小説の中にそれまで流れていた時間が、ここで一瞬フリーズする。光景描写に慣れてきていた読者をハッとさせる。そして、この異化効果抜群の素晴らしい一文は、後にもう一度現れて読者の胸をざわつかせるのだ。

〈ただまっすぐに立ったその人の、全部を、わたしは一度に見た〉

亮平と会った時のバージョンなのだが、このリピートの不穏さたるやない。

麦／亮平との出会いをそれぞれ花火の音／金属製のものが落ちた大きな音で表現してみせたり、（朝子にとっては）そっくりな麦／亮平の違いを物語るエピソードを挿入することで、本物／写真、現在／過去、現実／願望の対比と、それを見失いがちな朝子の精神状態を鮮明に描き出したりと、柴崎友香はこの長篇の中で「目の文体」以外にもさまざまな意匠を凝らしている。かつて性欲と区別のつきにくい恋を描いてみせた作家は、この小説で、傍から見れば滑稽だったりほほえましかったりする恋愛が本来的に内包している異様さを、手持ちの技すべて投入して露呈。大事なことなので二度記すけれど、ラスト三十ページ間で起こること、それがわたしの胸の奥に刷毛で塗り残していった何かとても厭な感触は、生涯忘れることができない。柴崎友香という作家の凄みを思い知らされる、これはまごうかたなき傑作なのである。

＊本書は二〇一〇年九月、小社より単行本として刊行されました。
初出「寝ても覚めても」……『文藝』二〇一〇年夏号
「同じ街の違う夜」……小説・マンガともに書き下ろし

寝《ね》ても覚《さ》めても　増補新版

二〇一四年　五　月二〇日　初版発行
二〇一八年　六　月二〇日　増補新版初版発行
二〇一八年　六　月三〇日　増補新版3刷発行

著　者　柴崎友香《しばさきともか》
発行者　小野寺優
発行所　株式会社河出書房新社
〒一五一－〇〇五一
東京都渋谷区千駄ヶ谷二－三二－二
電話〇三－三四〇四－八六一一（編集）
〇三－三四〇四－一二〇一（営業）
http://www.kawade.co.jp/

ロゴ・表紙デザイン　粟津潔
本文フォーマット　佐々木暁
本文組版　KAWADE DTP WORKS
印刷・製本　凸版印刷株式会社

Printed in Japan　ISBN978-4-309-41618-2

きょうのできごと

柴崎友香　40711-1

この小さな惑星で、あなたはきょう、誰を想っていますか……。京都の夜に集まった男女が、ある一日に経験した、いくつかの小さな物語。行定勲監督による映画原作、ベストセラー!!

青空感傷ツアー

柴崎友香　40766-1

超美人でゴーマンな女ともだちと、彼女に言いなりな私。大阪→トルコ→四国→石垣島。抱腹絶倒、やがてせつない女二人の感傷旅行の行方は？映画「きょうのできごと」原作者の話題作。

次の町まで、きみはどんな歌をうたうの？

柴崎友香　40786-9

幻の初期作品が待望の文庫化！　大阪発東京行。友人カップルのドライブに男二人がむりやり便乗。四人それぞれの思いを乗せた旅の行方は？　切なく、歯痒い、心に残るロード・ラブ・ストーリー。

ショートカット

柴崎友香　40836-1

人を思う気持ちはいつだって距離を越える。離れた場所や時間でも、会いたいと思えば会える。遠く離れた距離で“ショートカット”する恋人たちが体験する日常の“奇跡”を描いた傑作。

フルタイムライフ

柴崎友香　40935-1

新人ＯＬ喜多川春子。なれない仕事に奮闘中の毎日。季節は移り、やがて周囲も変化し始める。昼休みに時々会う正吉が気になり出した春子の心にも、小さな変化が訪れて……新入社員の十ヶ月を描く傑作長篇。

また会う日まで

柴崎友香　41041-8

好きなのになぜか会えない人がいる……ＯＬ有麻は二十五歳。あの修学旅行の夜、鳴海くんとの間に流れた特別な感情を、会って確かめたいと突然思いたつ。有麻のせつない一週間の休暇を描く話題作！